幸福与辩证

黄劲松 著

海峡出版发行集团
海峡文艺出版社

图书在版编目（CIP）数据

幸福与辩证／黄劲松著. —福州：海峡文艺出版社，2022.8
　ISBN 978-7-5550-3035-5

Ⅰ.①幸… Ⅱ.①黄… Ⅲ.①长篇小说—中国—当代 Ⅳ.①I247.5

中国版本图书馆 CIP 数据核字（2022）第 102748 号

幸福与辩证

黄劲松　著

出 版 人	林滨
责任编辑	林颖
出版发行	海峡文艺出版社
经　　销	福建新华发行（集团）有限责任公司
社　　址	福州市东水路 76 号 14 层
发 行 部	0591—87536797
印　　刷	成都兴怡包装装潢有限公司
厂　　址	成都市金牛区西华街道付家碾村 6 级 152 号
开　　本	880 毫米×1230 毫米 1/32
字　　数	220 千字
印　　张	10.25
版　　次	2022 年 8 月第 1 版
印　　次	2023 年 1 月第 1 次印刷
书　　号	ISBN 978-7-5550-3035-5
定　　价	68.00 元

如发现印装质量问题，请寄承印厂调换

1

　　如果幸福能在一夜之间来临，那么谁都愿意拥有整个白天。

　　汽车在宽阔的迎宾大道上驰骋，尽管车窗外景物如梭，像一幕急速推进的电影，但车内却是静寂一片，丝毫也没有什么声响。已是秋天，悬铃木伸向蓝天的手掌坚定地挺拔着，它的大部分树叶还是翠绿着，只有很少的一部分已经枯黄，有的还掉了下来。若是有鸟飞起，那也是一大群一大群的，从远处湖面的芦苇丛中来到这个新兴的工业区，那翅膀的跃动可以带动整片云彩。车流在笔直地前行，如同一群有修养的绅士，保持着适当的步伐，看不出丝毫急躁的情绪，稳重的车流比浩荡的流水更让人舒坦，它让人看到一个城市的成熟和风度。

　　程天标的气色很好，经过一夜休整之后，他几乎能重新勾画一切蓝图。而一切都必须从细节开始，他手中的红笔在一张图纸上描摹，在关键的地方还画了圈。他时而眉心舒展，时而若有所思地凝视着远方。

　　司机小丁对这样的情景已经习以为常，在10多年的岁月里，他跟随程天标走南闯北，经历了无数的艰难困苦，也经历了光荣和成功。他理解程天标所有的心路历程、他的起居习惯、他的说话方式？他的思考能力，一切的一切他都能与他保持步伐一致，即使程天标叹息一声，他也知道是应该保持沉默，还是及时地递上茶杯。

现在，程天标笔尖的沙沙声，表明了他的思路正在一望无际地前进，虽然小丁不知道他在看什么，但他知道，只要程天标的笔触不停，那么这个城市就会产生一些或大或小的变化，这是令他欣喜的。从内心里，他希望领导的智慧能够源源不断地滋养这座城市。

是的，程天标现在感到有些惬意，因为图纸上标明的每一个关键点几乎都有一个落实，他仿佛能看到人流和车流在上面跃动，而在刹那之间，一个新兴的产业园就要马上崛起。可他又有点担忧，对效率和速度的担忧，对城市人文生态的担忧，对程序规范化的担忧。其实，这些担忧都渗透在他的每一项工作中，每一次的思考，他都被这些担忧阻挠着。甚至，他觉得是这些担忧在引导他的成长。

随后，他问坐在副驾驶上的秦正才："麒麟产业园按时完工到底有没有把握。"秦正才点点头，表示了认可。他之所以没有说话，而是用点头来表示，只是习惯了程天标说话的方式。他现在的问话，可能是思考的一种方式，也可能是自言自语的一种，但是不能用更多的语言去破坏他的思绪，他在深入一个事业的环节，并不是要求得一个问题的答案。

程天标想起一年前，他飞赴美国，在西雅图的一家咖啡馆里与莫正夫见面情景。

作为国际著名跨国公司的董事长，莫正夫是令人仰视和敬畏的。在整个商贸圈，提起莫正夫，大家都感觉他是天上的人物一般，让人感到遥不可及。但作为有一半华人血统的企业家，莫正夫的身份让人感到亲切，有一种乡谊在里边。他的母亲是一个华侨，而他的父亲则是国际大公司的董事长查理，所以他有一个中国名字，是他母亲为他取的，通过一个姓名让他在中国有一个根。

莫正夫是随和的，跟他交流，丝毫也不会有一丝拘谨的气息。他的气质会引导你说出一切，并帮助你准确地表达出想表达的意愿。而这一些，都是自然的，甚至没有一种迫切的成分在里边。

莫正夫穿着夹克，非常的朴素，这与程天标西装革履的装束相去甚远，但他们却是如此相得，一见如故。在与莫正夫交流时，程天标忘了自己一个城市主政者的身份，也忘了自己招商引资的使命，只是把自己所知道的一切，都向莫正夫和盘托出。

莫正夫告诉程天标，他有很多资本可以到中国投资，在国际资本布局中，中国是他很看好的一个区域。当然，他有很多选择，譬如上海、北京、广州和深圳，那里成熟的产业链和良好的货物沟通能力能让他如虎添翼。

程天标只是跟他阐释了一个"大"和"小"的关系，他说他所在的鹿山市虽然行政级别不高。但这个城市又很"大"。它有整个区域的经济支撑，在产业分工中，它有属于自己的蛋糕；在高新技术方面吸引了诸多的国际资本，它的技术和资本领先于国际，因此，它在区域的经济总量排名和影响力上始终处在前列。同时，这个城市稳定、和谐，充满着朝气和天然的包容的能力，它总是希望与整个世界一起成长，也就是说，它的进步是融合的，充满着与世界联结在一起的情怀。它的幸福是来自世界的幸福。

莫正夫很赞同他的观点。他说："之所以选择与你见面，就是体味了鹿山的美好之风，了解了它的产业能力，重要的是，如果选择在这里投资，可以获得很多的溢出效应。譬如产业影响，譬如公司精神体质，譬如自己稳定的心灵与他人交流的心灵支点。"

莫正夫说："我只能请你喝一杯咖啡。"程天标果断地说："不，AA制。"

会面是愉快的，而跟他同去的秦正才却有些惴惴不安，由于无话不谈的缘故，他埋怨程天标的 AA 制是多此一举，他担心会不会因此而带来莫正夫心理上的不快。

程天标有些沉默，他对自己的果断也莫名所以，但他相信自己的直觉；这里边一定有戏，莫正夫迟早会到来。

西雅图是适宜留住人的，它的风物和现代属性那么迷人，仿佛是一部音乐作品的和鸣，但程天标没有留恋，他选择马上回国。

这是程天标的一个秘密，当心情达到一个上升而美妙的阶段的时候，他会选择离开，他要保留另一个空间，而这个空间迟早会来临。

程天标回到鹿山以后，尽管公务繁忙，但他时刻没有忘记西雅图。每天他给莫正夫发一个问候的信息，并在日历上做着标记，离开西雅图一天、两天、三天、四天……他把等待的日期设定为3个月。如果3个月后莫正夫不跟自己联系，他要再飞一趟西雅图。

甚至，程天标已经做好了迎接莫正夫的一切工作。他叫秦正才详细梳理产业支撑点，并规划好建设用地。他叫秘书设计好了参观路线，不是走马观花式，也不是炫耀式的，而是能给宾客心灵抚慰的那一种。他研究了所有的咖啡类型，并选择了几种作为招待运用的准备。他叫本市最好的宾馆根据美国人的生活习惯设计了食宿。他叫市文联音乐家协会的音乐家选择最拿手的曲目，准备随时献演。总之，他要把这个城市最好的部分献给莫正夫，包括它的诚心和信心。

万事俱备，只待君来。

程天标很自信，虽然心灵感应未必可靠，但踏踏实实的作风是他多年养成的，凡事预则立，不预则废；一切要从长计议，一切要未雨绸缪。

秦正才真的很卖力，他知道程天标的脾气，也知道这个项目对于城市的意义。他对程天标言听计从，不仅是出于上下级之间的行政属性，更是一种人格的信任，一种可以担负的抱负。他不仅理出了本区域的产业分布，而且为麒麟公司理出了整个中国可以实施的初步布局，还把眼光放到国外，梳理国际市场的整体环境，为麒麟公司投资本市做出了注脚。

在一个下午，程天标忙中偷闲，在办公室打了一个盹。在他醒来时，他接到了一个电话，竟然是莫正夫打来的。他如获至宝，心狂跳不已，确定等待已经有结果。因为只要有回应，项目肯定能落实。

还没有等他开口,莫正夫先说了话。他说:"我已经到鹿山了。"

程天标目瞪口呆,在他的经历中,几乎没有出现过这样的事。一个跨国公司的董事长,在没有约定的情况下,悄悄地到了他的城市。但他很快地恢复了镇定,告诉秘书,通知麒麟项目工作组的成员,一起去见莫正夫。

在古镇的一家茶楼,莫正夫正在听苏州评弹,他的茶杯正冒着热气。程天标赶到时,正好看到这一幕。他悄悄地坐到茶楼最后的空座上,服务员为他泡了一杯茶,他呷了一口,平复了急剧的心跳。

莫正夫似乎预感了他的到来,他回头向程天标看了一眼,笑了一笑,又转头认真地听评弹的说唱了。程天标感到,莫正夫是真的在听,因为他感知了莫正夫的心跳,是平和的,像古镇的流水一样清澈。

显然,这场演出才刚刚开始,因为演员在演唱一曲弹词开篇,这是正书开场的一个前奏,是对慢来听众的一种等候,又是对所有听众的一种抚慰。程天标想,莫正夫听完弹词开篇后,应该离开了吧。

可这种情况并没有出现。弹词开篇结束后,换了两个中年演员,他们开讲的是一部古老的传说。莫正夫并没有离开,而是静静地饮着茶,等待着书目进入到高潮阶段。

程天标有一个优点,就是有耐心。他想,莫正夫肯定有他的道理，那么就慢慢地把这部书听完吧！

正书讲的是白娘子盗仙草的故事，这在中国是耳熟能详的，几乎每一个成年人都知道这个故事。难能可贵的是，演员把这个故事加在了许多现代的元素。譬如白娘子回忆从蛇变人，与许仙过上幸福生活的时候，白娘子是乘着动车和飞机与许仙与相会的，所以姻缘成得很快，像一种加速度。听得人忍俊不禁，充满着快乐。

当演员唱到白娘子向南极仙翁倾诉着夫妻同心，彼死我不生时，莫正夫似乎很享受，又回头看了程天标一眼，点了点头。程天标很聪明，他很快地联想到，莫正夫大概想到他们之间的合作，是一种相互依存的关系，必须要加以珍视的。所以他的信心又增添了几分。

这部书经过了改编，本来要唱几天的，却在短短三刻种就完成了全部的言说。程天标也没有想到，一个生长在美国的商人，竟然会在中国的茶馆里坐了这么长时间，去听一部书。显然他是带着目的来的，这葫芦里到底卖的是什么药？

书讲完后，演员们很友好，向莫正夫鞠躬致谢。莫正夫上台握着他们的手表示感谢，并示意程天标一起上台，合影留念。

程天标站在莫正夫旁边，那两个演员站在另一侧，他们三个人对莫正夫都有一种归属感，仿佛是自己的亲人站在旁边。

走出茶楼，莫正夫说："我们随便走走看看。"

程天标陪着莫正夫走过了双桥、富安桥和迷楼，一路上对古镇的历史娓娓道来，还不时加一点幽默，这使莫正夫很满意。莫正夫也不断地接上话茬子，对程天标讲的每一个典故都充满着好奇，像个孩子似的究根问底，又能说出自己的见解来。

程天标知道，莫正夫是做好功课来的，他肯定对古镇的一切都已了解，他之所以愿意倾听他的讲述，一方面是尊重东道主的话语权，另一方面是在感觉他们彼此之间是否能够契合，他程天标能否符合莫正夫的要求。

对此，程天标是认真的，他保持着高度的认真，又很放松，体现了数十年历练的功底。轻松自如的言语使得倾听者如沐春风。

所以，古镇并不重要，游历并不重要，重要是他们的交谈是否轻松，是否没有分外的疲累，是否达到了彼此想要得到的感觉。

程天标做到了，他和莫正夫爽朗的笑声，感染了身边的每一个游客。他们温文尔雅的体态，也让他们赞美。镇民们也很配合，一声声"HELLO、HELLO"的问候声，让莫正夫不时地哈哈大笑。

让程天标高兴的是，他的项目组也做到了这一点，他们与莫正夫的团队紧密地融合在一起，相互包容，相互认可。这从他们频频在一起合影就可以看得出来。

接下来的事变得顺理成章了。程天标与莫正夫在本市最好的宾馆进行了正式会谈，达成了投资鹿山的决定。项目工作组与莫正夫的团队进行了深入的细节沟通，这样的交流长达一个月。

在此期间，程天标和莫正夫倒是显得清闲，他们结伴到上海观光，参观了外滩和东方明珠，在浦东大桥上共同眺望黄浦江，在金贸大厦顶层共同合影留念。

莫正夫还带着程天标参观了几家与自己公司有业务关联的企业，他们受到了隆重欢迎。程天标知道自己的身份，他是一个城市的主政者，而不是莫正夫公司的雇员，但他又是莫正夫的朋友，以朋友的身份参加一系列会见，目的就是要为鹿山招到尽可以多的好项目。为此，他做到游刃有余，与多家公司的董事长一见如故，表达了欢迎来鹿山市投资的意向，主要的是为莫正夫站好台？唱好戏，使麒麟公司在中国的业务能够顺利发展。

莫正夫对程天标的表现是满意的，他无意于把程天标当作一个陪衬，而是真心地把他作为朋友，让他在自己的事业中发挥作用。对于一些商业机密，莫正夫也并不回避，而是当着程天标的面与对方商议，这使程天标受宠若惊，他几乎肯定，麒麟公司落户鹿山已成定局。

果不其然，当他和莫正夫回到鹿山的时候，秦正才已经把所有的签约文本放到了他的办公桌面上。这使他很兴奋。他能明确地感知到，这本文本已经用不着审阅了，是可以立即予以完美地签署的。一方面这是秦正才和他的团队的干练，另一方面也是他程天标数年积累的工作底蕴。他对自己的下属从不怀疑，因为他对自己从不怀疑。

莫正夫也在收到这些文本以后，表示了前所未有的满意。他感叹鹿山市的效率，特别是他们正确的判断和感知，对国际产业布局的熟悉，以及适身处地地为投资人着想的努力。他考察这个城市已经很多年了，前几年，他没有下定决心是否来投资，是因为他感到条件还不成熟，主要是政务和政策环境不是让他太放心，特别是领导层面的人文素质让他犹豫不定。通过与程天标的接触，他确定，这个城市已是国际的，已是市场的，已是能够适应产业发展的一个温床，他很乐意在此时，做出投资的决定。

要说没有困难，是不可能的。譬如土地规划的确定，在有限的土地指标中，如何争取更多的指标，以获得项目投资所必要的份额。程天标知道，鹿山的土地指标已经很紧张，上级也卡得也很紧，基本农田的红线不能碰，又要考虑社会事业用地，考虑今后的可持续发展用地，因此相关投资用地是一个鹿山市有关部门必须要面对的难题。再如，上级领导提出能否让这个项目放到省城开发区，以壮大其实力，如果此时签约，上级是不会提出异议的，但会不会让上级领导产生不快？最头疼的是，规划区内要动迁一个村庄，"钉子户"会客观存在，如果他们不拆，甚至越级上访，也是一件不容易解决的事情。

当程天标把500亩用地规划摊到莫正夫面前时，莫正夫眼睛亮了。因为这超越了他的心理底线。他的目标是拿下300亩，而程天标给他的是一个意外的惊喜。

他轻轻地点了一下头，说，再增加20亿美金投资，把原来30亿美金的体量增加到50亿美金。他对程天标说："你给我一个产业，我会还你一个城市。"

程天标懂得的，莫正夫带来的不仅是一个项目，更会带动金融、商业、学校、医院、邮政、电信、文化等事业的发展，城市将进入一个新的运动层面。更重要的是，它会给这座城市带来新的观念、新的实践和新的生活方式。前景如此灿烂，程天标喜不自胜。

莫正夫来鹿山已经一个多月。这一个多月来，程天标和秦正才一刻也没有闲着。莫正夫从开始的文雅转而开朗，与鹿山市的工作人员也越来越随意。有几次，工作人员约他吃饭，他都很高兴地答应了。消息反馈到程天标那里，他高兴，决定马上举行签约仪式。

在宾馆的一间最大的会议室里，麒麟公司与鹿山市政府正式举行了投资签约仪式，出席这次仪式的除了麒麟公司高层和鹿山市四套班子领导、有关部委办局和区镇负责人以外，还有省里的领导。每一个出席仪式的人，都满怀喜悦。省领导在致辞时还表示，欢迎麒麟公司到省城的开发区去投资兴业，因为在那里可以享受到更优厚的待遇。

莫正夫的致辞很简单，他主要对鹿山市和各级领导对这个项目的重视表示感谢。其中提到，在一个外向程度很高的城市，产业链的联结与企业精神的联结是同样重要的。在鹿山，他有宾至如归的感觉，也有了在这里生活下去的愿望。既然生活和事业在这里都能兼顾，那么投资鹿山是一件何乐而不为的事，是值得庆幸的。

程天标则表达了与莫正夫兄弟般的情谊。他还说道现代企业在鹿山生存和发展已经有了优良的土壤，这是整个鹿山值得自豪的事。他说道，只要麒麟公司投资成功，鹿山整个城市就会飞升，他从内心感谢莫正夫先生。

是的，这个签约仪式让人愉快、满足，一切都喜欢得紧，一切都按部就班，达到了理想的效果。当秦正才和莫正夫的代表签下合约，互换文本的时候，全场响起了热烈的掌声，并持续了很长的时间。对鹿山人来讲，这一刻是非常重要的，外国资本介入本市，有利于鹿山市的发展。

程天标激动得有些泪意，但他马上又控制住自己的情绪，让自己平静下来，紧紧地握着莫正夫的手说："从此我们是一家人，鹿山已是你真正的家。"莫正夫表现得热情洋溢，说："是的是的，有家的感觉真好，在这里，我会再次成功，希望你也能腾飞。"

程天标当听到"腾飞"两字时，他感到莫名的轻盈，仿佛真的飞起来了一样。他相信莫正夫的话，心想："我一定要腾飞。"

莫正夫走了，他回到美国去了。他留了一个工作班子，与秦正才一起工作。

程天标想到这里，热血沸腾。莫正夫走了3个月，项目投资的第一批审批工作也已完成。500亩的麒麟产业园建设项目已经快速启动，有了初步的模样。他今天到来的目的，就是看一看产业园基础设施的建设情况。他心里想：有诺必践，我们答应莫正夫的一定要办到。

远远的，他看到了一个高大的门楼，那应该是工业园的正门，有庄重典雅的味道。在它的旁边，一排古色古香的围墙已经建成，围墙上有窗，还镂了花。他回头赞许地看了看秦正才，说："虽然这是临时的一个措施，但标准一定要高，你做得很好。

莫正夫会满意的。"

程天标在正门下了车，秦正才和秘书随之跟下了车，走在他身后的有规划、土地、环保、电信等部门的负责人。来得最多的是经济局的工作人员，差不多来了10来个。

程天标大踏步地跨进大门，看到里边是一片火热的景象：十几个塔吊高高耸起，打桩机在发出巨大的轰鸣声。一排筹建办公室的房屋已经建好，工作人员已经在办公，每一个人都是专心致志的。程天标跑了每一间办公室，与每一个工作人员握手，并向他们问好。他坚实和温暖的手使每一个工作人员都明白，他们从事的是一件非常重要的工作，甚至是一件高尚的工作，他们的命运现在已经跟这个城市联结在一起。

在会议室内，秦正才打开墙上硕大的图纸，告诉程天标，一期200亩已经全部开工，半年之内全部完成，确保在一年之内麒麟公司能开工生产。一年后，他们的仪器马上会运向五湖四海，不仅成为这个城市的名片，甚至有可能成为国家的名片。

程天标说："要做好一切基础工作。供电、供水、供气、电信、宽带、有线电视、绿化等部门要精诚合作，按照规划确定的工期，一着不让地推进各项工作。尤其要注重工程安全和工程质量。莫正夫给我们的是一个永久的事业，我们要按此为标准，做一个永久的工程。作为现场总指挥，秦正才同志要负主要责任。按时完成工期有奖，完不成全部拿下，换人，重来！"

秦正才知道程天标果敢的脾气：他从来不含糊，从来不说谎，从来不允许打马虎眼。谁要是撞在他的枪口上，肯定是谁犯错，不是倒霉运的问题。被处理事小，抬不起头来是真。他的工作如果不做好，那是要被全市人民唾骂的。

秦正才表示："我从来没有感到这么重的压力，时间是那么紧，要求是那么高，国际影响是那么大，全市人民的期待是那么迫切，即使每天加班加点，仍觉得工作才做了一点点。在我们眼里，只有向前，办好每一件事，让扎扎实实的成功来证明我们。"

程天标说："这就对了。没压力就没动力。与麒麟公司，我们讲的是国际规则；与我们的同志，我们讲的是党纪国法，讲的是职业操守。我们的每一分付出都是值得的。在鹿山经济发展的关键时期，我们要尽早迎来我们的质变。这不仅关系城市的经济体量问题，也关系到整个区域竞争力的问题。如果我们一着不慎，国际社会会不信任我们，整个经济圈对我们的投资就会瓦解，城市将会垮台。所以，这个项目是个胜负手，只能胜，不许败。在我的眼里只有曙光，没有黑暗。"

秦正才和他的团队听了程天标的话，都掉下了泪。他们都激动，深为自己能够赶上鹿山快速发展的列车而自豪，他们不仅是见证者，更是参与者和实践者。其他同志们都盯着秦正才，虽满含泪意，却是非常坚定，那意思就是要秦正才代表他们表态。

秦正才庄重地对程天标说："请程书记放心，我们一定圆满完成任务，按期拿下这个项目。我们的字典里只有成功，没有失败。"

"只有成功，没有失败。"同志们异口同声地说出了这句话。

程天标也很感动，他理解他们所做的一切。其实，他的心理的压力更重，因为好多地区包括省城开发区都在争取莫正夫及其投资，如果不在时间上取得优势，不能尽可能快地为莫正夫创造经济效益，那么莫正夫的后期投资就可能被移走。只有他自己知道，将500亩这样大的一块区域给莫正夫，仅是争取投资的开端，他要争取更多的投资，也就是说50亿美金还不是他的终极目标，他的目标是要想让莫正夫把麒麟公司的总部移动鹿山来，移到中国来。

有人已经有微词，说他给莫正夫的土地量超出了预期。但谁会知道他的苦心，他只能默默地消化，顶住一切，想用时间来证明自己的一切。

他很高兴有这样的团队，他暂时还不想消解他们的紧张，因为他知道，必要的紧张有利于工作的推进。他也不想给他们过多的奖励，因为过早的奖励反而是工作节奏把握不好的明证。他只想给他们一个依靠，让每一个人都明白，只要有他程天标在，就有主心骨，天大的事他会扛得下来。

他用温暖的目光扫视了所有的同志，仿佛在安慰他们："宝剑锋从磨砺出，梅花香自苦寒来。我们自己的组织，自己的同志，一定会度过所有的难关。我一定会做你们的后盾，一定会做好你们的后盾！"

全场响起了热烈的掌声，大家对程天标的坚定表示着赞赏，更是对一个担当有作为的领导的肯定。

程天标问秦正才："还有什么实际困难吗？"

"征迁！"秦正才脱口而出，"产业园内有一个小村庄，已经基本搬迁完成。但还有五户仿佛串通好了，死活不搬。不是对补偿政策不满意，也不是故意为难政府。反正一句话，不搬，就是不搬。"

程天标会心地笑了，显得很轻松地说："这我明白，我做过村书记，也做过镇党委书记，这些事我都经历过，我经历的动迁户个别的也至今未搬迁，在工业区内成了一个'堡垒'。"说完，他笑得更大声了。

他接着说："农民的利益要保证，思想政治工作的力度要加大，征迁是要征的，不能有一丝一毫的不圆满。房子人人能盖，动迁可不是人人能行，这是考验你们能力的时候了。"

秦正才知道不能有为难的语言，不能让程天标有一丝牵挂甚至担心，他懂得能让领导放心的下属才是好下属。因此，秦正才故作轻松地说："这不过是一件小事，我也只是随口一说。"

"小事？"程天标一脸严肃地说："你敢说群众的利益是小事，征迁是我们对群众的保障之一，群众不理解，是我们工作没做好，一定要深入检讨，深入分析，找出症结，争取圆满完成任务。"

他音调忽然高了起来，说："我早就说过，只有落后的工作方法，没有落后的群众。只有不称职的干部，没有不称职的群众。"

秦正才听了他的话，起了一身冷汗，突然感到问题的严重性。在一刹那之间，他明白了，多干事，少睡觉，都是小事。群众的利益没有安排好才是大事。他下意识地捶了一下头袋，说：

"我糊涂！我一定在短期内办好这件事。我向程书记立下军令状，不搬迁这五户人家，我辞职。"

"辞职！"程天标眉毛向上扬了一下，说，"老兄，你不要给我这么大的压力好不好，好像我没有教好你似的，你不是用手打我的脸吗？"

秦正才笑了，说："不敢，不敢，这件事会办好的。"

程天标说："不入虎穴，焉得虎子。走，今天你和我，还有秘书，我们三人去看一下，会会这五户大家，听听他们有什么诉求！"他转眼看着会议室的其他同志，说："你们各人去办各人的事吧！谁家孩子谁家抱，抱好了再向我汇报！"

程天标、秦正才和秘书走在乡村简易的水泥马路上，迎着微冷的秋风，向远处的村庄走去。

程天标腿长，人高马大的，走得快，秦正才和秘书在后面跟得累，几乎是小跑着跟在他的身后。秦正才一边走还一边向他汇报沿途的一些规划安排。程天标虽然对此了然于胸，但还是听得很认真，不时插话，纠正秦正才的错误，这使秦正才感到很汗颜。当他每一次说正确的时候，程天标就会点一下头，秦正才仿佛受到了鼓励。

来到了村庄，程天标感到似曾相识，毕竟在江南，所有的村庄都差不多。那临河而居的格局，20世纪盖的楼房，都是如此相似。程天标不禁心情大好，仿佛回到了年轻的时候。

他想起了自己的村庄，但这个念头仅一闪而逝。虽然他有良好的记忆力，但他总是要求自己向前，不怀旧，要冲向新的制高点。

他们三人慢慢地围绕村庄转着圈,看到江水环绕的村庄掩映着许多的柳树,柳条在水面上轻轻地拂动,荡起一层一层的涟漪。水面上赫然游着一群鸭子,因无人驱赶,自由地漂流,它们时而钻入深水中捕食,时而用鸭翅搔着腋窝,让人有一种世外桃源的感觉。

程天标说:"你们用一句唐诗描绘一下这里的景色。"

秦正才说:"碧玉汝成一树高。"

秘书说:"春江水暖鸭先知。"

程天标说:"你们都说对了,这些诗孩子都会背。而这样的景色我们住在城里却是难得看到了,今天算是饱了眼福!"

他们沿着河堤转了一圈,程天标已经估计到这个村庄有三十来户人家。开门见水,水中养鸭,门前种谷、养鸡,的确像一幅江南的和乐图。他想,如果自己的祖祖辈辈地住在这里,也是舍不得离开的。

他对秦正才说:"人说故土难离,你怎么看?"

秦正才感慨地说:"现代人已经习惯远离故土,只是在午夜常常想起自己的爹娘,偶尔有儿时的玩伴到城里来看他们,他们欢喜得不得了,一定要留他们喝两杯。我觉得人的一生,最难离开的是生我养我的土地。"

程天标显得很理解,说:"是这样的。我在村里做村书记的时候,我还年轻,还有故土的观念,我愿意为乡亲们办事。当我到镇里做了书记的时候,虽然繁忙,但还是隔三岔五地回家探望父母，很关心他们的饮食起居。后来我做了市委书记，政事烦冗，乡情日淡，只在过节时回乡。但值得庆幸的是，回乡的那几天是我一年中最放松的几天。在乡村，人与人之间可以不设防，彼此的交流都与人为善，简单而直接，也不用害怕别人会抓住你的话告黑状。乡亲们给的鸡蛋是一年中最好的奖赏。"

秘书听了很感动，他对程天标和秦正才说："你的心和我是相通的，我也一样。回乡时，那么多的人请我喝酒，那么多的人会给我塞土产，即使给我提个小意见，也是那么的善良，充满着相互体贴的况味。"

程天标说："所以，乡村是我们永远的根，乡亲们是我们永远的牵挂和依靠。他们的故土难离，我们一定要理解，我们又何尝离开过故土呢？但城市在发展，现代文明在融入，乡亲们理应享受更好的物质生活和精神生活。我们做干部的要为他们着想，替他们分担忧愁，为他们创造快乐，这样才不负我们肩上的重任。"

秦正才说："我懂了，我应该工作再细致扎实一些，让乡亲们理解我们的初衷，让他们知道我们的使命就是为了他们创造幸福生活，让他们理解我们。"

程天标说："你说对了一半。不仅要让他们理解我们，更要让他们与我同心同德一起干，在城市发展的轨道上留下他们的轨迹。让每一个人成为这个城市的有功之臣。"

"有功之臣！"秦正才自言自语道。他突然灵光一闪，高兴地说："我知道怎么干了，我保证征迁成功。"

程天标告诉他："先不要保证。要认识到，人的思想意识的确有高低差别的，不可能在同一水平线上，我们的工作要更细致，更新颖，更现代，不要局限于传统思维，不要局限于高压政策。把政策讲清讲透是一个方面，把政策贯彻执行到位又是一回事。"

程天标看见一头水牛在场上嚼着干草，无怨无悔的样子，深受启发。他对秦正才说："我们就像一头水牛，在春天和夏天时嚼得是青草，在秋天和冬天时嚼得是干草，季节不同，条件就变了，我们方法也随之要改变。无论我们怎样做，都不会影响我们生活的质量。"

秦正才补充了一句："俯首甘为孺子牛。"

程天标很赞赏他的悟性，接了一句："绝知此事要躬行。"

秦正才情不自禁地鼓起掌来，他为程天标的聪明和睿智而喝彩。

这时秘书悄悄地在程天标耳边耳语了一句，说："调查组就要来了。"

2

新的一天到来了。现在是早上7点,太阳已从地平线上升起。程天标来到办公室,打开窗户,感受阳光从远处射进来的暖意。在大楼外的广场上,国旗在飘扬,在风中像一只招展的手。雪松和草坪,喷泉和花坛,组成了一个美丽的图案。香樟树下,有许多人在锻炼,构成了一个欢乐的图谱。一切都在和美的状态中。

程天标照例批阅了昨天遗留下来的文件。文件堆得小山似的,是很考验一个人的忍耐能力和思维能力的。程天标很快就把本市需要发放的文件签批完毕,因为这些都是经过市委常委会讨论通过的。对上级来文,他就签批给相关分管领导,让他们去落实。他有个习惯,几乎在每一个文件都上他往往要批上一段指导性的话语,把工作设定在一个合理的结果范围内。只有这样他才会安心,因为他担心督查室抓不住要领,难以把工作推向深入的。他认为自己是班长,所以他从来不推诿,总是旗帜鲜明,让整套班子跟着他的思路前进。

对于大量的内参文件,和各个部门上报的调研材料,他就根据政研室划出的重点做一个浏览,能够基本明了这个文件所要表达的意愿,对于有益的,他就用红笔在文件上画出来,有的还记录在自己的笔记本上。碰到紧急的,他就会吩咐秘书召集相关部门负责人赶紧开会，一定要抓出个子丑寅卯。他雷厉风行的作风，那些部长、主任和局长都是明了的，因此，他们上报的材料都是字斟句酌，绝不敢有半点马虎，都是抓住问题的关键上报。

今天有一件事让他满意：麒麟产业园的推进非常顺利。他看着窗外的阳光，有一种舒心的感觉。他打开手机，给莫正夫发了一个短：一切都在圆满地推进。他知道现在美国正是黄昏，莫正夫或许和他的朋友正在享用晚餐，能够得到他的这个短信，那一定是非常开胃的，说不定他会多喝一杯。

他问秘书："莫正夫会感到意外地满意吗？"

秘书说："是的，他应该会折服你的效率。"

说不定他马上就会再次赶到鹿山。他自言自语了一句。

程天标打开电脑，开始飞快地打字。这是他的一个习惯，每天上午都打500到1000个字，主要是把这天要做的工作梳理一遍。往往的，他在打字的过程，他的思路会源源不断在涌出。但今天有所不同，他打着打着，眉头紧锁起来，打字的速度明显减缓，但他没有停止的意思，还是在不断地向下打，直至打完最后一个字，他才拿起桌上的茶杯，呷了一口。

秘书知道他的不快，虽然不想提起这件事的原因，但如果不说，又要失责。于是秘书只是默默地把一个牛皮袋放到他的面前。

"秦正才！"程天标说出了这个名字，显得又是痛恨，又是怜惜。

无疑秦正才是程天标的第一员心腹爱将，这是整个鹿山都知道的事。有些人要见程天标汇报工作，实在见不到，还要走秦正才的关系。在招商引资上，秦正才的干练和多识可以说在鹿山是无人能及的，他与外商的关系，常常能处理得水乳交融，在每年的政商关系调查问卷中，秦正才的得分总是最高的。

三年前，程天标把秦正才从鹿新镇党委书记调到市经济局当局长的时候，整个城市都认为这是一个英明的决策。因为在鹿新镇党委书记任上，秦正才做了8年，硬是把一个经济指标倒数的乡镇，发展成全市的第一序列，并且他与跨国公司，尤其是华裔跨国公司总裁们的交往，也被全市上下津津乐道的。可以说，秦正才是鹿山乡镇发展的一个传奇人物，是一个具有国际视野又精通各项业务工作的人才。

但不久前，秦正才被人告发了。

看着厚厚一叠的牛皮信封，程天标没有立即打开，因为市纪委已经向他多次汇报了调查的进展，大致情况程天标是知道的。本来他可以很快处理好这件事的。问题是，举报信递呈了上级纪委，这件事情已是上级督查的事项，这让程天标感到棘手。

在把秦正才调任经济局局长前，程天标是做足功课的。他征求了所有常委的意见，多数表示赞同，也有个别的提出：秦正才的生活作风存疑，工作也有飘浮的特征，基层有些反响，但也只是点到为止。

秦正才调任经济局局长后，全市的经济工作的面貌焕然一新，整个招商队伍都呈现出青春活力的状态，纷纷出击，屡有斩获，全市的外向型经济工作如虎添翼。也就是说，秦正才用自己的实际行动证明了自己的价值，个别领导的疑问也随之烟消云散了。

程天标内心很认可自己识人用人的果敢，尤其是在对秦正才的使用上，他认为是绝对正确的。他知道，要找到一个真正德才兼备的人，是多么不容易啊！当秦正才在国家、省、市捧回一个个荣誉的时候，在外商纷纷落户鹿山的时候，程天标是满意的，他对秦正才的使用同时有了一个新方向。可他对谁也没有说起过，他还要慢慢观察。

麒麟产业园就是程天标观察秦正才综合素质的一个新的起点。如果他的观察通过，那么秦正才能走到更加重要的领导岗位。

可就在这关节点上，秦正才被人告发了，这使程天标感到世界的复杂性。难道是嫉妒，可秦正才的职位也只是平调。难道是为了个人私利？那么把秦正才搞下来，举报人又能得到什么私利？难道是出于公义？是理想观和价值观使然，如果这样，为什么不直接找他程天标反映，而是要走举报的途径？

对自己的个人素质，程天标是自信的，从村书记到镇书记，一直到现在主政一方，他从来没有在原则性问题上走错过一步。他对自己的要求是严格的，从来不会多要一份不属于自己的利益。他的政治品位，省委和市委都做出过高度肯定的。那么举报人没有直接与自己对话，表明了对他政治品格的犹豫，所以程天标据此可以肯定，这封举报信即使是事实，也是别有目的的。也许最终的矛头指向就是他，所谓搂草打兔子，他不得不防。

也就是说，在感情上，他与秦正才走在一起。但理智告诉他，对干部一定要严格，一定要兼顾两面，不能感情用事，不能因私人的感觉废了公义，必须要客观公正。

想到这里，他打开牛皮信封，一张一张地看起来了。

当看完最后一张，程天标明白了，这些都是外围调查的笔录，没有涉及秦正才本人。也就是说，如果要调查秦正才本人，必须要征得他程天标的同意。

他决定单刀直入，找秦正才谈一下。他相信，秦正才绝不敢对他说谎。作为多年的上下级和朋友，他有必要做到仁至义尽。

"你叫秦正才到我办公室来一下。"他告诉秘书。

"人已经在我的办公室。"秘书说。

程天标对秘书笑了一下，说："真是个人精。"

秦正才来到程天标的办公室，还是一脸高兴着。他还沉浸在麒麟产业园顺利推进的喜悦中，他认为，这次程书记一定是要和他再商量一下下一步工作的。

秦正才很自然地给程天标的茶杯续了一下水，然后恭恭敬敬地站在旁边，等着程天标的问话。

程天标一脸严肃，一分钟过去了，他没有说话，两分钟过去了，他没有说话，三分钟过去了，他没有说话。整整过了10分钟，程天标还是没有说话。

这是秦正才从来没有遇到过的事情，他每次到程天标的办公室，两人都相谈甚欢，从来没有一点隔阂。可今天，这是怎么啦？开始的时候，他以为程天标在思考什么事，可又不像。程天标只是严肃地看着他，一言不发。他的额头不禁渗出了汗珠。他想，他肯定有哪个地方没有做好，或者自己犯了错误还不知道，程书记这是问罪来了，可他想不出来。

一刻钟过去了，程天标还是没有说话。秦正才控制不住，呜呜呜地哭起来，又转而号啕大哭。他实在控制不住，只想在程天标面前大哭一场。他想，他有什么错，为麒麟产业园，他和他的团队住在工地上，很少回家，白天黑夜地轮轴转，人都瘦了黑了。他想不明白，亲兄长一样的程书记，会对自己这么严肃，连睬也不睬自己，好像他做了见不得人的事。当他想到，真的有什么天也要压下来的事马上就要发生时，就哭得更响了，仿佛他受了世间最大的委屈。

他整整哭了五分钟，程天标直直地看他哭了5分钟。他终于哭够了，止住了号啕之声，说了一句："程书记，我改。"

秦正才要在程天标责备的语言发出之前，首先表态，争取主动。

程天标威严地说："改什么？你把你跟沈明月的事跟我坦白。"

秦正才听到沈明月三个字，眼泪又下来了。

"我跟沈明月有爱情，但我们什么也没有发生。"秦正说出了这句话，竟然感到有些平静。

"噢，爱情？"程天标很有兴趣，对秦正才说，"自己去倒杯茶，慢慢说。"

秦正才转入了回忆。

秦正才是一个城里的孩子，他的父母是企业干部，从他小时候就希望他书包翻身，能考个大学，光宗耀祖。沈明月是他邻居，也是他的同班同学。她的父母是中学里的老师，从小就有良好的家庭教养。从小学时，沈明月就跟着县中学的音乐老师学习声乐。那时国门已经打开了一段时间，西方的音乐理论和音乐作品在国内比较流行，也间接地影响了沈明月。她在刻苦钻研东方音乐的时候，大量地吸收了西方音乐的精华，故她在同学之间显得出类拔萃。可以说，与她相比，所有的同学都是丑小鸭，而她是班上的白天鹅。

"我们都仰视她，每一个男同学都喜欢她。"秦正才说。

因为是邻居，秦正才得以经常与她亲近。两个人经常在一起做作业，秦正才还向她学习声乐，在家里咿咿呀呀地唱，时间长了，还有模有样的。在班里的联欢会上，无疑沈明月是唱得最好的，每一个同学都把她看作是专业的歌唱家。而在男同学中，他秦正才唱得是最棒的，这离不开沈明月的辅导之功。在演出结束后，班主任竟意味深长地看着他们两个，点了点头，恰好被全班同学看见。全班"哦哦哦"地起哄，使他俩很难为情。

本来是以沈明月为中心的班级是和谐的，正因为被班主任看了他们一眼，整个班级变得心怀鬼胎。开始有男同学搞恶作剧，经常在秦正才的书桌内塞用纸剪的乌龟，一连发生了几次。秦正才心大，虽然内心愤怒，但睡过一觉之后，也就忘记了。

可问题发生了变化。有一天，秦正才发现沈明月趴在桌上呜呜呜地哭，这是从来也没有发生过的事情。在大家的眼里，她是阳光而快乐的，是从来也没有忧愁的，小天使怎么会流泪呢？只有秦正才和她亲近，所以他走到她的身边，问："你这是怎么啦？"

沈明月还在流泪，抽动着双肩。他接连问了几次，她终于从书桌里拿出一只纸做的乌龟，哭得更响了。

秦正才勃然大怒，回眼扫视着全班，所有的同学都一脸无辜，只有坐在最后一排的卫子新红着脸，低着头，浑身在抖动。

"原来是你！"秦正才怒吼一声，一把抓住卫子新的胸脯，就是一拳。只听卫子新"啊"的一声，血就从鼻孔里流了下来。

也许是理亏，卫子新没有还手，而是躺在地上，号啕大哭。

为这事，秦正才差点被学校处分。后来经过调查，那只纸乌龟是卫子新干的，同时班主任又耐心地协调，最终秦正才和卫子新都被学校批评教育，就算了了这件事。

因为这件事，沈明月的父母很欣赏秦正才，对他说："你已是明月的大哥。"

事实也这样，在私下，沈明月都尊称秦正才为大哥。

做了大哥的秦正才一直把沈明月保护到高中毕业。在此期间，在男生之间，发生了好几起爱上沈明月的事，都是秦正才去协调和摆平的。而他自己对沈明月的感觉不是爱，而大哥对小妹的友爱。他要保护她，他要她一切都顺利，快乐得像玫瑰一样绽放。

程天标听了秦正才的故事，很感兴趣，说："讲得好，继续讲下去。"

秦正才像受到了鼓励，喝了一口水，平静了许多。

每一个成长的人都有他的故事。秦正才继续他的讲述。

在高中的最后一个假期，秦正才和沈明月相约到城市外的珍珠湖去游玩，他们要决定一项人生的大事。

在珍珠湖中间的小岛上，沈明月问秦正才，如果他们的人生从此紧紧连在一起会怎么样？

秦正才很激动，甚至有点发抖。他没有立即作声，看着跃动的清澈的水波，看着渔民在湖中抛网打鱼，看着太阳正渐渐偏西，很快在就要坠到湖面前。他说："我们是如此的清澈，而太阳总有落下去的一刻。"

沈明月听了他的话不高兴，说："太阳明天还是要升起啊！"

秦正才也不知刚才为什么要说这样的话，明明是愿意的，可又不做正面回答，词不达意，打了一个夕阳的比喻，自己也觉得扫兴。他定了定神，说："我是你大哥，永远爱护你。"

沈明月眼含泪花，悄悄地靠在秦正才的肩膀上，微闭着双眸，唱着《友谊天长地久》；秦正才轻轻地和着。在这个小岛上，他们多么像一对忘情世界的亲密伴侣啊。

沈明月在秦正才的怀中睡着，湖风吹着她凌乱的秀发，一滴眼泪还在她的脸上挂着，秦正才帮她悄悄地拭去。他看见天幕上升起了无数的星星，像有无数的秘密私语在它们的口唇中传递，而一切的中心，都是他和沈明月的浪漫故事。

湖水在轻轻激荡，汇在湖岸上，发出"啪啪啪"的响声，似有无数的鱼儿在纷纷地赶来，陪伴他们默默度过的一夜。

秦正才撑起了遮阳伞，遮挡着湖上的风绪，不让沈明月受到一丝一毫的风寒，而自己暴露在寒风中，像一个勇士。

沈明月在他怀中，醒了又睡，睡了又醒。秦正才的臂膀和大腿都麻了并肿了，但他坚持着，他有无穷的力量，因为他们现在是整个世界。

他们在湖心小岛上共度了一夜，却什么也没有发生。天亮后，他们两个只有平静，只有开阔，只有心无牵挂的畅亮。

那天，沈明月讲的最后一句话就是"我要投奔音乐学院，而你去做工科男吧！"

事实真的是这样，在那个假期，秦正才收到了省城重点大学的录取通知书，做了一个工科男；沈明月收到了上海一家高校的录取通知书，成了音乐学院的一员。

听到这里，程天标说："很羡慕你有这样的一段青春，那你们后来又发生了什么？"

秦正才沉浸在对往事的回忆中不能自拔，但他很快地定了定神，他说："后来还是有一些故事的。"

"我们在大学期间经常通电话。我每个学期去看她一次，而她来的频率却非常的多，有一次还带来了一个同学的团队。为此，我向学生会做了汇报，跟这个团队共同举办了一场文艺晚会，在整个学校引起了轰动。同学们都认为这是我们的爱情使然。我只是告诉他们，我只是她的大哥。大家都将信将疑。"

秦正才叙述着。

后来秦正才才知道，沈明月之所以带来了一个团队，是因为她马上要离开这个国家，她要到美国去留学。当时，她没有把这个打算告诉秦正才,而是用一场演出,用轰轰烈烈的方式,开启了她的离别之门。

当秦正才放寒假回家的时候。他的父母告诉他:"明月已经出国,去美国了。"

秦正才飞一般地跑到沈明月家里,他没有什么目的,只要见见沈明月的父母,或者他要闻一闻沈明月在家里的气息。

沈明月的父母很理解他的心情,开了女儿的房门让他坐一会儿。他假装有很多好奇,对她留下的物件看了又看,从一只会唱歌的台钟到巨大的熊娃娃,从她的书柜到她的乐器。最后他拿起她留下的吉他弹了起来,也不知道弹了些什么,如果当时能把谱子记下来,肯定是一曲很好的谣曲。他记得,他感伤而快乐,欣慰多于离别带来的不快。

秦正才觉得他的讲述有点伤感,对程天标来说,未必是礼貌的表示,所以歉意地笑了一笑。程天标感觉到他的犹豫,说:"没关系,你应该向我说出这个故事的一切。"

"那是一个美好的夜晚,沈明月从美国向我打了一个电话。那时,我正在看电视,冥冥中仿佛有一个必要的收获会来临。"

"她说,这是应该有的一切,我在这里获得了我的音乐,每一个人都祝福我,在我唱起每一首歌的时候。"

"我也是这样的感觉,在我的生命中,只要沈明月的歌声一响,我就知道人的变化已经不存在,我们的所得就会变为拥有。"

"这就是音乐的魅力。尽管我已经平凡得像一头人们熟悉的猪,但猪也是有熟悉的感觉的,我相信沈明月并没有离开我的所有。这让我感动。"

"我的半生，我生活在沈明月的怀抱中，你要原谅。"秦正才对程天标说。

程天标显得很理解，他在电脑中搜索了一段乐曲，赫然是肖邦的，吸着那颗心在大街上驰骋。

秦正才知道了程天标的宽容，因此又有勇气说起下面的故事。

他说："我在鹿新镇做党委书记的时候，正好沈明月学成归国。作为礼貌，她回国后首先拜访了我。那时的她，心里只有音乐。这铺天盖地而来的幸福，是谁也不能体会的。只有我会体会，她是我的小妹，她是一个学成归来的优秀学子，她从此再也不用过雨打风吹、流离世界的日子。我都理解。我已经不能平视她，只能仰视，只能在她偶尔露出的情感空间里找到我的价值。人生有很多不如意，但我和沈明月却没有。我觉得她的归来是那么的符合逻辑，那么的契合我人生的轨迹。我还像大哥一样的爱她，但她对我情感却不同了。"

"沈明月说：'我们才是真爱，世界所有的爱都代替不了我们。我们脱离了肉体，只有真实的存在。'"

"我对沈明月有一种仰视的感觉。从来没有想到过，她的归来就是另一种境界。"

"我告诉沈明月，我现在在招商，需要一个得力的助手，让每一个投资者有宾至如归的感觉。这种感觉不是肉体的，而是提精神的。"

沈明月款款地对我说:"大哥,你说对了!我们在一起就是最好的搭配!"

程天标快乐得像飞一样,在秦正才的讲述中,他已经获得了关键的信息了。即使秦正才不说,他也大致猜到接下来会发生的故事。他不想自己猜测,只希望秦正才能说出来。

秦正才说:"沈明月归国后,回到了这座城市。这引起了轰动,在这个城市谁会不知道沈明月,谁会对青春期美妙的感觉而产生回避。"

只有秦正才是冷静的。沈明月每次给他打电话,他都能恰如其分地回应。他知道,自己爱着沈明月,而沈明月是属于这座城市的。

他们从来不约会,却时时碰面。在鹿新镇,这是一个公开的秘密。没有人会针对他们的交往出什么难题,没有人感到有什么不妥。毕竟一个党委书记,有些社交是必须自由的。

年岁越长,秦正才发觉自己越来越爱沈明月,这无关于自己的情感,更无关于肉体,那是生命之力的一种延长。他很感激沈明月所给他的一切。

他告诉程天标,在一些项目碰到阻碍时,他就会想到沈明月。每次,当他邀约,她总是如约前来。她高贵而随和,充满着自信,她让每个外商都感到一种人间美好的存在。

秦正才有一副好嗓子,他的声乐修养也不弱,但他在工作中从来没有展露过。他知道过于炫耀自己是不会被他的班子或者镇民接受的。事实是,他随和的个性,的确让他的班子有了众心凝聚的力量。

每一个投资者的经历都是丰富的，他们对精神的要求多于物质的享受。投资第一要务是赚钱，但他们明白，如果没有一点人文精神的支撑，这种投资就好像是无源之水。

土地、现代的设施都让投资者趋之如鹜。但谁又能知道，精神的安慰对投资者所产生的力量？

秦正才告诉程天标，他在鹿新镇时曾碰到一个项目。什么都谈妥了，可投资者就是迟不签约。所有的人都一筹莫展，秦正才也是。

秦正才唯一的办法就是请对方的代理人吃饭，唱卡拉OK，甚至陪同投资者去旅游，但都没有产生好的效果。

这时，沈明月来了。秦正才死马当作活马医，邀请了对方项目的代理人一起吃饭。席间，大家虽都很友好，只是彬彬有礼。沈明月貌美如花，可对投资者并没有什么特别的吸引。他们只是友好地敬酒，说一些体面的话，彼此都愉悦。

每一个人都认为沈明月是秦正才的一个女朋友，或者是情人，只是礼貌一下而已。秦正才感到很委屈，于是告诉大家，沈明月只是她的妹妹。每一个人都相信他的话，因为秦书记从来不说谎。大家都把沈明月当自己的妹妹一样尊敬而宽容。

酒到酣处，秦正才鼓捣每个人唱首歌。对方的代理人由于酒兴太浓，率先唱了一首，很有专业水平，得到了众人的掌声。秦正才知道，即使他亮开嗓子，也未必能够唱到他那样的水准。

随后，每一个人都唱了一首。每唱一首，大家都喝一杯酒。

可谓歌声伴着酒兴齐飞。

最后,秦正才也耐不住,唱了一首。他唱的是《友谊天长地久》,虽然是老歌,但是达意。每一个人都认为他唱的是友谊,只有沈明月知道,这首歌是唱给她的。

好像美好的话语没有一个总结,真正的朋友需要一个承诺。大家控制不住情绪,你一首我一首地唱起来。歌唱了一首又一首,酒喝了一杯又一杯,没有一个结束。

这时沈明月是最快乐的,作为音乐学院的高才生,又有美国留学的经历,她对他们的歌声也产生了深刻的共鸣。她也要唱一首,不是现成的歌曲,她要临时编唱一首,所谓此情此景,所谓此人此心,她要帮秦正才一把。

秦正才看着她的表情就明白,他拍了拍手掌,大家静了下来。秦正才宣布:"现在有沈明月女士为大家献上一首歌曲。"

开始秦正才认为沈明月会唱一首现成的歌,可沈明月说,她很感激这个夜晚,感谢大家为她奉献的一切。她要临时编唱一首歌曲,祝福在座的每一个人。

她编的歌曲的名称叫作《这样称心如意的夜晚》,她的词创作得很美,她的曲编得更美。作为一个音乐家,这一些对她来说都是得心应手的,关键是她融入了她的情感。

秦正才深深地被她的演唱所感染,几乎忘了他今夜的目的是为了确定一个项目。所有的人都深深地为她的演唱所折服,她在他们的心里已经成了一个女神。

投资商说:"因为有了明月,这个夜晚如此美好;因为有了她的演唱，连上帝也产生了赞美。"他夸赞秦正才，一个有情怀的党委书记是值得信任的，愿意在这里投资。

听到投资的事情就这么定下来，秦正才欣喜若狂，他高兴地跳起舞来。

当夜，送走客商以后，他觉得还没有喝够，他和沈明月跑到市里的一个酒吧又疯狂地喝。在这里，谁也不会在意他们，他们只是一个男人和女人，只是因获得胜利而庆祝的人。

疯狂的舞蹈、疯狂的歌曲、疯狂的打赏，都不能表达他们一颗疯狂的心。

当他们疯狂地倒在一家宾馆的枕头上的时候，秦正才立刻呼呼大睡，似乎边上什么也不存在。沈明月只是倒在床边的沙发上，像一个可爱的随从者。

沈明月心里说："大哥，你睡吧，我帮你的只有这些。"

那一夜，秦正才呕了两次，都是沈明月捧着垃圾袋装他的呕吐物。

但他们最终没有睡在一张床上，也没有做过多的言语之合。在他们的心里，这再也正常不过了，两个两小无猜的人，他们想的只是能让对方好过一些。

程天标非常理解秦正才所经历的一切，听到这里，他不会对秦正才和沈明月的关系做男女之想。他相信自己的眼光，他信任秦正才。他知道别人举报的关于他们的男女关系是不实之词，可怎样去事实去反击他们，怎样识穿他们的用心不良，他办到并不代表所有的人都办到。

他问秦正才:"你们俩还有没有其他的什么故事?"

秦正才说:"有的。贾似明的儿子曾经追求过沈明月,他表示了反对。"

关于贾似明,程天标是知道的,他是经济局的老局长,是属于前几任市委书记的人,在本市有一批徒子徒孙。他所说的话,很有分量。

程天标好奇地问:"沈明月怎么招惹了贾似明的儿子。"

秦正才赶忙说:"不是招惹。我们都是同学,贾似明的儿子在上海一家跨国公司上班,他追求沈明月也是顺理成章的事。"

"那最终为什么没有成功?"程天标问。

秦正才说:"全是因为贾似明。本来他的儿子各方条件都是很好的,人长得也帅气。可偏偏贾似明说沈明月水性杨花,不像居家过日子的人,表示了强烈的反对。"

秦正才接着说:"我对贾似明历来没有好感。他在经济局乱插干部,干扰我的工作,有着不把我拿下誓不罢休的念头。他的品德是成问题的。"

秦正才又说:"我一向对人对事比较客观,有贾似明这样影响事业的人,怎么能把沈明月嫁到他家?再说他的儿子也不乏追求的人,这样的姻缘怎么可能可靠?"

程天标意味深长地说:"就这一些吗?"

秦正才说:"不是的。关键是我和贾似明面和心不和,他的儿子追求明月肯定是有问题的。要知道,这座城市有很多人想和明月缔结良缘,贾似明的儿子肯定是别有用心的。或许是占有沈明月才能让这家人家快乐。"

程天标心里说，不是占有才快乐，而是彻底绊倒你秦正才。他话语间没有表现出来，只是说："你们后来就没有什么故事了吗？"

"只是偶尔相聚，说说心里话。在一些饭局中，我也是邀请她来，其他也没有什么。"秦正才答道。

程天标感到很快乐，今天他听到了人间最美的爱情故事，这的确是一种享受。他知道，如果否定他们的爱，那是不道德的。但如果一个领导允许下属去乱爱，那么这个领导又是失职的。

程天标忽然起了一个话头，说："既然沈明月有美国留学的经历，那么下一次让她跟莫正夫接触接触，让她为这个城市发挥一点作用。可这取决于她的自觉，如果她不愿意，也就算了。"

程天标问道："现在，沈明月在哪里工作？"

秦正才答道："在文联。现在是音乐家协会主席。"

程天标若有思地说："哦，桂如海那边，是你安排的吗？"

秦正才说："是的，我不想让明月流离失所，只想让她落叶归根，为鹿山做点事。所以找了桂如海，他同意让沈明月到他那里工作，担任音乐家协会主席。"

程天标赞许道："安排得好！一定要让她对这个城市心有所依。我们所做的一切，就是要让每一个市民对这个城市产生认同感。何况沈明月是留学归国人员，她是我们急需的人才。"

他还不忘告诉秦正才："你去告诉桂如海，我要与沈明月见一面，和她谈谈这个城市的情况，请她做好准备。"

秦正才很高兴，下意识里他觉得，今天他已躲过一劫，因为程天标的心里只有这个城市，而他也一样，他们的心是相通的。

程天标是个干脆的人，对秦正才说："你可以走了。"

秦正才刚走，程天标就招呼秘书，说："你去通知纪委李书记，让他协调一下，请调查组慢点来，有些事情我们还要核实一下。"

3

有鸟声的地方是幸福的。这一片小树林，不仅有数量众多的麻雀，还有喜鹊、戴胜、白头翁，更有许多不知名的鸟儿。常常的，它们从凌晨就开始了啼唱，起先是单音节，渐渐地就变成合奏了，像一个露天的音乐厅。居民一早就过来打拳、拉身、跳舞，在林中的空地上，每天都集聚着欢乐的人群。

鹿峰居委会办公地点就位于林子边，是一幢黄色的两层小楼。一楼是便民服务中心，从婚丧嫁娶到社会保障，一系列的民生事务都可以在这里一站办结。大厅里挂着锦旗，同时几乎每个窗口的墙上都挂着锦旗和奖状，表明他们都受到了上级部门的嘉奖，其先锋性可见一斑。二层是居委会办公的地方，走廊里悬挂着党的民生政策的文件摘要，有社区工作人员的照片，还有市委书记程天标等领导视察社区工作的照片，显得丰富而又有层次性。

在最东边一间，是社区主任吴爱兰和党支部书记林正英的办公室。

鹿峰社区是鹿山市最古老的社区，许多建筑都是20世纪八九十年代的。小区内老人多、出租户多，同时又因为是学区房，孩子也很多，所以人员结构比较复杂。

但难者不会，会者不难。对鹿峰社区居委会来说，在吴爱兰带领下，一切都在有条不紊地推进着。整个社区所呈现的和谐之力和文明之力，在鹿山是有目共睹的。

说起吴爱兰，整个鹿山都知道她的美名，不仅因为她人长得漂亮，更因为她工作干练，时时能争第一。在她的带领下，鹿峰社区获得了全省示范社区的称号，她本人也获得过全国社区工作先进个人。

吴爱兰还有一个身份，那就是市委书记程天标的爱人。可她从不娇贵，也从不拘谨，像一个随和的老大姐，让每一个人都感到可亲。

她原是一个镇的党委委员，程天标到鹿山做市委书记后，为了免除他的后顾之忧，她向组织上申请，也要求调到鹿山工作。组织上很快同意，并安排她到鹿山妇联做副主席。程天标不答应，他说对自己的家属应该严格要求，让她从基层做起，让她的工作真正地接地气，通民心，为他的从政做一个真正的好帮手。吴爱兰也很支持程天标的观点，他们一致决定，吴爱兰到社区做主任。因为吴爱兰大学毕业时是选调生，在社区工作过，对这项工作她熟悉。这样安排，也便于她在新岗位迅速融入工作。

事实也是这样的，吴爱兰到工作岗位后，驾轻就熟，团结一班人，硬是在短时间内把一个脏乱差的社区整治成示范小区。一些人认为这是程天标的原因，但程天标知道，这是吴爱兰自己的干练之功。

吴爱兰有个优点，就是会说，口才非常伶俐，这也是为什么程天标把她放在基层的一个重要原因。

开始时，吴爱兰藏着这个优点，开口很少，遇到问题总是展齿笑笑，她的笑很有亲和力，没有人感到不妥，许多问题都在她的笑容中解决了。

有一次，刑满释放人员丁起满到社区闹事，这是他的一项常备功课。只要社区换了新领导，他都要闹一闹，每次都能得到一些补助。

听说新的社区主任是市委书记的老婆，他非但不害怕，反而动了起鬼心思。他认为干部家属都是息事宁人的，在利益上都给得很多，只要他闹得到位，说不定能得到市里的补助。

他决定做一件坏事，引起新主任的注意，而这件坏事又不会引起刑事官司，作为刑满释放人员，他知道牢狱之灾的痛苦。

有一天早上，吴爱兰和工作人员正在社区巡视，这是她的常规工作。她每天巡视过后，才会开始一天正常的工作。

这时迎面撞过来一个老者，他头发斑白，人很瘦黑，看到他们号啕大哭，说："砸了，家里全被砸了，这个不孝子啊！"

有熟悉的人告诉吴爱兰，这是丁起满的父亲，丁起满刑满释放后，他们父子俩在一起生活，过得很艰苦。丁起满经常闹事，他的父亲劝都劝不住，拖也拖不住，经常急得直掉眼泪。

令人不解的是，以前丁起满在家外闹，这次怎么在家内闹。就有人问丁起满的父亲这是怎么啦？他哭着答道："丁起满从早晨起身不知怎么的就骂骂咧咧起来了，开始自己没往心里去，知道这都是命。后来不知他怎么砸起家当了，首先是饭碗，后来是吃饭桌子。他连抽水马桶都要砸啊！"

吴爱兰转头看了一下同志们，说："我们一起去看一看。"

这时林正英扯了一下她的袖子，把她拉到一边，说："这是他们的家务事，又没在社区闹，多一事不如少一事，让他们自己去解决，不要管它。"

吴爱兰立即摇了摇头，说："不行，群众利益无小事。再说丁起满是我们的社区矫正对象，我们不能撇下他不管。"她一挥手，说："走，看看去。"

当吴爱兰出现在丁起满面前时，她是威严的，丝毫也看不到一个女同志的柔软，她像一个审判者，像一个道德的执行者，这是谁也装不出来的，这是吴爱兰天生的一种气质。

所谓邪不压正，当丁起满看到吴爱兰的时候，"哇"的一声哭了出来，跪倒在吴爱兰面前，说："我实在是没有办法啊！"

看着一地的碎片，看着丁起满凌乱的头发和不振的衣襟，吴爱兰很沉着。她用目光示意了一下一起来的同事，意思是大家别作声，看他怎么办。

就这样僵持了一刻钟，丁起满平静下来，停止了语无伦次的诉说。他站了起来，竟然到厨房间倒了一杯隔夜的开水给吴爱兰。

丁起满说："我是讲义气的。你吴大主任能光临寒舍，是看得起我，是我不对，把家里砸得一地鸡毛，有违江湖道义。"

作为有丰富基层工作经验的人，吴爱兰见多识广，像丁起满这样的人，她见得多了，她有办法治住他。

吴爱兰有两条原则，一是人的基本道义不能犯，毕竟人格是平等的。二是法律法规不能犯,必须要依法行政。

吴爱兰告诉丁起满:"你在家里小打小闹的小把戏能满得过我?你以为砸家里的东西就不犯法?你以为你砸了你家里的东西我会同情你?"她语气缓和了一下,说:"不是的!兄弟,如果你犯法,我照样抓你,谁也帮不了你。但你是我们的社区矫正对象,我们有义务帮助你。希望你停止错误的行为,尽快回到正确的轨道上!"

吴爱兰接着说:"现在我命令你,把砸烂的东西收拾好。"

说来奇怪,丁起满竟然丝毫也不敢正视吴爱兰充满正义的眼光,这样一身凛然的人,他很少看到。在下意识里,他竟然有些激动,感到了一些生存之光,心里对这个社区主任产生了认可。

丁起满拿来了扫帚和一个铁桶,把碎片扫在一起倒入铁桶中。碎片倒入铁桶中发出了很大的响声,吴爱兰听得出,这不是示威,而是对她吴主任的认可。

吴爱兰看到地上基本扫干净了,厨房的角上还有一些碎瓷片,就说:"把扫帚给我。"

丁起满不知她要干什么,木讷地把扫帚递给她。只见吴爱兰风卷残云地把碎片扫成一堆,然后一股脑儿地把碎片倒入铁桶内。

吴爱兰不露声色地对丁起满说:"兄弟,我能帮你的只有这些,下午你到社区来一次。"

说完,吴爱兰挥了一下手,带着工作人员迈出了丁起满的家。

林正英感到很奇怪，问："完了。"

吴爱兰掷地有声地说："完了。"

当天下午，丁起满准时来到吴爱兰的办公室，他跪在吴爱兰面前。林正英显得很厌恶。她用目光暗示吴爱兰，意思是给他点厉害看看。在潜意识里，林正英已经认可了吴爱兰的厉害，想看她更厉害的一面。

吴爱兰却哈哈大笑，然后对丁起满说："兄弟，我是党员，不是你们的江湖大哥。你跪在地上干什么？你是我们社区的一员，不要自卑，要自信，我们会帮助你的。你年纪还轻，可以在社区做出榜样。"

丁起满苦笑着说："我是烂泥扶不上墙，一家糊口都困难，怎么可能做榜样？"

吴爱兰坚定地说："你能的，我从来不会看错人。一个有个性的人是可以发挥他的才能的。"

丁起满觉得有点道理，他寻思自己的个性的确是很强的，在江湖上虽然称不上是大哥级的人物，但大家还是认可的。如果按照吴爱兰的启示，回到政府怀抱，也就是说听从社区指挥，江湖兄弟会怎么看？

吴爱兰看穿了他的心思，说："讲江湖道义也要合法合情。当年比你江湖地位高的兄弟，不是好多都成了好市民了吗？难道就你不行，还在江湖混？"

听到这里，丁起满眼泪直流，他说："是的，兄弟们都已成家，有的还儿孙满堂，只有我孤孤单单一个人，其实我心里也是很凄楚的,只是不愿意承认。"

吴爱兰说:"对了,落后会永远落后,进步会马上进步。你要想办法使自己进步起来,哪怕只是一点点,你的面貌也会改变的。譬如你孝顺一下你的父亲,大家就会对你另眼相看的。"

丁起满仿佛看到了方向,说:"这我办得到。可我以后的生活怎么办?"

吴爱兰说:"一个月后,再到我的办公室来,我来帮你解决。"临了不忘问一声:"你相信吗?"

丁起满斩钉截铁地说:"我信!"

丁起满终于站了起来,向吴爱兰和林正英鞠了一个躬,大踏步地离开了他们的办公室。

林正英向吴爱兰竖起了大拇指,说:"你真行!没见过这么干脆的。"

吴爱兰调皮地说:"将心比心嘛!如果你真心帮助他,他会感觉到的。"

林正英补充道:"不仅仅是这样,主要是你的自信感染了他。与自信的人合作是最有希望的。"

林正英问吴爱兰:"你准备怎样解决丁起满的问题?"

吴爱兰说:"授人以鱼不如授人以渔。"

林正英说:"懂得的,关键是如何授。"

吴爱兰指着办公室斑驳的墙面,说:"你不准备改善一下?"

林正英恍然大悟,原来吴爱兰要把办公室场所重新改造。但转念一想,丁起满又不是包工头,这个工程与他有什么关系?

吴爱兰明白她的心里在想什么,她告诉林正英,让丁起满学两门手艺,社区出钱。

两门?林正英惊讶地看着她。

"是的。"吴爱兰说,"电焊工和油漆工。市劳动力市场那边正在准备开培训班,我们把丁起满送去。让他学成后,在我们办公室的改造中起一点作用,主要是我们要监督他的劳动,通过劳动把他引向正道。虽然开始有点烦琐,但一劳永逸。也许对他的下半生都会有帮助。"

林正英有点感动,是的,她很少遇到有这么设身处地为别人着想的人,而且对方还是一个刑满释放的人。这才是组织的力量,人性的关怀。

林正英说:"丁起满培训的事,我来去处理,你放心!"

吴爱兰很欣慰,高兴地对林正英笑了一笑。

吴爱兰之所以动了改造办公室的念头,是因为社区的办公室实在是太破烂了,工作人员的在这里上班根本没有什么感觉。关键是鹿山市正搞花园城市建设,鹿峰小区的办公室是最破烂的,拖了全市的后腿。

在另一层意识中,吴爱兰明白,最陈旧的小区,往往是城市关心的所在,有的还是焦点,如果基础设施上不去,人们的信心就会打折扣。她记住有位专家曾说过,环境是最好的生产力。

有一点,吴爱兰知道必须要把握好,就是不能让人认为她是一个喜欢大兴土木的人,是一个爱搞政绩工程的人,这样对程天标的形象也不好。事实上,她的心里也斗争过,可她看准的事,就是几匹马也拉不回来。当然，她没有跟程天标说起过这件事，他太忙了，她不愿意让他为这种小事分神。

但怕什么来什么，就在居委班子讨论办公室改造方案后不久，上级收到一封人民来信，说她吴爱兰大搞楼堂馆所。这在当时是很忌讳的。

但吴爱兰早就向市有关部门领导汇报了她的设想。她采取的是产权置换的办法，把原来在小区边上的一幢两层小楼，置换给社区作为办公用房。这幢小楼原是一家国企的办公场所，这家国企业倒闭后，这份资产至今未做处理。整幢小楼都被灰尘和老鼠占据着。因为是国有资产，谁也不敢染指。

吴爱兰提出，把小楼的产权直接划给社区，由社区统一使用。

而领导的意思，把产权划拨给街道办事处，再由街道办事处把小楼租给社区使用。租金由社区自行解决。理由是如果其他小区也要这样的资产怎么办？

吴爱兰觉得方案太烦琐，自己的方案才比较简化。可下级得服从上级，她只能服从，就按照领导的意思向市里呈报了改造方案。

效果出人意料的好，分管市长提出了一个更好的办法，即把小楼的产权划给街道办事处，然后由鹿峰小区无偿使用。他的根据一是盘活国有资产，二是推进小区建设。他是明白的，老旧小区已经到了必须要改造的阶段，一定要稳步地予以推进。

事情本来进展得非常顺利，可就是因为有了人民来信，才让吴爱兰感到有了压力。对决策的正确性，她是自信的。但个别人巧舌如簧，会把黑的说成白的，把好事说成坏事。如果舆论一成，想改变都难。她担心的不是工作，而是程天标的形象，不能让社会各界觉得她吴爱兰是凭着程天标为所欲为的，说到底，不能让好事办砸。

林正英也知道这件事情的严重性。她给吴爱兰分析，这封信是冲着程书记来的，因为他的改革和经济发展的有力举措，影响了一些人固有的城市地位和影响。他们会抓住一切机会，造程书记和你的谣，把水搅浑，表明自己是人心的拥戴者。

吴爱兰知道问题的轻重，没接她的话茬，只是说："没这么严重吧？就事论事吧！"

林正英止不住话头，她告诉吴爱兰："我们小区就有这样的人。因为没有证据，也不好说什么。这种人每天都希望领导犯大错，倒大霉。"

林正英不忘再接一句："我也不知道他们要干什么？又不能被提拔，又不会得奖金，总之没人给他们戴大红花，乱造谣干什么？"

"造谣！"吴爱兰笑了一下，说，"随他去，我们把工作做好，走好法制的轨道。"

她吩咐林正英："关于这个工程所有的一切，都必须经领导班子集体商量决定，在争得上级领导同意后，向社会公示。"

她还不忘幽默一下，说："堵悠悠之口啊！"

吴爱兰还不忘交代林正英，把丁起满的事情解决好。

一个月过去了，人民来信的阴影也稍微淡了一些。在这个月中，吴爱兰按部就班，对社区的工作采取稳步推进的方式，各项事业都有了起色。

这天，吴爱兰收到了上级部门关于鹿峰社区办公楼安置的批复文件，她很高兴，表明他们的工作是得到上级的认可。虽然程天标是她的爱人，但她没有用他的影响力，也没有吹过枕头风。这是他们夫妻长期养成的一个规矩，凡是工作各管各的，谁也不能干扰谁，更不能运用对方的影响。

这些，林正英和她的同事们未必明白，他们只知道吴爱兰在不断地推进工作，至于这些工作是否是程书记决定的，他们不便问，也不想问。

当然，这个文件下来后，整个居委会欢乐一片，仿佛打了一个大胜仗。他们觉得用心干事，是会得到上级认可的，是会得到支持的。只要他们的工作在正确的轨道上实行，就没有什么好担心的。

林正英说："这是一件大喜事，我们应该庆祝一下！今天我请客聚餐。"

吴爱兰摇了摇手，说："不行，我们首先要把这件事办好！"

她吩咐林正英，把上级批复文件马上在网上和小区居民栏内公示，一是向大家报喜，二是让大家表达对这个工程的看法。

林正英觉得对，是不是可以考虑下一步的工作。

吴爱兰赞同，她说："我已经思考过。接下来我们要办四件事：一是迅速请示上级办好产权转让，免得背一个占用国有资产的骂名；二是开展招投标，请专业公司设计小楼改造的整个计划，包括概算、施工图；三是物色相应的公司实施改造工程，当然也要通过招投标的程序；四是搞好工程决算，委托中介机构对项目预决算进行审计。"

林正英听后很吃惊，她认为项目改造只是叫个工程队实施一下，然后结账付款而已，想不到有这么烦琐的程序。她说："我只对社区的业务工作内行，对工程实施实在是外行。要不，这个工程你来统抓。"

吴爱兰说："我来抓总，但必须要坚持集体决策，具体项目实施你来负责。我们的班子必须建立一个互相牵制的机制。"

林正英似乎懂了，说："就是说，我来实施，你来监督。"

吴爱兰纠正道："不完全是，而是我们来共同实施，互相监督，相互制约。虽然是个小工程，可在居民的眼皮底下实施，更应该小心，更应该扎实。"

这个道理，林正英是懂的，通过一段时间的接触，她很信任吴爱兰，凡是她的决策，她都执行，这次也不例外。

这一天，吴爱兰和林正英照例在进行小区的巡视，发现橱窗边站着一群人，他们对着橱窗内的公告在纷纷议论。

有的说："我们小区这么陈旧，这次终于有了起色。如果办公设施得到改造，那么整个小区改造的步伐也就快了。这个吴主任是个人物。"

也有的说："天上的雷年年打，年年都一样，当官的都变换着新样式，但与我们居民有什么相干。"

这时，丁起满的父亲开口了，说："一定要相信吴主任，她公正、能干。丁起满这么不长进的东西经过她的教育，也开始有了朝气。我看一定要跟着吴主任走。"

绝大多数的人都表达了同样的意见，他们普遍感到，这一个社区班子跟以前是有所不同，敢办实事，能办实事，做事也公平透明，不欺瞒我们居民，像党员干部的样子，我们一定要支持他们。

吴爱兰和林正英在远处听着，感到很安慰，更坚信了自己的决定。

几天后，就在她们认为万事大吉，只待东风的时候。上级领导给她们来了一个电话。说又有一封人民来信，反映鹿峰社区班子作风漂浮，在工程没有开始前就给居民公示，是官僚主义和形式主义。考虑到社区的工作是做得对的，这封信又是典型的捕风捉影，所以领导决定向她们告知一下，要她们在下一步的工作中注意，与居民力避矛盾。

林正英听后勃然大怒，说："看，这就是老小区，这就是居民素质，典型的好心当作驴肝肺！"

吴爱兰只是笑笑，说："正常的，居民有不同的反映，我们要自我检视，做好反省。"

林正英气得不得了，说："你是好修养，我是受不了了。这个破破烂烂的小区马上要有一点起色了，怎么就有的人不高兴了。他们想干什么？"

吴爱兰轻蔑地说："他们能干什么呀！我们不过有则改之，

无则加勉。只要我们没做错什么，不要害怕，不要有什么顾虑，往前走就是了。"

林正英担心地说："我们怎样才能继续往前走？"

吴爱兰启发她："首先要分清九个指头和一个指头的关系。应该确定，绝大部分的人是支持我们的工作的。反对我们，或者真的别有用心的，是少数人，或者说个别人。其次要分清矛盾的症结在哪里？既然这封信反映的是有关我们的工作公示时间问题。这件事那说明对工作公示是做对。第三要分清工作的主次。我可以肯定，我们的主要工作是搞好小区办公楼的改造，而不是这封人民来信，不能被这封信牵着鼻子走。"

她接着说："我们要有起码的定力，本着对党和事业负责的态度，把该抓的工作一抓到底。"

林正英受到了鼓励，对吴爱兰说："我被气糊涂，亏得你分析给我听。我们真的没做错什么，也就是说这封信是彻头彻尾的诬告之作，我觉得我们还是要理直气壮地工作。"

吴爱兰很满意林正英的理解能力，快乐说："妹妹你要大胆地往前走！"

林正英狠狠地点点头，说："对，我们一起走！"

吴爱兰说："接下来，我们要把每一步都走踏实，走得天衣无缝。这几天，已经有工程队来找我，想接下办公楼改造的工程，我都礼貌地做了回复。"

林正英仿佛被她提醒了，说："对的，也有很多人为此事来我家了。虽然是个小工程，看来也是个香饽饽。有人给我提了烟酒，还有人提着冬虫夏草，我都回绝了。"

吴爱兰说："那只是探道的，先来摸个底，熟悉个门子。接下来还会有人给你送钱来，你要做好思想准备。一定要拒腐蚀、永不沾哦！"

林正英年轻有朝气，又受了一段吴爱兰的熏陶，越来越有职业女性风采，她握住拳头说："请吴大主任放心，我一定守住底线！"

吴爱兰轻描淡写地说："让我们一起守住！"

事情按照吴爱兰和林正英的设计在顺利且有序地推进，至少在她们再也没有听到有关这个工程的杂音。各个环节的招投标规范地进行，中标公司都拿出了令人信服的资质和设计。对曾经干过乡镇工作的吴爱兰说，这些都是小菜一碟的。她不仅能把握而且很踏实。

整个居委会也是高度的统一。说来奇怪，经过一段时间的磨合后，凡是吴爱兰的决策大家都相信。只要吴爱兰一声令下，每一个人都愿意冲在前面。那种老好人风气和胆小怕事的作风已经荡然无存。

小区居民反响也很好。他们经常围在橱窗前，看居委会的公示，发表着自己的意见。从开始的稍有不解，到全面支持，一直到充满憧憬。他们的态度也在发生着奇妙变化。

吴爱兰是懂人心的，她知道小区居民的心理感受，因此把每一项公示，包括各种政策和居委会的打算都通过橱窗公示，告诉小区居民。她要让小区与整个居委会一同成长，让小区沿着她设定的方向进步。

吴爱兰是很有信心的，她看到了自己的事业有一点好的起步。只要办公楼改造工程完成，她下一步的目标就是整个小区的改造，为小区居民改善生活环境还不是最主要的，她看到了整个城市都会前进。而这是她作为程天标的贤内助，是必须要完成的任务。

接下来的事情就处理得比较顺利。招投标顺利完成，工程队也已经进驻。有一天，当她和林正英一起去视察现场的时候，赫然看到丁起满也在那里。

他正在给一个管道搞焊接。他戴着面具，手握焊接棒，很是熟练。他很认真且专心致志地做着他的工作。

吴爱兰没有打扰，而是饶有兴致地看着他。短短几个月，他已经脱胎换骨，没有了社会闲散人员的散漫之气，却有了几分职业人士的认真。

吴爱兰对林正英笑了一笑，说："干得好！"

林正英也善解人意地回以一个微笑。

一个节点完成。丁起满摘下面具，擦拭着脸上的汗珠。他不经意抬起头来，看到了社区两位领导站在他面前，脸顿时羞涩起来，显得站也不是，坐也不是，只是嘿嘿嘿地笑着。

吴爱兰看到了他的变化，说："干得好！已经有点男人样了。要继续努力。"

丁起满认真地点了点头。

只是林正英有些纳闷，问："你怎么跑到这个工地来了？"

原来社区安排丁起满去学习电焊后，他很是珍惜这个来之不易的机会，下了苦功夫，每天都琢磨电焊技艺，比每一个都来早，走得晚，还经常跟师傅交流心得，所以学到了真的本事。本来他要到劳动力市场找一份工作的，但当他知道社区这个工程后，找到了这个工程队，要求做义务工，为社区尽一份力。由于他有证照，符合职业要求，工程队负责人答应了，只是要求与其他工人一起上下班，不能降低工作要求。这些丁起满都答应，他还不忘告诉工程队负责人，不要把他在这里做义务工的事情告诉社区，他是男人，要悄悄报恩。工程队负责人全答应。

吴爱兰很满意，说："做得好！"林正英竟然有点感动，眼眶有点泛红。这不仅是丁起满学到本事，愿意为社区服务；更是因为他已经成功转型，成了一个自食其力的劳动者。看来社区矫正还是得因人而异，人帮人帮到点子上了。

视察完工程后，吴爱兰找工程队负责人悄悄进行了谈话。吴爱兰说："一定要让丁起满的劳动得到报偿，不能打义务工。社区感激他，但不赞成他义务劳动。要根据他的劳动时间和工作强度，给予相应的工薪，让他实现一个劳动者的价值。"

工程队负责人告诉吴爱兰，说："你放心，吴主任。我早就想到这一层。都给他记着工，工程结束后，保证和正式的工人一样享受待遇。如果他做得好，我考虑把他正式安排到我的工程队工作。"

吴爱兰说："一言为定。"

有了丁起满这个插曲，吴爱兰的心情大好起来。虽然她不露声色，但她跟林正英的话多了起来。不仅仅说到小区改造的事。她叫林正英做好准备，还有大量工作要做。

林正英也明显感到了吴爱兰的轻松，她不想破坏这样美好的语境。每一句话都顺着她，让她愉悦。林正英想，只要吴爱兰顺利了，整个小区都会顺利。

吴爱兰突然问："最近小区有什么不好的反映吗？"

林正英一怔，说："没有啊，居民们反响都挺好的。"

吴爱兰自信自语道："应该是这样。后来又没有什么人民来信，明显的，我们每件事都做得到位，有心人也无话可说。"

提起人民来信，林正英有点警惕，提醒道："我们可不能掉以轻心，有心人处处是有心的。"

吴爱兰同意她的观点，拍了拍她的肩膀。

回到社区，还没有坐定。办公室主任进来告诉吴爱兰："贾似明来了，见不见？"

吴爱兰说："见，贾大局长怎么能不见！"

贾似明是鹿山第一任经济局局长，曾经在这个城市也是说一不二的人。鹿山乡镇企业的雄起，有他的功劳。想当年，贾似明的获奖证书可有一大摞，各级工业主管部门都嘉奖他。

他在这个小区住的是面积最大的房子，这是当年鹿山政府奖给他的，以表彰他在经济发展中做出的贡献。这件事，当时在全省取得轰动，一个领导干部被奖了一套房子，表明了鹿山大力发展经济的雄心是不可遏制，这在当年是作为一个正面的事例来宣传的。

也许是珍惜荣誉的缘故，贾似明至今仍住在这套房子中，尽管近几年生活条件越来越好，他的儿女也在城郊买了别墅，但他没有搬走的意思，对过去的生活显得很留恋。

小区的人也尊重他，大事小事都请教他，他也乐意帮忙，故他深得小区居民的尊敬。只是据反映，他与秦正才面和心不和，也不知是什么原因，两任经济局长尿不到一壶里去。因为他们差着辈分，所以也没有撕破脸，只是不常见面。

说来奇怪，吴爱兰到任后，贾似明从来没有拜访过他。她只是从其他居委干部的口中知道了他的存在。有心的她，还在百度搜了一下他的经历，若干年过去，竟然还有一点遗痕，可见能量不可小觑。

作为一个成熟的官僚，他应该从一开始就要拜会吴爱兰才对，何况她是市委书记的夫人。吴爱兰也没有深究，可隐隐觉得这个贾似明不简单。

他们见面的方式是友好的，充满礼节的。尽管离开官场已很多年，贾似明还是训练有素的，体现了良好的素养。每一个动作，每一个语言都比较到位。

他说："吴主任，因身体不好，最近几个月住在儿子家里，没有及时拜访，请您原谅。"

吴爱兰谦逊地说："说哪里话。您是我市的老领导，又是有功之臣，应该我这个小辈先来拜访才是。"

贾似明说："不敢，不敢，你是社区主任，工作繁忙，我是不应该来打扰你的。"

吴爱兰真诚地说:"欢迎您为社区指点迷津,如果我工作上有缺点,你一定要及时指出来,以便于我纠正。这也是为广大社区居民嘛!"

贾似明恭敬地说:"这哪敢啊,吴主任年轻有为,一上任就大刀阔斧,把整个小区治理的有条有理,人心安定。关键是社区办公楼的改造,让小区看到了希望。"

吴爱兰注意到,贾似明说这话的时候,眼皮跳了一下,又迅速恢复常态。他说:"今天来,我有一桩私事,想麻烦吴主任。"

吴爱兰说:"理说应当,只要我们办得到就一定效劳。"

贾似明说:"这个周天,是我75岁生日,要办一个简单的生日宴。我想请亲戚故友聚一下,也想请你和林书记赏光。"

吴爱兰反应很快,说:"现在公务人员不接受私人宴请,但贾局长的生日我们是要隆重祝贺的。这样吧,请林正英书记到时送上社区准备的生日蛋糕,以表我们的心意。"

贾似明看似愣了一下,他没想到现在规定得这么严格,这是他历年的生日宴第一次没有请到社区主任,不禁有点悻悻。

4

贾似明今天的气色很好，他一早就起了床。说来别人不信，贾似明有个习惯，喜欢赖床，喜欢在床上思考一些问题。

在做经济局局长的时候，他总是上班很晚，局里每一个人都不觉得奇怪，都把他看作个性局长。个性是有的，他赖在家里的床上，经常思考一些人事上的问题，然后付诸实施，"斗倒"过3个副局长，一个免职，一个入狱，一个被党纪处分。局里的同志都认为是一个奇迹，以至有一阶段，他感觉自己在单位像皇帝一样，说一不二，谁也不敢说个不字。

更让人奇怪的是，全市工业经济却稳步上升，乡镇企业如火如荼，各项经济指标的考核都名列前茅，荣耀和光环常常笼罩着他。

但问题是，最终他提前退线，是组织的决定让他退出现职领导岗位，在待遇上还是享受原来的级别。

贾似明觉得很委屈，一个人在办公室勃然大怒，可多年的从政经历，让他迫使自己冷静下来。他想，这也许是最好的，也许现在不退下来，今后会有更多的磨难会等着他。

贾似明自认为是这个城市的英雄，是英雄必须要每在一个关键的时候留下壮举。他果断地办理提前退休手续，理由是把岗位留给更需要的同志。

市委很重视他的决定，市领导三次找他谈话，沟通思想，听取他对自己这个决定的思路历程，还特别征求了他对市委、市政府的意见，但谁也改变不了他的决定。

他提前退休后，经济局平静了大概一年，此后，有关这个局的人民来信铺天盖地，内容涉及政治、经济、男女生活作风和单位日常管理等方方面面，仿佛不把这个局搞得鸡犬不宁，写信的人决不罢休似的。

所有的人都想到写信的人是贾似明，可谁也没有证据。让人感到好笑的是，这些信有各种各样的格式，字体排列五花八门，用纸有时是几年前的机关淘汰用纸，有时是机关现在的用纸。信封上的邮戳也各种各样，有寄自外地的，有寄自本市乡镇的，也有寄自省城高校的。让人感到害怕的一封信，邮戳竟然是省级机关大院的。有一点相似的是，这些人民来信条理清晰，论点和事实都很清楚，甚至标点符号也没有差错。很显然，写信者有很好的专业素质。

而一些问题的确查有实据。譬如男女作风问题，在鹿山这座开放型城市，男男女女的事情相对看得很开，尤其在经济局，宽松的工作环境，像全市宠儿一样的地位，让男女关系显得随便。虽然发展为肉体关系的还是少数，但情感相通，男女之间的浪漫的情愫却是无处不在的。但这在封闭保守者看来，他们的一颦一笑，一顿饭局，一场晚会，都是伤风败俗，充满着肉体的气味。

那么，好事者就有文章可做，何况这个好事者可能是原来的局中人。只要他闻到一丝气息，就能把每一个参与者的整个过程都想得一清二楚，如果他落诸笔端，跟事实肯定八九不离十的。

卫子新就是这样中招的。他在经济局工作时年轻而富有朝气，人也幽默可感，还有点小才情，工作能力也可以。这使他在人际关系中能够左右逢源，跟女同事也不例外。他跟业务一科钱清岚的亲密关系是人所共知的。当然，大家了解的只是徒有其表，只看到他们平时亲密、步调一致的方面。谁都不怀疑他们的关系到底发展到什么程度，事实上，谁也不在乎他们的爱，甚至有人觉得，这么般配的两个人应该早日喜结连理才是。

他们有肉体关系吗？回答是有的，只是谁也不追究。

他们与分管局长一起到深圳谈一个项目，晚上杯盘交错之后，都回到了房间。因为项目的成功，每一个人都不感到累。卫子新冲了个澡，打开电视机，随着电视中的音乐摇摆了一会儿。他考虑是否要请局长和钱清岚一起出去活动一下。他把电话首先打给钱清岚。她接到他的电话，没等到他开口，就冲动地说："你别急，我马上到你房间里来。"

到钱清岚一头扑进卫子新怀中的时候，卫子新才想起自己是多么地爱着钱清岚。两个人都很疯狂，一直到天明。

清晨，钱清岚离开卫子新房间的时候，卫子新突然清醒了，他问："局长会不会怀疑我们俩的关系？"

钱清岚哈哈大笑，说："多此一举，她自己昨晚都不知道疯到哪里去了呢？"

分管局长是个女同志，所以卫子新感到这一晚上有点糜烂，但他没说，只是再紧紧地拥了拥钱清岚。

早上三人一起用早餐的时候，卫子新看到局长黑黑的眼圈，与钱清岚心照不宣，相视一笑。

项目谈得很成功，不久就签约了，他们三个人受到了表扬，为此，他们三个人还单独出去喝了一顿酒，表示一下庆祝。

卫子新觉得很完美，因为他已实实在在地拥有了钱清岚。

就像所有完美的晚宴总要有一个人来埋单。一封人民来信，打破了一池波澜，有人反映卫子新他们在招商时大搞男女关系，严重地损害了国家公职人员的形象。

卫子新这样一颗招商的新星，也默默地中招了。

然后上级派人来调查，分别找了他们三个人谈话。他们像约好了似的，每个人都一口否决，打死也不承认有男女关系。

调查是宽松的，本着治病救人，有则改之，无者加勉的原则。只是理清一些事实，在总体方向上对招商干部是保护的，所以最终没有深究。

只是在年度中层干部轮岗中，卫子新被安排调离经济局，到行政执法局担任中层。卫子新和钱清岚是心知肚明的，保护是必须的，但抢救也是必需的，卫子新的离开无形中告诉了经济局，随意的男女关系是不能容忍的，因为他们平时的表现实在是太亲密，影响了整个机关的人际生态。

在卫子新离开时，钱清岚来送她，握住他的手，郑重地说："你要保重。"

卫子新懂得的，爱情已经到尽头，他们的浪漫之旅已经结束，新的旅程就要开启。

卫子新知道中了谁的招，肯定是自己的恩师贾似明。在县城中学上学时，贾似明是他的班主任，作为班干部，卫子新与贾似明有父子一样的情谊。

后来，贾似明因为有其开阔的思路和知识分子特有的气质，与改革开放的要求相谐，市委破例把他提拔为经济局局长，就在那一年，卫子新大学毕业，被贾似明安排到经济局成为招商干部，一步一步地扶到中层岗位，可以说他的成长倾注了贾似明的心血。

贾似明提前退休后，有关经济局的人民来信多了起来，卫子新知道这是贾似明干的，他是在跟市委叫板，但不能搞得太大，只要搞垮经济局，就会搞垮全市经济，就会搞垮鹿山市委。

对所有针对经济局的矛盾和反映，卫子新都是回避的，他还惦记着贾似明的培养之恩。他想，形势再乱，也不会乱到他的头上。他无论如何没有想到，贾似明会对他下手。

卫子新非常聪明，他暗自分析，贾似明对经济局的摧毁是全方位的，无一能够幸免，包括他卫子新，这个贾似明的得意弟子。一人存而一局存，从这个角度看，他卫子新也是被盯在靶心上的。

他甚至感恩贾似明的手下留情，对他的下手仅仅是男女关系，这个谁也不会放在心上而组织上是重视的一个问题。卫子新知道自己有点经济问题，曾经虚开过发票在单位报支，拿过业务单位的好处，精明如贾似明者哪有不知？为什么只反映他的男女作风问题？显然是手下留情。从事实结果来看，他卫子新毫发无损，只是换了一家单位，而经济局却缺损了一员良将。

他对贾似明非但不怨恨，竟然有点佩服，觉得贾似明的斗争艺术很高，有许多值得自己学习的东西。

俗话说，谁家孩子谁家抱。那么，谁培养的人在精神基因上就会像谁，卫子新在骨子里竟然也有几份贾似明的风格。

他到行政执法局上班后，为了尽早适应现在的工作，为了在全局的话语权中取得主导地位。他搜集了全局管理上的一些问题，特别是轻视他的另一个业务科室的科长的罪状，连写三封人民来信，很理直气壮的那一种。最终把那个老科长斗成党纪处分，局领导也挨了批评，一度全局工作变得很被动。在随后的办公会议上，卫子新说的话每一个都很被重视，连局长都认真记录。只要他有什么动议，全局会马上落实。这使他感到很有成就感。

贾似明虽似闲云野鹤，可对卫子新的情况了然于胸。他已不会再对卫子新的所作所为做出什么指导了，反而有点担心，他内心知道，老谋深算最终是会害自己的，卫子新最终的道路会如何？他无法把握，直觉告诉他，这个孩子会走得很艰难，因为他再也不能犯什么错误，也就是说，他已经没有犯错误的空间。而人的疏忽是无处不在的。

贾似明是料对的，有关卫子新的人民来信真的不少，有时是一封连一封，都压在局领导那里。因为局领导了解他的所作所为，认为还不到摊牌的时候，要么不击，一击全胜。所以，卫子新暂时是安全的。

压力无处不在，聪明如卫子新者，哪会不知道别人写人民来信这种事情，别人越遵循他，他就越感到压力无限。有时，从局领导的片言只语中，他知道他是有事的，只是没有调查他罢了。

他越发小心翼翼，毕竟他还年轻，他懂得要爱惜自己的羽毛。可他已经得罪了很多人，是无法挽回的，被别人报复是必然的，他必须处处小心。

他只有在想到恩师贾似明的时候，才显得稍微安心一些。他明白贾似明走的是一条不归路，但他竟然不会有什么危险，而他卫子新有，一个人的智力是无法压平也无法统一一个单位的。何况他的人格力量还没有养成，他目前的人格要培育自己都感到困难，别说培育别人。

卫子新感到生活的空间变得有点狭窄，人们总是避着他，似怕他发现身上的缺点。虽然搞掉别人的方式是反腐倡廉式的，应该弘扬的，但他知道自己的动机不纯，是为了现实的权力，最重要的是他害的是跟他无关的人，被害人的错误在许多人身上都存在，大家都没有中招，偏偏他中招了。午夜梦回，他面对着自己的熟睡中的老婆和孩子，想到，如果别人对他们下手会怎么办？他不禁额头渗出一身冷汗。

卫子新现在只有跟贾似明通通电话，他觉得现在生活中跟他最亲近的人，就是他这个恩师。只有他给他安慰，关键时他们还能见上一面。

贾似明知道卫子新的难处，他要把这个学生发展成当前自己的事业的一员，让他成为一员战将，在内心里，即使卫子新成炮灰他也不管，所谓慈不掌兵，既然卫子新跟着他，那么必须要由他安排他的一切。

这天，贾似明的生日宴是欢乐和祥和的。卫子新等一帮学生都来了，众星捧月地围着他。贾似明颇有老干部的气派，生日宴不在饭店摆，而在家里摆上一桌，请的都是学生，没有一个领导干部。

他穿着红色的中式对襟棉袄，富贵而谦和，慈眉善目，眼睛乐得眯成了一条缝，见人就会绽开一些。

他的生日致辞简短而有力，表达了对众人的感谢之心，关键处他会说"我们"，并会加重语气，似乎要把在场的人融为一体。他每一次说道"我们"就会感到身上的力量就会强一些。而他的学生也会感到温暖一些，这个词虽然不是春风，但让人感到有依靠。

轮到卫子新致辞，他感到有些激动，说："参加老师的生日宴就像是一次重生，我感到有了一个全新的自己。祝老师身体健康。祝老师再次拥有青春般的事业。"

贾似明显得很享受，最后摆了一下手，说："老朽了，哪有什么事业？你们的成长才是我的快乐。"

听着他的谦逊，所有的人都笑了，显得没心没肺。因为每一个人都知道他在斗争，与经济局的恩怨没完没了，有的人等待着他早日战死，有的人对双方的胜负都抱有幸灾乐祸之心，还有的人参与了他的事业，包括给他搞情报，出点子，把每一个对手都在思维上盯死。

卫子新突然觉得自己与贾似明还不是最亲近的，因为他提供的情况贾似明从来没有正眼瞧过。在他面前，贾似明总是很威严，也胸有成竹，仿佛他卫子新知道的一切贾似明全知道，他卫子新的奇思妙想根本不入贾似明的法眼。

他不明白贾似明还有更深一层的想法，就是把卫子新深深地埋入机关，让他成长，让他最终成为自己这一体系的最终接班人。

看着众多的同学围着贾似明敬酒的火热的场面，卫子新突然感到有些孤独。他想，这是怎么啦？是老师疏远了自己，还是在哪一个环节上出了问题？他应该才是主角啊。

这时，林正英来了，她代表社区向贾似明送上了节日蛋糕，还宣读了节日贺卡。

贾似明很高兴，郑重地起立着，礼敬社区的祝贺，还示意众人让出一个座位，让林正英入席。

林正英委婉地表示了谢绝，她告诉贾似明，社区干部是严格禁止到居民家接受宴请的，请他原谅。

贾似明这时很通情达理，召集全体学生起立鼓掌，向社区表示感谢。

林正英看卫子新在场，没有做什么表现，只是临告别时，悄悄地瞪了他一眼。这让卫子新背冒冷汗。

为了掩饰自己的慌张，他转移了一个话题。他告诉贾似明，最近市里出了很多事，听说秦正才被人告了，说是男女作风问题，上级要派调查组来调查他。

贾似明听后，微微一笑，似乎早就知道这件事，只是摆了摆手，笑着说："男女作风是小事，哪一个年轻人不偷腥，不要往心里去。"

卫子新意犹未尽，说："只要上级来查，够他喝一壶的，管大问题是大还是小。"

坐在他边上的陈小虎比较老成，说："恐怕没这么简单。仅是男女作风问题上级就派调查组，不是小题大做吗？我看还有更大的问题，譬如他当党委书记时有没有重大经济问题，说不定还有政治问题，譬如妄议中央。"

贾似明赞许地对陈小虎点点头，说："其实政治才是大问题，譬如跟谁走，有没有跟对，又有没有反对其他人。"

卫子新觉得深有启发，说："秦正才是程天标身边的红人，没人敢碰。据说如要当官走秦正才的门路，就能八九不离十。如果这个人出事，将是鹿山一件了不得的大事，说不定会牵涉很多人。"

贾似明不想接这个话题，话锋一转，说："最近我们的秦大局长又在忙什么？"

卫子新说："听说与一个美国公司签订了一个项目，投资达到50亿美金，是空前绝后的一个项目，轰动了省里。现在上级特批了一个产业园区，正在加快建设。"

贾似明很敏感，自言自语道："产业园区，大概多少亩地？"

"500亩。"卫子新很快地报上了答案。

贾似明神秘地笑了一下，快乐地说："鹿山事业大发展啊！

值得庆贺啊!"

他转而又问:"秦正才的家庭现在是什么情况?"

卫子新答道:"他的老婆在一家幼儿园工作,听说读初中的女儿刚到国外留学。"

"是自费还是公费?"贾似明问道。

"这个说不上来。听说这事办得很低调,知道的人没几个。"卫子新答道。

贾似明嘴唇往上扬了一下,说:"秦局长年龄也不小了,孩子都出国留学了。你知道他经常回家吗?"

"一个星期回一次,这整个机关都知道,平时他住在产业园区的筹建工地上,很繁忙的样子。"卫子新不知道贾似明葫芦里卖的什么药。

贾似明继续问道:"他的身体怎么样?"

卫子新有点明白他的用意了,回答道:"一般吧。人黑了瘦了,偶尔还要到医院打个点滴。"

"谁陪他到医院的?"贾似明问。

卫子新觉得这个老师太可怕了,如果是一个女孩子陪的,那么可以做一个人尽可知的文章,如果是一个男同事陪的,那么是否牵连到什么人情往来,相当于经济问题。如果是他老婆陪的,那么他的能力太差,作为一个领导干部,连个朋友也没有……

果不其然,贾似明接着问:"他生病的时候看望的人多吗?"

嘿嘿,卫子新心里笑了一下,心说老狐狸露出马脚了,他这是在找秦正才的经济问题,也就是装病敛财的问题。这可是有先例，以前机关也有这样的领导因此受到了处分，让人觉得很冤。

让他没想到的时候，贾似明又问了一个问题："听说秦正才在外边生了孩子，是真的还是假的？"

"不知道。"卫子新答道。他心里知道，本市有好几个领导干部在外面生了孩子，大家都知道，但是碍于面子，相互不予揭露。秦正才很严谨，卫子新真的不知道他在外边是不是有生了孩子。

陈小虎口无遮拦地说："说不定的，听说他在做乡镇党委书记的时候风流成性，跟一个女歌唱家搞不清楚，在外边也许是有孩子的。"

他接着表态，说："你把这个问题交给我，三天之内，我帮你打听清楚。"

贾似明对陈小虎的话没有什么反应，假装无所谓地说："现在大家都富裕了，有点花花草草的事，也在所难免。只要钱来得正，我看应该相互看开些。"

陈小虎有点义愤填膺，说："现在有一些干部钱来得根本不正，谁也看不懂他们是怎么富裕的，有些人假装有产业，也不知道他们的产业赚不赚钱。"

"产业！"贾似明听了很有兴趣，说，"难道我们的秦大局长有很多产业？"

陈小虎又拍了胸脯，说："您放心，一个星期之内，我帮您搞清楚！"

生日宴圆满结束，贾似明的学生们纷纷告退。贾似明把他们一一送到门口，最后握了一下手，说了几句叮嘱的话，像长辈对小辈的关照。

卫子新是最后一个走的，他对贾似明说："老师有什么体己的话要关照我，我保证完成，老师的心愿必须达成。老师是我们这些人的灵魂人物，我们要守护好。"

贾似明对他的表态很满意，拉着卫子新的手摇了又摇，说："子新啊，没什么大事，以后我们多联系就是了。我这把老骨头还需要你们来照顾，你们才是我的主心骨啊！"

卫子新欲言又止，这瞒不过贾似明，他说："你的前途你放心，我会尽力帮你安排的，市委接下来要换届，如果可能，我想让你重新回经济局工作。"

卫子新很满意贾似明的安排，又有点疑惑，说："秦正才不走，我怎么可能回经济局？我们俩是不可能在一个单位工作的，我还是觉得没有把握。"

贾似明很有把握地告诉他："你这个死脑筋，办法很多，我们不会曲线救国嘛，首先想办法到市委机关工作，然后再回经济局，这不是顺理成章的了吗。"

随后他附在卫子新的耳边说："市委有一个部门的领导和我交情很好，曾是我的老下级，我来帮你运作一下。不过你工作要做好，场面上的事不许塌台。"

卫子新懂了，说："工作您放心。我所在的科室在全局考核中今年是第一名，还申报了上级条线的嘉奖，我会适时宣传一下。"

贾似明满意地说："做得好，一定要天衣无缝，让人无话可说。"

卫子新走后，贾似明一点倦意也没有，他重新泡了一杯茶。在书房内来回踱步，一会儿看看身旁的一排书柜，一会儿随手翻翻桌子的书籍，但他不看内容，只是一页一页地翻翻而已。当他若有所思地翻到最后一页，狠狠地合上书本，喝了一大口茶，大步来到最旁边的书柜，拿出钥匙，打开木门，里边赫然是一排排的资料袋。他并没有深翻，只拿起第一卷，放到书桌上，资料袋写着三个黑体字：秦正才。

资料袋内装着非常厚的材料，有的是打印的，有的是手写的，还有照片和光碟，最上面是资料的目录。显然，整理这些资料的是贾似明自己，他对自己的专业素质从来不怀疑。

贾似明浏览着资料目录，明显地表现出得意之感，仿佛他做成了人生的一件大事。但他很快地又紧锁眉头，显露出不满足。他知道，单凭这些材料，也许能做得掉秦正才，可未必能一击必杀，他知道很多材料是捕风捉影。作为老机关，他相信事实是存在的，所以尽心地予以整理。苍蝇不叮无缝的蛋，他既然叮了秦正才这个蛋，就一定叮牢、叮死、叮破。对于没有完全把握的事，他是不会做的。他想到陈小虎，希望他早日拿到秦正才的证据。他还想到了其他的学生，他知道人性趋暗的特点，有的人会自觉地走到他的道路上来的，到时候，有关秦正才的材料会更充实。

当他轻轻合上全部资料的时候，将头仰在椅子上，很享受的样子，一分钟，两分钟，三分钟，一直让这种状态持续了半个小时。然后他拿起资料袋，将它装入书柜，上锁，仿佛完成了一件重要的事。

贾似明不感觉累，这是他多年领导干部的经历所形成的习惯。在重要的事情发生时，他总是能连轴转，很少休息，直至把这件事情办完。虽然已经退休好多年，他还保持着这个习惯，他知道这是他生命力的一部分，如果他失去了与人争斗的资格和能量，那么他的力量会失去，他的生命也会随之失去。

至于他所做的事，正义与否，他不管。他心里的一个提前退休的小结，他觉得这辈子是解不去了，是别人把他逼成这个样子的，那么他也要毁掉别人，如果有必要，他可以决心毁掉这个城市，这虽然很难，但他愿意一试。因为他所做的一切，别人是不会知道的，怀疑也没用，重要的是他所做的事，制度又允许，更不用负什么责任。别人会见他怕，领导到节日会看望他，给他送苹果，面子有了，快意恩仇的感觉也是有的。

想到这里，他有点舒心，对秦正才等人的风光已经不再羡慕，甚至有点可怜他们。人，怎么可能没有缺点，怎么可能没有私心？只要你有，我就有办法把你置于死地，而且人人唾骂，让你翻身的机会也没有。

他整了秦正才几年的材料，对他的情况已经很熟悉，关键是要增添新内容、新素材，让它具有本年度的特征。总有一件事会引起上级不快的，到时谁也爱莫能助，再红的人也会变黑，也会被新的人替代。而他的声誉会日渐上升，也许比在位置上还要隆重，到时再看，谁是这个城市的赢家。

只要功夫深，铁棒磨成针。他挥了一下手，自己对自己说，就这么干。

他决定到小区走走，抒发一下自己愉悦心情。

这个小区的一草一木他都是熟悉的，他每天至少经过一遍。他对每一辆车什么牌子，主人是谁他也是了然于胸。在什么时候，会遇到什么人，他们最近会说些什么话题，他都能明白。他的本事不在于他的调查研究，而是随便看看，随看随记，用不着多少时间，一切都会收罗到他的脑中。

他知道小区搬了办公室，听说那幢黄色的小楼被收拾得很好。他对这个工程悄悄留心过，虽然对吴爱兰他暂时还不敢下手，但多年的习惯使他不愿意放过一丝一毫的痕迹。

当然，这个工程的一切很合规，他无懈可击。当他听到吴爱兰等社区干部挽救丁起满的事迹后，也很欣慰，心中也暗暗赞叹吴爱兰的工作。

一路上，看到的人都向他打着招呼，他都一一回应。在小区，他始终是以一个和善的长者的面目出现的，大家对他没恶感。他之所以没有搬到儿女的别墅区，是因为他要像一个老干部一样地生活，在一个老小区与民同乐，过完余生。

今天，他决定到老的办公楼去看看，对新的办公楼他还暂时不想打扰。其实他内心也是有点怵吴爱兰的，本着没事不招事的原则，还是少见面好。

老的办公区虽然陈旧，但贾似明还是有点感情的。在他刚提前退休的那几年，为排遣内心的寂寞和不快，他积极地参加社区组织的老领导、老党员、老干部的一些活动，并在里边努力发挥积极作用。他尽管内心不快，可脸上从不表露出来，总是乐呵呵的，给人一个乐天派的形象。他知道他的余生一般就在这里度过了，一切都要处理圆润平和，不能让人看到自己的棱角，能争取别人的多少信任就争取到多少信任，能办多少事就办多少事。所以，在短期内，大家都认可了他。虽然别人并不知道他回到家里不知又要整谁的材料。

他来到那排破旧的平房，发现窗口都关着。窗外的树扶疏有序，葱绿一片。他走到窗台边，用手指抹了一下，窗台上并没有见到什么灰尘。他点了点头，对吴爱兰的能力有了赞许。

在门口，两扇玻璃门虚掩着，里边有两个勤杂工正在整理一些杂物。他轻轻地推开门，发现过道有些暗，试着打开墙上的开关，灯全都亮了。他发现走廊内已空无一物，地上是整洁的，好像刚刚清扫过，用油漆漆过的地面闪着灰暗的光，能照出他的影子。

面积虽然不大，但贾似明却觉得无比宽畅。他在走廊里轻轻地踱步，但脚步声产生了回响，这使他感到很惊奇。他注意到，墙上的人民服务的标语还在，除了工作人员的照片被揭去了以外，其他还保留着。他在程天标关于社区工作的指示的话语前徘徊良久。他承认自己是个气量狭窄的人，像一个市井之徒对这个城市的当政有着暗暗的敌意。他知道这是习惯，自从提前退休，这种习惯仍旧没有改变。

在意识上，他也知道与程天标往日无怨，近日无仇，两个人在政治上、经济上和其他的一些方面都没有什么矛盾。问题是他怨恨程天标重用秦正才,同时秦正才的工作才干的确远远超过了他们这一批老的经济局干部。他知道,这种怨恨有些变态,但他控制不住。他是被这种怨恨撑住的,如果没有这种怨恨,他会死掉。

好像程天标站在他面前似的,他自觉地保持着风度,还对程天标的指示友好地微笑着,犹如打着招呼。

直觉告诉他,他们之间会有一战,是福是祸的确难料。

他很佩服吴爱兰。这条走廊干干净净,一点灰尘也没有。墙上所有的陈列,还是整整齐齐,好像是经过仔细收拾过的。是的,这幢平房并不是一个被人丢弃的"弃妇",而是安静地在等待新的主人的到来。

他信步走到吴爱兰和林正英的办公门前,随手打开了门。里边空空荡荡,在灯光下,一切都是明亮的。他觉得人的气质可以影响一幢建筑,吴爱兰应该是光明的,所以她的办公室在她走后还是富有生机。

贾似明感到了程天标的强大,他有一个好的贤内助,而这正是一个领导干部能够跃马扬鞭的重要条件。吴爱兰的仔细、有序和干练,无疑会为程天标加分,也会为这个城市加分。贾似明又感到害怕,有吴爱兰这么没有缺点的人的存在,他怎么能战胜秦正才,并进而战胜程天标?

他知道自己利用的是制度的漏洞来打击对方的,而对方的每一点强大都反衬了自己的弱小,他承认,程天标是正义之师。

可他不会就此屈服,凭着他一个人来检视吴爱兰曾经的办公

077

室的勇气和魄力,他知道自己的干劲还在,对事情的谋算还在,对阵地的争夺感还在。他想,他还不老,还可以战,说什么也不能便宜了后来者。

他想到了卫子新,想到陈小虎,想到自己的一群学生,觉得还是有一批后来者在支持自己。廉颇虽老,尚可战。主要是他会躲在制度的福利下不会受伤,而中他暗箭的人,就可能落马受伤。

想到这里,他暗暗冷笑,心中又平添了勇气。一句唱词突然在他的耳边涌现:你有你的张良计,我有我的过墙梯。

风吹着小区里的花朵,它们虽无名,却在摇曳。它们的身影映着几个下棋的人,似一切不快都未曾发生过,似生活都在美好的轨道上运行

没人知道明天是否会下雨,贾似明的心里却期待着一场大雨。

5

程天标心情很好，他的乐观是与生俱来的，在他看来，人生第一要务就是乐观，万事倥偬，疲累和艰难是难免的，但没有越不过去的坎。在每一个重大关头，他都能感受上级组织和同志们对他的关心，让他信心倍增，让他心情大好。

是的，今天，他又要办一件事，一件对鹿山发展有利的文化大事。一般专注于经济事务的人是很难看到他高妙的思路的，认为文化只是一种门面，多做一点与少做一点都没有关系。程天标却不这么认为，他对城市精神的培育是始终不渝的。他认为每到一个关键节点，一个城市必须要推出一部成熟的文化作品，起到鼓舞人心、促进发展的作用，在对干部队伍思想观念的改变上，在对市民阶层精神行为的引导上，具有莫大的意义。

现在，他有一件快乐的事，就是莫正夫的投资。在全省同类城市，这样项目规模和科技含量，是唯一的，是能够鼓舞全体市民跃进在改革开放的道路上继续大步的，是能够引导全省的招商引资方向的，是能锻炼鹿山整支干部队伍的。规划、构想、蓝图早已完成，秦正才对产业园建设的推进他是满意的，尤其是关于建设队伍体现的良好的职业素质和精神面貌让他很满意，他已经着手在这支队伍中物色干部，把思想品质好、业务成熟的干部早日提拔到领导岗位上，让他们起示范作用，让他们推进这个城市的发展。

他还有一堆烦心事。如有关针对秦正才的铺天盖地的人民来信，这让他头痛。对秦正才他是满意的，他是他一手从乡镇党委书记任上提拔起来的干部，无论是政治品德还是专业素质，他都是经过全方位考察的，而且这些考察结果他是放心的。程天标偏私但不护短，只为公，凡是正确的他都坚持，凡是错误的他都纠正。他不会因为秦正才是他的人而偏袒他，也不会秦正才工作岗位的重要而对有关的纪律监督产生回避。他知道，秦正才是被人盯上了。他更知道为什么秦正才会被盯上，盯上他的人是茅坑里的石头又臭又硬，但谁也不能回避社会监督，谁都必须在纪律面前保持严肃的态度。

在大方向上，程天标对秦正才是放心的，他只是微微担心一些细节，他相信秦正才不会在他面前刻意隐瞒，但所谓百密一疏，说不定会在一些不起眼的小事上翻船，以至于大意失荆州，这是划不来的，也会对当前全市来之不易的大好形势产生损害。如果因此使城市的形象受到影响，这是他程天标断断不能接受的。

程天标要做的就是大力推进事业的发展，在发展中解决一切矛盾和困难。对秦正才的问题他也是本着这个方法。一方面他亲自部署了秦正才的工作，他能看到每一个细节都能走向成功，对秦正才都是有利的。另一方面在严格要求秦正才的一切，包括生活，他有把握现在的严格可以触及一些历史问题的纠正，进而保证未来的发展始终规范在正确的轨道上。

在原则问题上，程天标从不让步。譬如对秦正才的问题，他思考得再多，也不会转向反面，他的原则只有一条：保护。不能让真正干事业的人受委屈，允许在干事中犯些小错误但不允许不干事。

为此，他与市纪委李书记专门谈了一个下午。主要有两条：一是对推进改革开放的干部不仅要加强监督，也要加强保护。二是对存在的问题不能姑息，要防微杜渐。他要求市纪委，把人民来信反映的问题继续调查清楚，确保真实可靠，不允许有主观臆断。必须把每一个问题都调查清楚，如实向市委汇报。在征得市委同意后，再向上级监督部门请示，请他们派调查组前来实地调查，把所有的问题解决得完美无缺。

也就是说，在所有的问题没有彻底查清之前，上级暂时还不会派调查组来。这样，程天标还有继续协调这些问题的空间和时间。

这是程天标办的第一件事。现在他要办第二件事，就是请文联桂如海牵头撰写一部反映本市改革开放和现代化建设的报告文学。他想以此回击社会上一些不负责任的闲言碎语。他认定，一个城市必须要有自己的生存旋律，而市委就是要主导这个旋律，把全体市民的精神意志集中到促进鹿山的新一轮发展上来。

程天标与桂如海是大学同学，他们都是中文系的学生。在那个年代，大学生是天之骄子，中文系更是骄子中的骄子。他们办诗社、开诗会、办诗赛，让整个校园都沐浴在文学的海洋中。那时程天标是系学生会主席，桂如海是诗社社长。他们把诗歌活动,包括与此相关的文学活动一起办到了校园以外,在整个省城很影响。在那时,程天标就是桂如海的领导,他对桂如海的支持和培育,是一以贯之的。他们的友谊非常深长。可以说,没有程天标,就没有桂如海;没有桂如海,就没有校园的文学氛围。

他们一起写诗,一起偷偷跑到校园外喝酒,一起谈论女同学,当然最多的还是讨论写诗的问题。与桂如海不同的是,程天标的志向在于从政,所以虽然他的文学功底非常扎实,但他的主要兴趣还是在管理学生事务上,他的主要能力还是在与学校领导和老师的沟通上。程天标尽管也有很高的诗才,但并不出名。桂如海因为对诗歌的专一,而在校园大出风头。

桂如海在大学时差点被学校处分,因为他带领几个男学与一群女同学私下结伴游玩,回校后几人过于亲密,被人告发。学校认为这件事情很严重,破坏了校园纯洁的风气,但在处理上很慎重,征求了学生会的意见。程天标坚决反对处分桂如海,他甚至用了"公民"这个词,指出学校的任务是引导学生树立正确的人生观和价值观,而不是一棒子打死。随后,他拍了胸脯,表示桂如海的工作由他来做,如果做不好,他甘受处分。

事实证明,程天标圆满地完成了任务。从此桂如海见了女同学之后,表现得十分平静,更加彬彬有礼,让所有的老师松了一口气。

这就是桂如海的品性,只要你行,他就服你,跟你走。

大学毕业后,程天标作为优秀的毕业生,主动要求到基层工作,在一个村担任党支部书记。而桂如海比较顺利,被分配到鹿山市文联担任工作人员。他们虽然生活在两个城市，但他们的联系从来没有中断过。程天标记得，办公室的那部手摇电话机隔三岔五就会接到桂如海的来电，大底谈都是桂如海的创作计划。他从一开始就以作家自居，抱负大得很。文联领导也支持他，因此他的创作慢慢有了起色。

程天标记得，桂如海终于在北京的一家刊物上发表了作品，兴奋得不知怎么办。当日他就买票乘公共汽车来到程天标工作的地方。在村委会简陋的办公室里，桂如海一边畅谈，一边朗诵，疯狂得让每一个人都哈哈大笑。

只有程天标知道，桂如海的表现一半是真的，另一半是作秀，是做给他的村委会班子和群众看的。桂如海想要让大家明白：程天标是一个多么优秀的人，他有一个多么优秀的朋友。俗话说，要想知道一个人怎么样，就看他交什么样的朋友。他桂如海是市级机关工作的人，是在北京刊物上发表过作品的人，是把程天标看作是大哥的人，有这样朋友的程天标怎么会差？

程天标也感到很奇怪。自从桂如海来疯了一把以后，他的工作就顺利多了。他的集体经济蒸蒸日上，他的乡村改造计划在村民大会上全票通过后顺利实行，他的乡村工作的调研文章在省刊发表，他个人被推荐为基层党的工作先进个人，到省城接受表彰。

让他没想到的时候，就在一年以后，桂如海在省报副刊头条发表了一篇短篇报告文学《大潮赋》，而主人公就是他程天标。看来，桂如海是真的在发力，在为程天标鼓与呼。就在当晚，县委书记约见了程天标,听取了他的工作汇报,特别是他征询他所在乡镇工作的看法。程天标按照自己早已写好的调研文章的思路做了回答。县委书记很满意,临别时握住程天标的手说:"弄潮儿向潮头立,手把红旗旗不湿。真正的大潮正等着你。"

一个月后,程天标走马上任镇党委书记。一年后,桂如海又来采访他,想再推他一把。这次程天标拒绝了。他说:"实干兴邦,要推你要推基层的先进典型,推那些真正扎扎实实的人。他们才是我们工作的脊梁。"

程天标没有扫桂如海的兴,帮他联系了县经济局,让他为全县经济工作写一篇文章,为全县工业经济三年振兴计划做一个完美的总结。

桂如海做到了,他写的报告文学在省刊发表。为此有关部门还召开研讨会,影响很大。该报告文学不仅在文学界产生了震动,而且在政界和经济界也产生了反响,被称作是工业振兴的当代篇章。

此后,全县的招商引资蓬勃发展,每一个人的精气神都高度凝聚,仿佛他们都是一篇文章中的主角,他们在共同构建一篇锦绣篇章。

就在那一年的冬天,程天标被提拔为县委常委,主管全县经济工作。

此后,桂如海把写作的重点放在了自己的城市,他爱这座城市,他愿意把自己的青春和热血献给这座城市。他相信,只要他的笔触伸到,就会有一片波澜。只要他的歌唱被众人听到,就会有一个花园。

短短的几年，程天标经常能听到有关桂如海的好消息：不是他写的文章在重要媒体上发表，就是他又获奖。现在，他已经是这个省的著名作家，在省城甚至北京都很受欢迎。

程天标真心为他高兴，一颗文学种子终于成长为一棵大树。当他想到他与桂如海的点点滴滴，也是心潮起伏，心中说，兄弟，我们一起努力！

让人没想到的是，不久后，省委和市委决定，程天标任鹿山任市委书记。程天标成了桂如海的上级。两个昔日的文学青年终于又可以在一起为打造一座城市而共同努力。这使程天标感到很高兴。

在省委谈话后，程天标把第一个电话打给了桂如海，说："我要过来了，你做好准备了吗？"

桂如海又高兴，又恭敬，说："已经知道你履任的喜讯了。我等着你，鹿山等着你！"

一星期后，程天标到鹿山。在全市领导干部大会上，宣布程天标任命时，桂如海坐在主席台下，是靠前的位置。按惯例，桂如海是坐在最后的，这次他没有谦虚，坐在靠前的位置，就是表明了对程天标的支持。他用自己无声的语言告诉大家，程天标是兄弟，必须要支持，必须要接受他的坚强领导。

程天标是懂的，在主席台，大大方方地向他点了点头，然后庄重地进行他的就职演说。

程天标到这座城市工作后，桂如海找过他一次，汇报了一下工作。此后，他们偶尔通个电话，不经常联系。

程天标也没有对桂如海做出什么规划性指导，特别在创作方向上，他觉得还没有到开口的时候。对桂如海的政治前程，程天标更是没上心。在他看来，千军易得，一将难求，一个优秀的文联主席比一个市领导有时会更重要。对文联主席的使用，主要是看领导者的感觉，感觉到位，就能使用好，就能发挥作用。

但程天标无时无刻都感觉到桂如海的存在。一方面领导干部都知道他们之间的关系，有意无意地总会在程天标面前提起桂如海。另一方面，程天标发现桂如海的创作方向发生了微妙的变化。他不再只在重大报刊上发表文章，而是在市报上频频发表小的散文，涉及题材有关风俗、人情、节庆等。似乎他只要名字出现，写什么并不在乎。只有程天标感觉到，这就是支持，只要桂如海的名字出现，至少在文艺界，他程天标是一言九鼎的。何况，这会影响整个城市。同时，程天标认为这又是一种鞭策。因为桂如海的风花雪月表明，他暂时还不想创作惊天动地的作品，他是在等，等他程天标异军突起、一马平川的那一天，到时他的重大作品就会诞生，而主角仍是他程天标。

事实是，程天标并不想再次成为文学作品的主角，因为他已是一个城市的主政者，他的任务是为人民服务，而不是张扬自己的政绩。桂如海的好意他是明白的，作为朋友，他要给他一个机会，而描写对象必须是这个城市的中坚力量，而不是他程天标本人。

程天标很感谢自己的这套班子，对鹿山和谐融洽的官场文化十分认可。每一个班子成员都支持他，每一个人工作都不推诿，都在某项工作中发挥重要作用。可以说，鹿山是遍地英雄，而歌唱者必定是桂如海。

程天标曾经暗暗地排过一个名单，他还是没有下定决心，是否要把这个名单交给桂如海。他相信，如果他推荐的人被桂如海讴歌，那么这个城市就会诞生新的英雄。

对这个英雄的诞生，他要等等，一点也不急躁。他知道对标杆人物的树立必须要对这座城市负责，对历史负责，也要对其本人负责。

现在，莫正夫到这座城市投资，麒麟公司的产业园也要很快建成。秦正才正率领他的团队忙碌在一线。一座城市的体量和精神面貌马上就要质变。是应该有一部作品该出台了。在打造这座城市的过程中，秦正才逃不了，桂如海也逃不了。

也就是说，程天标要推出的是秦正才和他的团队，对城市发展的坚持他始终没有动摇过，对秦正才的支持也始终没有动摇过。他要通过桂如海的文笔，推出一个真实的秦正才，进而推出一个真实的莫正夫，最终推出一个让人惊羡的城市，讴歌党的改革开放政策。

他要用真实的案例来消除个别人的疑虑，用无可辩驳的事实回击一切诬陷和不实之词。他要让每一个市民明白，城市发展是历史的选择，是时代的要求，是每一个人手中必须要摘取的一个果子。

他知道办这件事有点压力，有关秦正才的人民来信还在源源不断寄来，有关对鹿山能否顺利建成麒麟产业园还有疑问，个别职能部门对一些配套设施的规划和建设还存在困难。但，这都不要紧，关键是决心，要看得清事物发展方向。凡是有预计到最后胜利能力的人，才是真正的赢家，而他程天标就是有这样的能力！

他不会转嫁压力，所有的压力，他决定一个人承受，他相信没有越不过的坎。未来的前程的确迷人，充满着真实的灿烂！他已经看到，他坚持别人也会看到。

这时，秘书轻轻地推门走进他的办公室，走到他的办公桌前，说："桂如海来了。"

程天标面无表情，说："让他进来。"

桂如海推开门，大步流星地走到程天标面前，看来他毫无拘束，与程天标的友谊可见一斑。说："程书记，我来了。"

程天标高兴地抬起头，扫了桂如海一眼，发现他比以前胖了一些，精神头明显好了很多，很抖擞的样子。程天标知道这是因为有他这棵大树，桂如海乘凉乘得看来还可以。

他看到在桂如海身后跟着一个青春的女子，虽然美艳，但不妖娆，相反有一种清爽的感觉。他好奇地问："这位是？"

"沈明月，市音乐家协会主席。"桂如海答道。

程天标心情大好，虽然与沈明月从未谋过面，但在与秦正才的交流中知道这个女子不简单，有过留学的经历。她与秦正才的罗曼史也让程天标玩味良久，重要的是她在秦正才这个局中，是一个重要人物，所以他有时在意识中会思考到她。

程天标大手一挥,说:"稀客啊,请坐。"

沈明月很礼貌地伸出手与程天标握了一下,她知道国际惯例,男女要握手必须是女方先伸手,男士才能相握。程天标没有主动伸手是对的。

程天标看到她的手秀长、清洁,带着淡淡的芳香,既活泼,又节制而稳重。于是程天标就对沈明月的个性有了一个大致的掌握。

程天标从不看错,只握了一次手,他就知道沈明月不是浮浪的女子,是一个艺术家,是一个能办事的艺术家。

桂如海在程天标对过的沙发上坐了下来,喝了一口秘书泡的茶,定了定神,等着程天标的问话。

程天标问:"最近你在忙什么?"

桂如海知道这句话的意思,程天标肯定不想知道他的芝麻绿豆子的事,他要知道的是他桂如海在写什么,与他程天标有什么关系,能否让这个城市再振奋一次。

但桂如海的回答很含蓄,说:"我在等待你下达的任务。我是你的下属,唯你命是从。"

程天标知道桂如海的难处,他一定有几部作品要写,或者正在写,只是不知道自己需要的是哪一部。他假装不耐烦地说:"不要卖关子,给我倒豆子,全部倒出来。"

桂如海舒了一口气,听口气他就知道程天标需要他写一部作品,这样他就感到很踏实,毕竟写作是他的特长。文联主席有职无权,只有一支好笔头供驱遣,而这也是这个城市所需要的。

桂如海很慎重地说:"你来了已经几年,我觉得条件已经成熟,准备写一部鹿山近年发展的报告文学,目的不仅仅是为你树碑立传,更重要的是鼓舞鹿山的人心。"

程天标狠狠地点了点头,说:"好主意,你还是这么有志气,这么有担当!是这个城市的良心啊!说说你的构想。"

听了这话,桂如海有点惴惴不发地说:"我谈不上是这个城市的良心。这个城市的良心应该是你。你来的这几年,筚路蓝缕,政通人和,全市上下一片兴旺。谁不赞颂你领导有方!你的讲话中的精彩段落,干部们都能背诵,因为你说的是真心话,人民群众也认可。我只是个作家,只是记录这个城市的精彩段落,其他没什么。"

程天标比较满意他的回答,说:"你是这个城市的歌者。为这个城市喝彩是你的责任,你一定要继续担负,我相信你的能力,你肯定能担负起来。"

桂如海很感动,眼角竟然涌起泪花。程天标的鼓励,是多么的有力。他想起自己一路走来的艰辛,特别是孤独,甚至是人们的不解。人们看到的只是鲜花和掌声,可谁会知道作家的委屈和艰难,这些只有作家自己知道。

他定了定神,对程天标说:"君有驱遣,我必报之。讴歌城市,理所应当。我一定要为你写一部完美的作品,以报答你的知遇之恩。"

程天标显得比桂如海轻松,轻轻一笑,说:"歌颂我,不恰当。我是城市主政者,所做的一切都是责任和义务,是我必须要完成的使命。我们要放眼向下,从基层中去发现感动人心的事迹,要讴歌干部,讴歌群众,让他们真正成为城市的主人,让城市成为每一个人心中的骄傲。"

桂如海十分佩服程天标的见解。在桂如海的创作生涯中,城市的主政者一向是主角,而今天这个主角却谦逊地让位给其他人,他尊重人、理解人,特别是他对城市中心人群的认识让人耳目一新。这是一个高境界,这是桂如海创作半生,所遇到的第一个让人折服的论点。

桂如海说:"我相信你。你的指挥棒指向哪里,我的笔就写到哪里。你说歌颂谁,我就歌颂谁。只要一个人或者一群人在我的作品里能立得起来,我保证写好。"

程天标说:"你去写秦正才,他很有内容!"

对于秦正才,桂如海是熟悉的,早在秦正才担任乡镇党委书记的时候,他们就经常接触,他知道秦正才根子正,又能干,是深得领导器重的,也是深孚人望的。歌颂这样的人物,他桂如海愿意。事实上,早在秦正材在乡镇工作的时候,桂如海就写过他,只是秦正才不同意,他才没有发表,稿子至今还在书柜里藏着。

桂如海说:"我很看重秦正才的。几年接触下来,我觉得这个人行,是能办大事的人。如果推一下,可堪大用。"

这时,程天标发现,沈明月一脸无辜地笑了一下,很灿烂。

程天标假装没有看到,继续问桂如海:"你有把握写好他吗?"

桂如海坚定地说:"能。其实我注意他已经好多年了,也悄悄地写过他一些,只是没有拿出去发表。只要再深入采访一下,肯定能拿好一部比较好的作品。"

他进而坦率地问道:"只是歌颂了秦正才,你程书记怎么办?我的意思还是你做作品的主角,而秦正才陪衬你,作为一个重要的配角歌颂一下。"

程天标摇了摇手,说:"你还是没明白我的意思。我们领导者要甘于奉献,默默无闻地工作,不要凡事都走到前台,寻求一些光亮。歌颂秦正才,不仅因为他是我的干将,更重要的是他是这个城市的台柱子。是为事业,而不是为了个人。至于我个人,我信奉一句话:只带一颗心来,不带半根草去。"

桂如海有点自责,因为他明明知道他这个老同学的精神境界,但还要纠缠到人世的俗务,是不应该的。他跟着他的思路走,肯定不会有错。

桂如海说:"除了佩服,说不出第二个词。这个城市多少人希望我的笔触关顾一下,有的还要给钱,我都没有答应。只有你是第一个拒绝我的人,而且还为我开设这么好的一个题材,让我今后一段日子有一件有意义的事情干,内心真的很感谢你。"

程天标知道桂如海理解了他的意思,非常高兴地说:"只要写秦正才,这个城市才会有真实的发展图景,正气也会得到弘扬。特别在干部中会掀起干事创业的热情,让大家追有目标,学有榜样。"

这时,桂如海突然话锋一转,说:"只是……"显得还有话,不便说的样子。同时他下意识地用目光向沈明月瞟了一下。

沈明月只是笑了一笑，把头转到一边，一个无事的人似的。

程天标知道桂如海消息灵通，了解秦正才的蛛丝马迹，何况沈明月是他的下属，说不定跟她说了不少内幕。

程天标很冷静，他知道只有他了解秦正才的一切，旁人都是道听途说，人云亦云。他心里想，想搞倒秦正才，没门！因为秦正才的素质过得硬。此时，他必须打消桂如海的疑虑，树立他的信心。

程天标轻描淡写地说："我知道你是什么意思。一个弄潮儿怎么会没有一些人的非议呢？你要看这些非议对不对，如果不对，那么就要不以为意，坚持自己正确的想法。"

程天标很节制，因为有沈明月在。同时也很坦率，因为有些事沈明月也知情。他有把握沈明月不会拿秦正才说事，更不会危害他。

桂如海非常拎得清，知道秦正才肯定没事，是可以放心写的。说："我回去以后就着手采访。3个月之内，保证完成初稿。"

程天标补充道："要突出麒麟产业园的建设，突出当今城市的主要要热点。不要纠缠于一些细节。"

桂如海点点头，很虔诚的样子。

程天标和蔼地将头转向沈明月，说："明月，我知道你。"

沈明月是冰雪聪明的人，脸霎时绯红起来，不过还是很大方，说："我跟秦正才是中学的同学，是很好的朋友，我们俩曾经无话不谈，不过现在见面机会少了。"

程天标目露笑意，很温暖，说："你难道没有什么事想对我说？"

沈明月欲言又止，她本来想借桂如海的光为秦正才说几句好话。没想到的是，秦正才在程天标这里是个这么好的正面人物，而且当着她的面，交代桂如海为他写篇报告文学。看来，她的担心是多余的。所以，她不想再说秦正才的事。

她话题一转，说："程书记，我们这个城市应该有一首市歌。"

"哦？"程天标对这个话题很感兴趣，说，"说说你的想法。"

沈明月说："有两个方案。一是请外地的名家来创作，请在全国有名的歌唱家来演唱，这样这个城市形象的传播速度就快。二是由本市的音乐家自己创作，自己演唱，这样容易引起市民共鸣，因为大家都熟悉，有利于增强城市的凝聚力。"

程天标很欣赏她的见解，爽快地说："两套方案都批准。就由你们音乐家协会去实施。至于哪一首是真正的市歌，最终请广大市民裁定。"

他转头面向桂如海，说："这件事，你牵一下头。"

桂如海说："制作经费怎么办？我是巧妇难为无米之炊啊。"

程天标高声朗笑，说："特事特办！只要有利于城市的事情，我们坚决办。我来跟分管市长说一下，你去做个预算，向市政府打个报告，把经费解决好。"

桂如海非常激动，他告诉程天标："这真是一件大事，一首市歌代表着一个城市的形象，它的作用甚至比他的一篇报告文学还要大。这是意外的一个收获,你是英明的。"

程天标假装有点不高兴,瞪了一下桂如海,说:"不许说我'英明',少在我面前拍马屁,我要的是实效。事情看似简单,但做好不容易。如果创作失败,唯你是问!"

桂如海高高兴兴地双手抱拳,说:"遵命!"他还不忘向沈明月挤了挤眼睛。

程天标决定不再和桂如海啰唆,说:"你回去吧,明月留一下。"

桂如海走后,沈明月有点手足无措,她猜测程天标要问她与秦正才的关系,这叫她怎么说。不过,她还是保持着镇静,等待着程天标的问话。

程天标很友好,主动为沈明月续了一次水,然后问道:"听说你有留学美国的经历?"

沈明月听到这样的问话,松了一口气,说:"是的。我在美国西太平洋音乐学院留过学,是公派的。"

程天标竖起大拇指,说:"牛!"又问道:"你对美国应该很熟吧?"

沈明月点点头,说:"是的。几年内,我踏遍了美国的东海岸和西海岸,对美国的风景、民俗和美食了然于胸。特别对美国的音乐状况更是做过详尽的考察。"

程天标问:"那你归国后,为什么不到大城市,而直接回了鹿山?"

沈明月答道:"故土难离,我的亲朋故友都在鹿山。我是独生子女，父母也需要照顾。"她进而说道："尽管事业受到些影响，但为家乡做贡献也是我的本分。何况鹿山发展得非常好，有我的用武之地！"

程天标顺着她的话题，说："你的选择是对的。中小城市音乐人才匮乏，像你这样的是大有用武之地的。何况你已是音乐家协会主席，是一个城市的音乐领导者，是应该发挥好自己的才能的。"

他进而说道："你知道我们这个城市正在加快发展，开展了轰轰烈烈的招商活动。我们的项目不仅有港、澳、台，还有韩国、日本等国家和地区投资商来投资。欣喜的是我们已经有了美国的投资，是大项目，是鹿山经济发展史上从未有过的。"

沈明月接着他的话头说："这我知道，是来自西雅图的麒麟公司的投资。不瞒程书记，虽然我是文艺家，但我对这个项目竟然很向往。"

程天标高兴得大笑起来，说："这就对了，你的向往已经对上我的思路。"

沈明月感到诧异，问："这是为什么？"

程天标道："你就没有想过在这个项目中发挥一下作用？"

沈明月非常聪明，说："你的意思是让音乐介入这个项目？"

程天标手一挥，说："对。你去打造为这个项目服务的音乐作品。要中西结合，要让美国朋友听到乡音，又能感受到中国文化的蓬勃魅力；让美国人的务实中有一种精神的氛围；让美国人的浪漫有一片丰厚的土壤。"

沈明月问:"就是让他们有宾至如归的那种感觉吗?"

程天标说:"是的。"

沈明月是富有才华的,她脑中突然涌现了无数的画面,也涌现无数的旋律,她很陶醉。在一瞬之间,她感到已经完成了这个任务。

沈明月信心满满地说:"保证完成任务!"

程天标对自己眼光和思路总是自信的,这次也不例外。他仿佛看到了沈明月脑波的跃动,接收到了她的头脑中传来的旋律。事实上,程天标自己也能打造这样的节目,但他是市委书记,不便于亲自出面,沈明月的到来,让他有了抓手。

程天标温和地说:"你去找找秦正才,你们商量一下,这件事情怎么办?记得要办好,要完美无缺。"

听到秦正才的名字,沈明月的脸又红了一下。她的心感到很宽,秦正才这个大哥是值得信任的,那么他的大哥程天标也是值得信任的。

沈明月说:"我们以前有过合作,这次肯定也能成功。请程书记放心,我一定完成任务。"

程天标意味深长地说:"我信任你们!"

6

汽车在世纪大道上奔驰。程天标坐在汽车的后座上闭目养神，他很得意。就在刚才，在上级城市东江市的会议中心举办的全市年度创新杯考核结果表彰会议上鹿山市的招商成果获得了创新杯的第一名。市委书记汪小锋在报告中，用很大的篇幅表扬了鹿山市团结拼搏、坚定发展不动摇的信心和举措。尤其在说到麒麟公司落户时，汪书记几乎是在脱稿演说，指出麒麟公司的落户，不仅是鹿山的胜利，也是全市经济工作的重大胜利，事实证明，势在人为，势在人造，只要有信心和决心，任何困难都是可以克服的，任何胜利都是可以唾手可得的。在讲到这个项目对全省的引导意义时，他还几次点到了程天标的名字，认为一把手的眼光和胸襟决定了一个区域经济发展的格局和品位，程天标是所有区市一把手应该学习的典范。

在会议结束后的便餐上，汪小锋特地把程天标安排到自己的身旁用餐，欣赏和支持溢于言表。他悄悄告诉程天标，省委祁书记对麒麟公司的落户非常满意，要他带言给程天标，一定要按照线路图和规划表，一定要让地抓好项目的落地生根工作，不许出一点差错，不许留一点后遗症，要确保项目落地的完美和有效。他说："到项目落实的关键时，祁书记会亲自到鹿山来指导，给你程天标助威，也给全省的招商引资工作树立一个样板。"

在临告别时，汪小锋握着程天标的手说："千里之行，始于足下，要力争完美，把所有的工作落实到位，市委等着你的好消息。"同时汪小锋还不忘叮嘱："要搞好整个城市的管理，要善于经营，特别是要爱护培养好干部，让他们轻装上阵，为城市发展做贡献。"

程天标很感动，他几乎是噙着感激的热泪登上了回鹿山的汽车，他相信，鹿山发展的又一个春天来临了。现在，他的任务是要让这个春天繁花似锦，政通人和。

程天标是理智的，尽管他很激动，但他的思考方向并没有漫无边际，只是围绕着麒麟公司展开。一段时间以来，他的主要思考的基点也就是在这里。现在，他把这个基点再次提升，提到省委的高度，提到引领全省发展的高度，感到信心百倍。

是的，春天已经到来，世纪大道两旁的花朵正灿烂地开放，那些高大的银杏树吐着绿叶，在和风中飘动着，像美妙乐曲在大道上吹响。

渐渐地，程天标进入了物我两忘的状态，他似乎睡着了。

这时候，坐在前排秘书的手机响了。程天标仿佛听到秘书压低的声调里有一种局促和震惊。许是长久秘书工作的锤炼，秘书还是努力平静着，听完了手机那头的所有的话。

程天标微微睁开眼睛，看着秘书。

秘书转过头了，轻轻地说："程书记，天喜公司出事了，发生了大爆炸！常务副市长陆峰奇同志与企业安全生产办公室的同志及秦正才已经赶到了现场。请您指示。"

程天标脑子感到"嗡"的一声，几乎要炸了。他第一个反应，在这个关节点上，怎么会出现这样的事？鹿山的美好局面怎么能承载一个大爆炸？他甚至有点愤怒，恨不得当场砸桌子骂娘。

程天标暂时没作声，尽全力平伏着自己的情绪，很快平静下来。他知道，现在他不能乱，整个城市看着他，他的决策会影响到整个事件的走向，甚至是整个城市今后的走向。他必须要顶得起来，不能惊慌失措。

他轻轻地对秘书说："启动安全生产一号应急预案。"

秘书迅速地拨通了市长朱良驹秘书的手机，说："启动安全生产一号应急预案。"

程天标吩咐驾驶员，到天喜公司。

汽车不一会儿驶到天喜公司所在的天喜路上，远远望去，巨大的烟雾冲天而起，遮住了整个天空，天喜公司像一艘挨炸的军舰，吐着浓烟，并在疯狂地燃烧。虽是关住了汽车的玻璃窗，但刺鼻的烟味仍扑面而来，呛得人想咳嗽。

消防车的警笛在疯狂地鸣叫，救护车在来回穿梭，从厂区逃出来的工人在马路上聚集，显得不知所措。程天标看到，他的爱将们聚集在一起，在忙乱地指挥着。

汽车停了，程天标迅速走了下来。陆峰奇和秦正才以及企业安全生产办公室主任马良等人看到了他，迅速聚拢过来。陆峰奇哽咽地说："程书记，你终于来了。"秦正才说："我正要跟你汇报，请程书记指挥。"马良的四方脸布满了烟尘，显然刚才到过现场的中心,他哭着说:"程书记,怎么办?怎么办?"

程天标的脸严峻着,斩钉截铁地说:"启动安全生产第一号应急预案。"

这时市长朱良驹也赶到了。他告诉程天标:"消防已经全面启动,本市的力量已全部调动。邻市的包括上级市的消防大队的增援力量马上赶到。卫生救护力量已经全部到位,各大医院都启动了应急机制,随时准备收留受伤人员。安监部门已经在做现场的取证工作,争取在短时间内确定事故发生的原因。公安启动了事故责任追查机制,如果涉及刑事的,将马上处理。各部委办局志愿者已集结完成,正在赶赴事故现场。宣传部门组织了外宣小组,正在拟定新闻通稿,及时向社会各界发布符合实际的情况。市委办和政府办的工作小组着手收集材料,向市委和省委报告事故发生的情况。"

程天标严肃地点点头,说:"全部进入一级工作状态。现在的主要任务是保障工人的生命安全,人才是第一位的要素。"

程天标拨通了汪小锋的电话,简要汇报了事故发生的情况。汪小锋说:"不要惊慌,果断冷静地处理,把抢救人的生命作为重中之重,力争把人员的死亡控制在最小的范围。我马上赶到。"

在说话的间隙,马良已经安排好了一个临时指挥所。在马路的对面,在几棵粗壮的大树中间,简单的办公设施都已架设完毕。他说:"程书记,你坐镇指挥。我马上带同志们到事故的中心位置去。"

程天标对马良说:"不要慌乱,要冷静,要保障同志们的安全。"马良点点头，他迅速带领企业安全生产办公室的同志们进入厂区。程天标知道同志们都不顾安危，感到很欣慰，心里说了一句，良将也。

就像在战时指挥所，程天标和朱良驹发挥了长期以来形成的配合默契的习惯，两个人都有条不紊地进入到工作状态。党委口的汇报和协调有程天标负责，政府口的指挥和基础工作由朱良驹负责。两个人都不觉得疲累，进入了忘我的工作状态。

每一辆消防车进入厂区，程天标的心又会宽一分。每一辆救护车从眼前驶过，程天标的心就会紧一分。他知道，考验他的时候到了，一场真正的战斗已经来临。

陆峰奇几乎每隔10分钟就会汇报一次。目前还不知道死亡的情况，而受伤的人员竟然不是太多，救护车却停了满满的一马路，这让他不安。他纳闷的是在事故现场的中心是否产生了重大的死亡，为什么没有大面积的受伤人员出现？

为了减轻程天标的压力，秦正才强调说："目前还没有发生死亡情况，估计现场的中心伤亡程度不大。"他知道自己说的每一句话都要负责，但他觉得必须要减轻主要领导的压力，不能让他神智受到过度的冲击，否则就可能会影响整个场面的指挥。他个人担点责，无所谓。程天标是班长，他理应为班长挑担子。所谓养兵千日，用兵一时，现在正时用到他的时候。

说来奇怪，只要程天标看到秦正才，程天标的心绪就会安宁一些。照理他是在麒麟产业园的工地上，可企业的安全生产出了事故，他这个经济局长责无旁贷，理应冲在一线。

程在标看到秦正才在天喜公司的大门口在指挥人员，非常沉着。看着他指挥的线路和效率，程天标明白，秦正才对天喜公司及其周边环境是非常熟悉的，他的指挥可以说是无一差错。

秦正才每隔一段时间就要回首向临时指挥所望一望，仿佛在寻找依靠。程天标就会对他点点头，表示默许。秦正才就又精神振奋地投入到对工作的指挥和协调中。程天标明白，天喜公司的大门现在由秦正才守着，是万无一失的，是值得放心的。

程天标看到，在大门的另一侧，卫子新也在指挥人员，也是非常认真。作为行政执法局的一员，这是卫子新的职责。

通过目测，程在标发现，事故中心的火焰渐渐地变小了，最后只有一捧浓烟在翻滚。他松了一口气，因为明火已经被全面扑灭。

不过，程天标的心其实是很紧张的，只是别人看不出来而已。如果死亡人数突破底线，那么他是要被追责的，个人荣辱事小，整个城市的良好发展局面怎么办？他不敢往下想，只是警告自己，镇静镇静再镇静，把事故的损失降低到最低程度。

这时，秘书在他的耳边耳语了一句："汪书记就要到了。"

汪小锋乘坐的大巴停在程天标面前。汪小峰穿着简易的夹克衫，第一个走下了车子。

程天标大步迎上前，握住汪小锋的手说："汪书记，我检讨，我的工作没做好。"

汪小锋大手一挥，说："检讨什么，快把情况跟我说一说。"

在临时指挥处，程天标把自己知道的情况简单地向汪小锋做了汇报。这时，汪小锋带来的有关委办局的负责人和工作人员已经与鹿山的相关部门接上了头，一起投入到救援工作中。

程天标心里只有一个不踏实，那就是他还说不出到底死亡了多少人。如果汪小锋怪罪下来，他要负情况不明的责任的。

这时，马良出现了。他满面尘烟，旁人一看就明白，他是从事故的中心位置过来的。他向汪小锋和程天标报告："初步估计是粉尘爆炸。当时正好是换班时间，只有5个管理人员在现场，其他工作人员已经撤离，所以估计人员伤亡不是很大。医院的救护车，也只是拖了一些外围的受了轻伤的工人，情况不是很严重。只是工厂的车间全毁了，经济损失比较大。"

程天标暗暗了松了口气，但没敢表现出来。程天标对汪小锋说："我们努力再做核查，一定及早把正确的数据向汪书记汇报。"

汪小锋也是松了一口气，口气反而严厉起来，说："天标，在保障工人的生命安全的同时，一定要彻查事故责任，把该处理的人员要坚决处理，决不能再次出现这样的事故。"

现场的浓烟渐渐散去，还有一些些微的烟雾在空中徘徊。明火已经全部扑灭，接下来应进入事故后期的处理工作。

程天标果断决策，现场请陆峰奇副市长统一指挥，他和朱良驹市长将陪同汪小锋书记一起赶回市委大院，汇报事故的后续处理工作。

汪小锋很欣赏程天标的果断，说："好，现场让峰奇同志指挥，我们一起去研究一下。"

在市委会议室，程天标忽然失声痛哭。随后他告诉汪小锋："真是大起大落。刚才还沉浸在你的表扬中，现在就又发生了这样的事情，感到压力很大，没把工作做好，对不起汪书记的信任。"

汪小锋笑了一笑，说："兵来将挡，水来土掩。经济工作再好，也不能一俊遮百丑。这个事故警示我们，一定要牢牢绷紧安全生产这根弦，时刻把人民的生命放在心上，把人民的幸福真正创造好。"

程天标检讨道："说一千道一万，事实是硬道理，既然发生了这样的事，表明我们工作举措是有问题的，我们必须检讨和纠正。如果我在工作中靠前一步，往下再深入一步，也许能避免发生这样的事故。作为鹿山市委主要领导，我要检讨。"

陆峰奇和马良的工作效率非常高，不一会儿，就把领导关心的数据报了上来，秦正才汇总后，向汪小峰和程天标汇报。事故已经查明，现场工作人员5人，死亡3人，2人在医院抢救。其他轻伤人员20多人。直接经济损失600多万元，间接损失还在统计中。

汪小锋欣赏这样的工作效率，他对程天标和朱良驹说："迅速查清事故原因，如果因渎职或者失职行为造成的，必须追责。迅速在全市开展安全生产大检查，举一反三，把安全生产工作做细、做深、做实。迅速消除事故影响，继续营造良好环境，服务经济发展。"

汪小锋最后还说了一句："我要在一个月之内，接到你们的一切处理结果。请各位努力。"

程天标表态:"保证一个月之内完成事故的一切处理工作,尤其加强对死亡家属的安抚和受伤人员的救治。保证继续完善安全生产工作的体制和机制,在本月就开始全市性的安全生产大检查,让安全生产入脑、入心、入肺。保证全市各项工作不受这场事故的影响,同时在宏观环境和微观环境上,营造有利于发展的良好氛围。"

朱良驹对这场事故的后续处理安排谈了细节性的打算。汪小锋都表示赞同。

会议进行到尾声时,汪小锋突然把话题转向秦正才。说:"你就是秦正才,我知道你。你做一下准备,过一个阶段,我要听取程天标书记和你对麒麟公司情况的汇报,你要做主汇报。不要让我失望。"

程天标反应很快,对着秦正才眨了眨眼睛,意思是让他赶快表态。

秦正才知道这是一个机遇,表明汪书记已经知道他这个人,主要是正面的,是一个有用的人。他显得受宠若惊,说话有点结结巴巴,说:"主要是程书记指挥得当,我只是做些具体工作。我马上准备汇报材料,跟着程书记向汪书记汇报。请汪书记放心,我们一定全力以赴,让项目顺利落地生根,早日投产,造福整个鹿山。"

汪小锋觉得秦正才略带拘谨的表态是真实的,一个科级干部能有这样的思维也是值得赞许的,他觉得应该鼓励一下。于是他说:"不仅造福鹿山,还要引领全市、全省,你的任务很重,一定要配合好程书记的工作,使鹿山成为发展的样板。"

秦正才很激动,他表态道:"一定按汪书记的指示办。"

汪小锋不想在细节性的问题上多做纠缠,他知道方向他已指明确,接下来是鹿山同志们的落实。他相信程天标等人能落实好。他说道:"我要回去了。鹿山的工作托付给各位了。"

汪小锋转身离开,他并没有与程天标握手,只是对秦正才点了点头。程天标把他送到楼下,他只是淡淡地打开车门,若无其事地上车,然后车子缓缓地驶出市委大院。

程天标感觉到,汪小锋对天喜公司的事故很不开心,在会上只是为了给大家鼓劲,一种必备的姿态。告别时的态度,才是他真实的态度。因此,程天标必须要处理好这件事,有可能的话把它消弭于无形,毕竟不给领导添乱的下属才是好下属,让领导放心是每一个下属的天职。而他在这件事上减了分,汪小锋是不满意的,他必须要处理好每一个环节,否则前途个攸关。

想到这里,程天标心情变得沉重,连脚步也缓慢起来。只有秘书明白他的心意,走到电梯口的时候,秘书提醒他,这个会要不要继续开下去。

程天标马上惊醒,振作了一下,斩钉截铁地说:"继续开!"

程天标回到会议室,环视四周,非常威严。他对朱良驹说:"通知现场救援人员注意自身防护。迅速安排上级专家组进入现场查明事故原因,各有关部门要全力配合。请陆峰奇马上回来商量工作。"

不一会儿，陆峰奇到了，满脸的汗珠，衣衫敞开着，大口地喘着气。程天标很心疼，抽了几张面巾纸递给他，说："不着急，先擦擦汗。"

陆峰奇咕咚咕咚地饮了一瓶矿泉水，定了定神，说："现场火势已经熄灭。经勘查现场没有作业工人，伤亡人员都已查明，除了死亡的3个人送到了殡仪馆以外，其他受伤者都送到了医院。上级专家组第一批成员已经开始现场取样。消防队正在检查有没有暗火，并对焚烧残存物做深度处理。公安已经封锁了整个事故现场。马良的工作人员，已全面控制了各个岗位，并对其进行实物取证。企业负责人正在接受相关部门的查询，以弄清问题的来龙去脉。"

程天标问："你对事故原因是怎么分析的？"

陆峰奇说："经我市安监部门专家分析，可能是粉尘爆炸。天喜公司是一个金属加工公司。尽管科技含量很高，可金属切割过程中会产生大量的粉尘，其分子在一定的条件下聚集后会饱和，直至爆炸。"

程天标又问："你对这次事故的后果怎么看？"

陆峰奇说："直接的是追责。这既有企业的责任，也有市有关部门的监督管理责任。"他又清了清嗓子，直截了当地说："也有可能要追究政府的责任。不过，这要看事故的损失程度和处理结果。"

朱良驹立即插了一句话，说："先不谈责任，像这个事故上级哪一级部门会直接参与督查？"

陆峰奇答道："这要看整个事故的损失，主要是人员的死亡程度。初步判断，这个事故肯定由省安监部门督查，报北京备案。我估计省里将在三至六个月内对这个事故做出结论。"

程天标追着他的话题，说："我们还是研究一下该追究谁的责任的问题，不能回避。"

陆峰奇说："应该由我来担责。作为鹿山分管安全生产工作的副市长，我责任无旁贷，理应负起全部责任。我应该为市委、市政府负责，为整个鹿山负责。"

程天标对陆峰奇的表态很满意，他想，路遥知马力，日久见人心。在关键的时候，陆峰奇不含糊，顶起了责任，是一个共产党人。程天标又问："你觉得哪个部门应负事故的具体责任？"

陆峰奇说："工业企业安全生产办公室，也就是马良要负具体的监督的责任。马良思想素质好，责任心强，我相信他是不会回避的。"

对马良，程天标是了解的，他是在自己手上提起来的。马良原先是一个镇的镇长，因工作敢于负责，善于一马当先，而在官场内有些名声。把他提到工业企业安全生产办公室做主任是基于这个考虑外，还有一个考虑，就是马良是学生党员，在大学期间就加入了中国共产党，党性意识比较强，政治上比较靠得住。让他守住安全生产的防线也是市委常委会深思熟虑的结果。

可这时，程天标骂了娘，说："马良这个臭小子，没有守好阵地，我要处理他。"

马良也是朱良驹的爱将，朱良驹听到程天标骂马良也不好劝阻，因为责任确乎在马良身上，他是推不掉干系的。毕竟安全生产来不得半点马虎，一个小事故就会抵消所有的千辛万苦，而且还死了人。

朱良驹稍微思考了一下，对程天标说："要不，让马良戴罪立功，全面负责这个事故处事的协调工作。待整个事件水落石出的那一天，再考虑对他的处理，如何？"

程天标觉得朱良驹的建议是对的，马良的能力是很强的，可以担当事故处理的协调人。其实他内心是想保一下马良的，但态度上必须要明朗，否则别人会说自己护短，如果反映到上级那里，那就是放任下属，领导无方，对他的形象是有莫大的损害的。所谓严是爱、松是害，在这样的情况下，对马良只能严格使用。

程天标告诉朱良驹："你跟马良谈一下，让马良暂时放下思想包袱，全力投身到事故的处理中，不许再出一点纰漏，更不许推诿塞责，否则严惩不贷。"

陆峰奇这时插了一句话，说："我担心媒体会做一些主观性的报道，会影响读者对这一事件的判断，损害鹿山形象。"

程天标说："这我知道。宣传部已将拟好的新闻稿已发到了我的电脑上，我们一起审读一下。"

程天标打开电脑，工作人员打开电子投影仪，在墙上出现了几个新闻稿件的目录，包括综合通稿、救援通稿、事故初步分析通稿、志愿者的先进事迹通稿等，很详细，做得很到位。提供的现场照片也很有技巧，只是说明事实，没有做过多的渲染。

程天标一篇一篇看后，很满意，他问大家有什么建议。陆峰奇说："是否加大对救援的正面宣传的报道，让全体市民看到光明，看到人间的大爱，看到市委、市政府的处置能力，看到这座城市的友爱之光？"

程天标赞赏地说："跟我想到一块儿去了。"随后，他对坐在边上的宣传部部长屠新说："干得好，坚持实事求是的原则，搞好宣传报道工作。尤其要反映感人的先进事迹，把不良影响控制到最小，反映人间正道。"

最后，他关照宣传部部长，请桂如海组织文艺家创作几篇反映人间友爱的作品，着重体现干部队伍的万众一心和市民素质的完善，一定要把市民的眼光吸引到鹿山大好发展的形势上来。最后，程天标补充了一句："这件事要的文学作品不要太多，免得引起适得其反的效果。"

程天标关照朱良驹："你召集纪委书记和组织部部长开个会，关于干部的追责我们要及早启动程序，把工作做在前面，免得被动。在这个方面，我们也要拿出预案，向上级汇报。"最后他表态，说："这个会议我也来参加，我们一起商量个办法。总之，让每个环节显得完美。"

天已经很晚，会议室里已经亮起了灯，每个与会的人都还没有吃晚饭，但他们也不觉得肚子饿。秘书凑近程天标的耳边问道："要不要在邻近的饭店安排个便餐？"

程天标脸有怒气，说："吃个屁。全部吃客饭，我要到我的办公室等着你的客饭。其他人就在这个会议室吃。"

程天标也是人,他也有压不住情绪的时候,但他努力地不让自己摔杯子。然后,他站了起来,转身向自己的办公室走去。

程天标走进办公室,他发现陆峰奇悄悄地跟在自己身后,知道他有话要说:"故意大声问他,有什么事?会上不便说吗?"

陆峰奇说:"有一个人要注意,那就是行政执法局的卫子新。"

程天标疑惑地问他:"怎么啦?我看他挺好的,他在现场挺认真的。"

陆峰奇轻轻说:"认真是不假,我们这个城市的干部都被你带成了认真的干部。但他是贾似明的人,难保他不到贾似明那里说三道四。"

程天标故作轻松道:"一个退休的老局长,你顾虑他什么?难道他有三头六臂?他不至于要危害鹿山吧?"

陆峰奇说:"不一定。我们城市有这么多的人民来信,目标的指向都似乎与他有关。这个人原来主管全市的工业经济,政策水平很高,又有人脉,他要算计谁,谁都要头痛的。"

程天标点点头,说:"这我知道的。"

陆峰奇又说:"我这里就有一封人民来信,反映爱兰嫂子在社区侵占国家资产、大兴办公场所的问题。我在想,谁会这么干呢?"

程天标问:"你说是贾似明吧!这不是明摆着,给你添堵嘛!明摆着我是市委书记,人民来信写到这里有什么用,为什么他还写?"

陆峰奇说:"这明摆着是一种示威。每一个环节都不放过,能拉下人就做拉下人的打算；不能拉下人，就做恶心人的打算，先造舆论，然后再一举拿下。"

程天标反问道："难道他不知道我是市委书记？"

陆峰奇说："他当然知道！但他也知道你不会永远是市委书记。"

程天标对他的分析表示赞同，问："那么这同卫子新参与救援工作又有什么关系？"

陆峰奇肯定地说："有三层关系。一是全面掌握现场情况，如果我们的新闻报道出了差错，那么就有文章可做。二是掌握我们是否隐瞒了事实，特别在人员伤亡的认定上是否存在弄虚作假。三是我们的工作程序是否合法，如果程序不合法，那么一切都是徒劳。"

程天标赞同他的分析："你觉得我们在这个问题的处理上有差错吗？"

陆峰奇肯定地回答："没有！但我们要提防暗箭，防止有的人无中生有，搅浑水，从而通过这件事把鹿山搞乱。"

程天标对他这判断不以为然地说："我不这么认为，搞乱鹿山对他们有什么好处？会升官？还是会发财？还是会得到女孩子的青睐？这不是笑话吗！"

陆峰奇镇定地说："不为什么，就为搞乱，证明我们不行就是他们的目的。"

程天标倒吸口冷气，但他不露声色。他说："市委的工作原则就是一切从实际出发，一切从鹿山人民的需要出发，不冒进，不护短，不为鹿山抹黑。只要我们坚持原则，就是天塌下来，我们也顶得住。我们骨头是硬的，因为我们是为人民服务的。"

陆峰奇听了他的话，感到既感动，又有底气，说："我相信程书记的坚强领导，我们一定能迈过这个槛。不过，刚才马良给我发来短信，告诉我们卫子新拍了一些现场的照片，要不要防备一下？"

程天标笑了一笑，说："我们都是光明磊落的人。不能轻易怀疑一个同志，不能在问题弄清楚之前轻易下结论。但我们也不是任人摆布的，在这件事情上，主动权在我们，只要我们不生病，就没有人能污蔑我们有病。"

程天标吩咐陆峰奇："你让信访局要主动把天喜公司的事件向上级信访部门汇报一下，要把工作做细，同时及时把与该公司有关的信访事项抓到手里，提前谋划，不能被动。"

程天标接着说："纪委和组织部那边，我会单独通知。我们的确要防止一小撮妄图搞乱鹿山的人搞无中生有的那一套。我们既要保护鹿山，也要保护自己。"

陆峰奇走后，程天标一个人在办公室吃客饭。他一边吃一边流泪，他从来没有觉得压力这么重过。刚在上午领了一个奖，沉浸在喜悦，又突然碰到天喜公司的爆炸事故，一下子又沉到冰窖里。责任事小，鹿山发展事大。他想到，他程天标辜负了上级对他的信任，这是他不能原谅自己的。他甚至想到，莫正夫在美国知道这件事情后，又会做何想。莫正夫会不会对鹿山的投资环境产生怀疑，特别是对他程天标为首的鹿山整个市领导群体工作能力的怀疑？他会不会撤资，会不会在国际产业界宣传对整个中国大陆投资环境的负面论述？如果这样，他程天标就是个大罪人，这不仅影响了全省的招商引资工作，甚至影响整个中国的投资环境。

这些事情又有谁想得到？只有他程天标才能明白。他顶住那么大的压力在处理这件事，每一个人看到的是指挥若定的他，可谁知道他心里的不安和忐忑。那种由责任心堆积起来的坚强信念，已经受到了损害。这必须要用他自己去消化，必须要运用他的思维能力和工作能力，去化腐朽为神奇，确保鹿山继续大步向前。

程天标看着办公桌上的一幅书法：大江东去。他心潮起伏，他知道东去的江水里有无数的英雄，包括他程天标也迟早为成为东去的一个人。但他想要去得尽可能地完美些。英雄留胜迹，佳期容共享。他要创造的和他要留下的必定是一份成功的事业，而不是失败，更不是骂名。

想到这里，程天标立刻振作起来，暗暗警告自己，天降大任，英雄必迎风而不悔。

他把宣传部部长召到了办公室。他告诉屠新："立即把鹿山获得全市招商引资第一名的成绩进行报道。要马力开足，但要坚持实事求是。"

屠新跟他很知心，问："要不要把这喜讯向麒麟公司通报一下？"

程天标赞赏他的灵敏，说："这件事分两个层次办。把宣传报道的原件交由秦正才,让他通报给麒麟公司高层。莫正夫那边由我来直接通报。"

屠新给他竖起了大拇指。

程天标说:"你少拍马屁。如果这件事的报道和天喜公司事件的报道尺寸掌握不好,唯你是问!如果出现不实报道,我要对你追责。"

屠新自信地说:"保证完成任务,凭我的新闻感觉,我一定会找到平衡点,保证不给你添乱,而且尽可能地增彩。"

程天标假装摇了摇头,说:"增彩不必啦,不添乱就行。"

他还叮嘱屠新:"不要弱化对全市经济工作和社会事业发展的报道,越是到困难的时候,我们越是要顶住。不能让广大市民沉浸在这个事件不能自拔,甚至因成为饭后谈资而产生矛盾。要让大家看到希望,巨大的希望,心往一处想,劲往一处使,早日摆脱被动局面,让鹿山真正成为创业者的乐土和安居者的家园。"

屠新赞同他的判断,说:"鹿山的民心你放心,都在你这边。这几年鹿山的快速发展已经有力地证明,你的领导是正确有效的,鹿山人民是欢迎的。市委、市政府是经得起鹿山人民考验的。"

程天标感慨道:"滔滔长江东逝水,浪花淘尽英雄。我们无意于做英雄,但我们要做成功者,做一个每一个鹿山人认可的干部。"

7

每一个春天都是一样的，温暖、多质、充满着阳光的快感。又一个春天的到来，人们感觉到一个全新的未来就要到来了。

秦正才走在通往市委大院的路上，感觉非常惬意。麒麟产业园项目顺利推进，使整个城市在情感上逐渐摆脱天喜公司爆炸事件的阴影。所有的人在暗暗地期盼，等待麒麟公司的早日投产，等待更多的国际公司能随之而来，进入到鹿山的经济发展序列。人心思进，进步是谁也不能阻挡的。

秦正才在程天标的办公室满脸喜悦，抑制不住的兴奋。他告诉程天标："莫正夫马上要来了，麒麟公司高层传来信息。莫正夫再次考察鹿山的方案正在拟定中，就在这个春天，鹿山会再次迎来这个尊贵的客人。"

程天标已经知道了这个信息，他宽松地说："看把你美得！"

随后他打开手机的短信，递给秦正才看。原来是莫正夫发给程天标的，内容只有两行字：这个春天我会再次来拜会你，并且我们会有一个新的约定。

秦正才向程天标竖起了大拇指，说："恭喜书记，又有新的惊喜。莫正夫又要给您送上'大礼包'了。"

程天标嘿嘿一笑，说："少拍马屁，谈谈有什么困难。"

秦正才坚定地说："没有，万事俱备，只等东风。"

秦正才没有想到,程在标的脸霎时阴了一下来,问了一句:"那些'钉子户'怎么办?"

秦正才拍了一下脑子说:"唉,我都忙糊涂了,是个问题。但我有个办法,就是把这些人家围起来,在设计莫正夫的参观路线的时候,绕开这些人家。这样就没事了。"

程天标摇了摇头,说:"若要人不知,除非己莫为。莫正夫的高层就在你的产业园工作,他怎么可能不知道这件事。如果不处理好,我们的执政能力怎么体现?我们的工作能力又怎么能让他信服?至少能说明一点,我们的营商环境不是完美的,甚至有可能会出现一粒老鼠屎而坏了一锅粥的局面。一定要克服困难解决它。"

秦正才说:"我马上组织人力去强拆,即使把'钉子户'送到派出所关起来,也不能影响我们的大局。"

程天标不同意,说:"不行。工作不能简单粗暴。我们是人民的政府,必须要一切为了人民,依靠人民。不能与民争利,更不能影响人民的生活安全。必须要以思想工作为主,让他们认识到他们的命运已经与鹿山的命运紧紧联系在一起,鹿山是我们的,也是他们的,需要大家共同去维护。"

秦正才说:"那我马上再次组织人力去做思想工作,确保短期内解决这个问题。"

程天标若有所思地笑道:"看来你不行。看我的。"

秦正才目瞪口呆,他还是每一次听到程天标对他的工作能力表示否定,照常理,他秦正才往往和程天标一样正确,他就是站着的程天标，没有人能怀疑他的本事。但这次程天标否决了，所以他突然感到压力很重。

秦正才嗫嚅地说："程书记，你有什么高招吗?"

程天标胸有成竹地说："你马上派人去通知那几个'钉子户'，就说程书记要请他们看电影。"

"看电影?"秦正才一愣，又转瞬明白，心悦诚服地说，"还是你行，我懂了，马上安排。"

在天鹿国际大酒店的小影视厅，所有"钉子户"的家庭都来了，共有20多人。程天标出现时，不约而同地，几乎每个人都站了起来。一个老者有些激动，眼含泪花，说："我们就是想见见程书记。"

程天标和蔼地握住他的手，亲切地说："老人家，是我工作太忙，没有及时来看大家，委屈了你们。向你们表示歉意。"

这个老人对程天标说："我们知道程书记今天请我们来是什么意思。我们领这个情，我们商量着，所有的人都来面见你。我们懂，你为鹿山呕心沥血，全是为了我们，我们做得很不好。但我们有难处。"

程天标说："我知道，都是故土难离，但我们应该享受更好的生活，用全新的明天来表达我们的幸福。"

程天标大手一挥，开始。

宽大的屏幕上电影开始放映，片名是《明天的胜利》。当这个片名出现时，程天标听见人群中有些激动，有人轻声地说："胜利！胜利！"

整部片子波澜起伏，反映了大变革时代人们的生活情况。其中有欢乐，有挫折，有爱和恨，也有走向胜利的道路上的牺牲，更有牺牲后的担当和崛起。

显然，每一个人都看得如痴如醉，只听见屏幕在疯狂地响动，不时有人惊呼，甚至站起来，欢呼每一次的胜利。

这部影片，程天标已经看过几次，每一次都给他鼓舞和激励。他之所以选择它，是因为他相信民心的向背，相信群众中间拥有的正义的力量。而这些必须被唤醒，必须要成为鹿山发展的一种动力。

终于，他的目的达到了。影片刚结束，全场响起了热烈的掌声。在灯光下，所有的人噙着泪花，仿佛是自己从艰难中走向了胜利。现在，他们每一个人都是英雄。

那个老人紧步走到程天标面前，紧紧握住他的手说："谢谢你给了我们看这样好的影片。我们懂得的，我们鹿山人必须要成为自己的英雄，我们坚决支持市委、市政府工作，决不给鹿山拖后腿。"

随后，他转身大声问大家："我们回去马上签动迁合同好不好？"

"好！好！好！"全场响应一片。一个中年妇女高声喊道："坚决支持程书记。"

程天标按了按手，示意大家静下来，说："鹿山是我家，发展靠大家。有了你们的支持，我们鹿山何愁不兴旺，你们才是令我感到骄傲的人。"

秦正才泪流满面,他没想到在群众中竟然有着这么强大的积极性,而有程天标竟能把它激发出来,成为一股正面的力量。他为程天标感动,也为群众的热烈感动。他深切地觉得自己又被上了良好的一课,在他的人生道路上,今天是值得纪念的。

在程天标的办公室,秦正才激动的心还是未能完全平伏下来。他对程天标很崇拜。这些"钉子户"是他心头最大的结,但是他要在领导面前轻描淡写,不能显出自己的无能来,同时又要把事情办好。其实,他在私下已经准备了几个工作队准备轮流攻坚,工作应该说是很仔细的。令他没想到的是,他的千钧之难,被程天标用一部电影悄悄地化解了。

秦正才说:"亏得程书记,这下好了,所有的问题都解决了。在莫正夫面前,我们鹿山的形象一定能良好地树立起来。"

程天标关切地说:"还有一个问题没解决。"

秦正才有点害怕,刚才的兴奋劲一下没了,惴惴地说:"请程书记明示。"

程天标快乐指着他的脸说:"就是你太憔悴了。要是莫正夫看了,他会责怪我没有好好关心你,我可要担责的哦!现在我命令你半个月内加强休息,力争长胖,不许再掉肉了。干部良好的形象也是外商投资的一个参考。记住了,马上给我长胖,我可不想让莫正夫看到一个憔悴的秦正才。"

秦正才眼泪"哗"地掉了下来,他的艰难之旅只有程天标才能理解,才能给予安慰。他呜呜呜地哭出声来,仿佛要把一段时间来的疲累和委屈全部在程天标面前表露出来。他感到一种巨大的释放，而这种释放是幸福的。

程天标说："哭什么？继续努力，我看好你！现在你在卫生间去收拾一下，马上跟我去见汪小锋书记。"

秦正才浑身一松，转身向卫生间走去。

在汪小锋的办公室，程天标看到，汪小锋正在专心地看一幅画，他没吱声，与秦正才乖巧地坐在沙发上，等待汪小锋的问话。

过了好长一会儿，汪小锋才把那幅画鉴赏完毕，问程天标："你对绘画有钻研吗？"

程天标很不好意思地说："没有。不能跟汪书记比。"

汪小锋轻描淡写地说："有空钻研一下，绘画之理与理政之理有相通之处。"

程天标知道他话中有话，点了点头，听他说下去。

汪小锋说："我有个习惯，每到一个地方上任。就要当地的绘画名家把最近得意之作让我欣赏，我从不收藏，也不把它攫为己有，只是欣赏完毕后再归还人家。"

程天标听了这话，肃然起敬，他懂的，这是高超的理政之道，只有汪小锋才修炼到。

汪小峰接着道："就拿这幅《春山图》来说，立意一般，但技术之道却非同小可，在常规的春色描摹中展现艺术家的独特的感知，那才是最难能可贵的。"

程天标觉得有必要插一句话，说："我们得欣赏技术。"

汪小锋摇摇手，说："不，应该是感受。感受艺术的一点灵魂。"

汪小锋接着说："什么该凸现、什么该隐藏、什么该隐而大相毕现，全靠艺术家的艺术功力。譬如这留白，可以看作是千帆相竞，可以看作是百鸟争飞，可以看作是高瀑流云，而画上却什么也没有。"

然后，汪小锋突然问："你的留白是什么？可否让我知道？"

程天标觉得应该平实地回答他，说："麒麟公司董事长莫正夫就要到鹿山来，这不是我们的留白，而是我们鹿山的显笔，我们期待汪书记能够为我们浓墨重彩它。"

汪小锋叫秘书收起画，转入话题。说："这个事，你电话里已经说过。市委对莫正夫的到来很重视，我们市委常委会专门做了细线条的研究。现在只等你们的方案成了，市委一定会全力以赴的。"

程天标指了指身边的秦正才，说："方案秦正才和麒麟公司的高层会拟定，到时我会呈报给汪书记。现在我真的有一个'留白'，等待汪书记的彩笔。"

汪小锋很敏感，知道程天标碰到困难，他没有立即接话，只是等程天标说下去。

程天标说："麒麟产业园规划用地五百亩，而我们的用地指标只有300亩。本来我想自己协调完成这件事，但困难重重，不知怎么办？鹿山不能对国际资本说谎，但也不能违反国家的用地政策，真是左右为难。"

汪小锋喜欢下属把难题交给他，越是这样，他越是有一种成就感。他问："鹿山的建设用地预留怎么样？"

程天标说："足够，可以保证今后一段时间发展的需要。但目前无法救急。我想请汪书记协调，在全市的用地指标中能否统筹一下，向省国土局报备，再划200亩用地指标给鹿山。"

汪小锋笑着说："难啊，大家的指标都不宽余，已经有几个地方向我诉苦，要求增加土地指标。我是巧妇难为无米之炊，你说我该怎么办？"

程天标转眼向秦正才使了个眼色，秦正才很大方，说："听说省国土局有全省用地的年度预留指标，能否在这里边动动脑筋？"

程天标接着秦正才的话题说："据我了解，这个指标内部掌握，比较灵活。但我有争取指标的三个理由：一是麒麟公司是全省同类城市中引进的最大的一个项目；二是麒麟公司的科技含量很高，它会带来一个产业链；三是麒麟公司落户后，可以带来整个城市精神结构的变化。而这正是我们在改革发展中需要探索的，可以起到先行一步的效果。"

汪小锋很爽快地说："说得好。我们说话是算数的，既然在国际资本面前拍了胸脯，那么一定拍响，拍出成效。我们发展的目的就是要实现共同富裕，让人民群众的物质生活和精神生活空前地丰富起来，而这个项目符合这个要求。同时在这个项目的实施中，我们要锻炼队伍，发现人才，培养一个时代真正的领军人物。"

汪小锋其实早就思考过这件事，说："莫正夫马上就要来了。

在他来之前，如果不能解决用地指标问题，我们就是背信弃义，就是抬轿子的人没有一把力气。所以市委坚决支持你们在短时间解决好这个问题。你回去以后，马上把相关资料送到市国土局，我亲自过问，省国土局那边，我也会协调。这不仅是你们鹿山的事，也是我市的事。"

秦正才从包中掏出一个牛皮信封，放到汪小锋的办公桌上，说："汪书记，材料已经准备好了，请您过目。"

汪小锋幽默地说："有备而来啊，都提前做功课了！做得好。一定要扎扎实实，不要留下任何遗憾。至于材料我就不用审了，我相信你们的能力，鹿山哪有程天标处理不好的事情。"

程天标有点不好意思，他站了起来，说："也怪我太自信，以为凭自己的能力就能协调下来。现在看来有点被动，请汪书记批评。"

汪小锋快乐地说："不用批评，要表扬。因为你解决了'钉子户'的问题。全市的各大工业区都存在这样问题，只有你程天标处理得漂亮，为全市解决此类问题引了路。说起来，我还要感谢你。"

程天标说："只是我担心，土地指标审批的时间是否来得及？"

汪小锋说："没问题，我解决过比你的项目时间更急迫的问题，都很圆满。你来得很及时，再不来，就来不及了。我们领导干部就是在不断解决问题中成长的，不要怕，我会全力服务你。"

汪小锋接着说："你们马上到国土局跑一次，我会给局长打电话。保证你们还没到，那里已经做好准备了。"

程天标感慨道:"老大难老大难,老大一抓就不难。感谢市委的全力支持。"

汪小锋突然严肃地说:"我是领导干部,不是老大,发展一切,解决一切,为人民群谋福利才是我们应尽的本分。我所做的,不是为你鹿山,不是为你程天标,而是为了发展,为了我们事业的成功。"

程天标感叹道:"谋大局、成大事、兴大业,这是汪书记你对我的启示,你真是我的良师。我一定会贯彻好你的思路,把各项工作做好。"

汪小锋说:"快走吧,再不走,国土局要下班了。"

程天标和秦正才走出汪小锋的办公室,感到如释重负。一段时间以来,压在心头的石头,看来就要搬去了。

程天标和秦正才到市国土局办完事情后,回到鹿山,感到心里很踏实。他们知道由汪小锋出面办的事情,没有办不成的。关键是,鹿山没在国际资本面前说谎,也就是说鹿山没有丢面。麒麟公司的项目推进可以更快、更顺利,而由此带来的产业集聚效应将会给鹿山带来前所未有的机遇。

程天标回到鹿山立即召开会议,商讨莫正夫前来考察的事宜。严格来说,不是考察,而是工程督查。鹿山必须以最完美的姿态,去迎接莫正夫的考试。

朱良驹非常佩服程天标。在他看来,这个项目能提早落地生根,并且投产有望,都是程天标主导的结果。没有程天标就没有鹿山的今天,作为政府主要领导,他决定要全力支持。

朱良驹建议："召集所有部门对产业园所有的服务项目进行紧急督查，务必在短期内全部完成。既要考虑工程的进度，又要考虑工程的美化度。也就是说，所有的工程既要取得实质的成功，也要取得表面的成功。"

程天标同意他的建议，他叫朱良驹全力负责这项工作。程天标说："要按照美国标准、美国速度来推进工程，特别在环境营造和工作人员的身心健康上下功夫，要让整个项目不仅宽松又快速地运行，而且要达到和谐平安、其乐融融的效果。他特别指出，我们要争取速度，但不要给工作人员以过度的压力，让他们放松，按部就班，使整个项目的运作过程达到有条不紊的效果。"他这特别强调："人是第一位的要素。我要让莫正夫看到最好的团队，不仅效率，而且要有良好的精神状态。"

秦正才在旁边一一记录，他很认真。多年的经济工作经历，让他能完全能明白程天标的用意，他觉得程天标的层次很高，按照他的思路走，麒麟公司的工程才是健康的、有效的。

陆峰奇在旁边也是频频点头。他的任务是梳理鹿山的金融环境，以便为麒麟公司的结算和融资提供帮助；同时负责道路施工情况、环境绿化情况和电信、邮电等落实情况。

程天标告诉陆峰奇："你的主要任务是把金融一块搞好，一些工程可以让专业部门去负责实施和监督。要注意和上级金融部门的配合协调，特别是跨境贸易的金融政策一定要掌握到位。"

在会议结束时，程天标叫陆峰奇留下，陆峰奇认为是叫他一起参与接待的事情。可没想到，程天标问他："把卫子新提拔成行政执法局副局长怎么样？"

陆峰奇感到很吃惊，也不讳言自己的观点，说："这个人业务很精通，工作也敬业，在中层岗位任职也超过了十个年头，这些都不假。但他这个人与贾似明拉拉扯扯的事整个机关都知道。他们是师生关系，卫子新似乎很感激他曾经的培养之恩。"

程天标启发道："这个人与贾似明拉拉扯扯，我都知道。你爱兰嫂子曾告诉我，贾似明生日时，他曾经去祝贺，所以的确存在立场不明确的问题。但凡事要从大处着眼，在政治上我能拉就拉一把，一个业务骨干，长期得不到提拔，迟早要出思想问题。再说是否是贾似明在捣鹿山的鬼，还没有定论；是否卫子新深入其中，更没有定论；我判断，这个同志是可以拉过来的，一个业务骨干，是可以给他压些担子的。"

程天标进而说道："我这也是为了鹿山的大局。莫正夫就要来了，要消灭一切不稳定的因素。提拔一下，比一百遍思想政治工作都有用。我们一定要拉住每一个同志，不能让他们放任自流，让他们把主要精力放到鹿山的事业上来，放到正确的轨道上来。我认为，没有挽救不了的同志。"

陆峰奇还是犹豫，问："如果提起来，他还是跟贾似明一起做一些不利于鹿山的事情，怎么办？"

程天标很有信心，说："木桶装水的量多少不是取决于最长的那块板，而是取决于最短的那块板。我们要想办法，把那块短板补长。如果补不长，或者反而断裂了，也没什么关系，我们就再换一块吗。没什么大不了，一个副局长而已。"

陆峰奇懂了，说："是的，如果卫子新不改头换面，那他就是'畜生'，那么我们可以再也不用拯救他了。"

程天标摇摇手，说："不，只要不违法乱纪，他就是我们的同志。既然是同志，就不分彼此。"

程天标叫陆峰奇与组织部部长方云青去商量这件事，最后还关照道："我把卫子新交给你，你一定要办好这件事。"

陆峰奇走后，程天标忽然问秘书："秦正才走了吗？"秘书说，"还没呢，在我办公室喝茶呢！"程天标笑道，真是个人精。

秘书喊来了秦正才。秦正才问："程书记，你还有什么指示？"

程天标说："我想起了一件事，你到桂如海那里跑一次，叫他准备一个乐队，准备迎接莫正夫。顺便问一下，沈明月关于鹿山的歌曲有没有创作完成。如没有，要加班加点创作，我要在欢迎莫正夫的仪式上听到这首歌。"

"得令。"秦正才调皮地说。

转眼已是仲春，街道上的樱花正次第开放，如灿烂的云霞铺展在大街小巷。那些银杏翠绿着，挺立着高大的身子，似乎要盼望远方尊贵的客人。大街上，清洁工已将所有的树叶和垃圾清扫干部，在肮脏的地方，他们用铲子铲，用刷子刷，用拖把拖，把整个城市打造得晶亮一片。人们在传，一个天堂一样的城市降临了。

程天标有空了，就亲自走到每个区镇视察，事无巨细，全部予以耐心地指导。如果没有空，他就打开自己办公室的窗户，用望远镜观察着这个城市的一切。无论是红绿灯的闪烁，还是建筑上的轻烟，只要他发现不妥的，都要一一过问，务必达到完美为止。

在他的影响下，他的团队紧锣密鼓，四处出击，一颗烟蒂、一片草坪、一辆违规停放的汽车，都进入他们的眼中。是的，他们要创造一个完美的城市，他们要用自己的力量带动全市。

整个城市都在传诵莫正夫就要到来了，许多人像过节一样，有的人还刮了脸，换了新衣服，仿佛他们马上要受到莫正夫的接见。姑娘们用上了进口香水；小伙们都把自己的汽车擦得干干净净；机关工作人员全部西装革履，精神饱满。每一个人都期待着莫正夫早日到来，每一个人的心中都有一个鹿山情结。

就是说，莫正夫的到来，像城市的一个节日。人们在等待他的时候，生活习惯和精神思想都悄悄地发生着变化。与国际接轨，与时代接轨，已经成了这个城市的潮流。

程天标很满意城市的变化。当他在走廊听到工作人员操着国际范的口音向他问好，他就高兴。他在计算莫正夫到来的日子，他要给莫正夫一个惊喜，主要是给鹿山一个惊喜。无论如何，这是改变鹿山的又一个机遇。

有一天，他问秘书："市委大院这几天最显著的改变是什么？"

秘书告诉他："全体'烟鬼们'戒了烟。起先是几个市领导带头的，现在所有的工作人员都戒了。"他接着告诉程天标："朱良驹市长正在学习喝咖啡，还买了几本关于咖啡品评的著作。"

程天标宽厚地笑了，说："这家伙，有一套。我在学生时代也专门研究过，喝咖啡的确很有学问。"

莫正夫来了。

程天标亲自到国际机场去迎接，他乘着机场安排的贵宾车停在高大的波音客机旁。看见莫正夫率领着他的团队正在缓缓地走下舷梯。程天标满面笑容，他的每一寸神经都很放松。当莫正夫走下舷梯时，他快步迎上前，握住莫正夫的手说："欢迎您，莫董事长。"

莫正夫扬了扬眉毛，接过礼仪递过的鲜花，说："程，很高兴又见到你！"

程天标用标准的中国礼节，挽住莫正夫的手进入了贵宾车。

天鹿国际大酒店广场上已经是一片欢乐的海洋，彩旗高挂，气球飘飘，鹿山市所有的领导在广场列队，欢迎莫正夫的到来。

当车队缓缓驶入广场的时候，沈明月率领的乐队奏起了欢快的《欢乐颂》。程天标看到莫正夫的肌肉都在抖动，仿佛应和着音乐的节拍。他们下车，与鹿山的市领导一一握手。那种热情洋溢的气氛，只有在鹿山的重大节庆时才会有。

莫正夫和他的团队饶有兴趣地走到乐队前，聆听他们的演奏，对艺术的崇敬在脸上焕发出来。

这时乐曲变了，变成了浪漫而有节律的氛围，仿佛是太平洋的诉说，仿佛一个美丽的人儿来到了美国，徜徉在那里的阳光和绿树中。还有夜晚，华灯璀璨，人们在享受生活的快乐。莫正夫听懂了，这是专门为他创作的乐曲，不由地跷起了大拇指。

程天标觉得莫正夫了不起，他听懂了。这首的确是为莫正夫量身打造的乐曲，是沈明月花了一个星期的劳动成果。演奏乐队虽然是业余的，却也不可小看，有很好的专业素质。

程天标轻轻地告诉莫正夫："这首乐曲叫《西雅图之夜》。"

莫正夫颔首，高兴地说："程，我听懂了，西雅图感谢您！"

乐曲演奏完毕，莫正夫上前，主动握着指挥沈明月的手，说："谢谢你，朋友。"

沈明月很有礼节，微微倾身，柔柔地说："欢迎您，董事长。"

莫正夫转身告诉程天标，问："能不能请这位女士参加今天的活动。"

程天标喜出望外，立即答应："行！沈明月女士正是你们美国培养出来的高才生。"

莫正夫说："真是他乡遇故知啊！"

午宴是中式标准，简洁隆重，程天标为此煞费苦心。他知道，如果过于简单，那么显得太寒酸，客人的心理会有障碍。如果过于奢华，那么又不符合节约的原则，在国际人士眼中，这是浪费，这是可耻的。所以他选定一定要隆重，同时又要宽松。菜肴要精美，但不能浪费，也不能吃不饱。为此天鹿国际大酒店的大厨们费了很大的心思，参考了许多国际大酒店的成功经验，精心炮制今天的午宴。

程天标首先在宴会上致辞。然后莫正夫的助手代表莫正夫致辞。双方敬酒，互祝健康，完成了第一轮礼节性的应酬。

程天标早就让秦正才通过莫正夫的亲信摸到莫正夫是海量，

千杯不醉。但他不能唐突,与莫正夫搞成酒力比赛;又不能不热情,使莫正夫没有宾至如归的感觉。他要让莫正夫的心在鹿山安顿下来。

莫正夫的助手坐在他的边上,看出了他的心思,在他耳边耳语了一句,说:"请放心,董事长是华人的习惯,可以跟他喝酒。"

程天标有了底,因为他的酒量号称鹿山一号,很少有人比得过他。他倒了满满的一杯酒,又用很文雅的礼节为莫正夫倒了一杯酒,说:"有朋自远方来,不亦乐乎。欢乐是酒,我愿意请董事长满饮此杯。"

莫正夫忽然像小孩子似的,高兴地说:"好啊!好啊!我正有此意。"

程天标和莫正夫碰了杯,莫正夫故意用了力,酒杯碰得很响,让全场欢声雷动。

莫正夫接着说:"程,合作愉快,干杯!"

让人感到惊奇的是,满满的两杯酒,也不见两人怎么鲸吞豪吸,而是文文雅雅的,谁也没看清是怎么落肚。他们两个人仿佛是约好的,就这么风雅地把一杯酒干下去了。

所有人的都感到他们的默契,鹿山的市领导们高兴得带头鼓起掌,他们为程天标的风度而高兴,也为莫正夫的高贵而感动。全场响起了热烈的掌声,让他们俩的脸微微泛红。

莫正夫说:"程,我感到很高兴。有你这个朋友,我很高兴。"

程天标说:"查理,鹿山就是你的家,我们每一个人都欢迎你回家。"

正在程天标酝酿第二杯酒怎么和莫正夫干下去的时候。程天标看到,莫正夫叫服务生主动斟满了酒,然后端起酒杯,走到沈明月边上,说:"沈,很高兴遇见你,感谢你的演出。我们干一杯,我先干为敬!"

沈明月的脸上光彩闪烁,大大方方地端起酒杯,也是满满的一杯,说:"查理,感谢你给我一个美好的中午。干!"

他们两个也仿佛约好似的,同时干完了杯中的酒。

就在沈明月准备回敬一杯的时候。莫正夫的一个助手来到了他的身旁,递给他一张纸。沈明月看到纸上写的是一首歌。沈明月忽然心有所动。

莫正夫面对程天标,说:"程,我要献歌一首,献给你和明月,也献给在座的各位朋友。"

这是程天标没有想到的,在午宴的操作环节中,没有这一个安排。但他知道,十个美国人九个是歌唱家,莫正夫的献唱肯定是有道理的,是友好的,充满善意的。他叫了一声,好!带头鼓起掌来。

整个宴会已经成了欢乐的海洋,鹿山看到的是成功,是莫正夫的归依。而莫正夫的团队看到的是明天,是一个辉煌灿烂的明天。

曲谱已经传到了鹿山的小提琴手那边。小提琴已上台,操起了弓弦。莫正夫礼貌地上台,说:"这是我叫助手刚创作的一首歌,叫《鹿山之魅》,借用《友谊天长地久》的曲调,希望唱出我心中的鹿山,希望我的朋友们能喜欢。"

小提琴声悠扬地传诵到全场,莫正夫像一个歌唱家似的唱响了这首歌。他用深厚的男中音表达了对鹿山的欣赏和赞美,也体现了对友谊的歌颂,更对明天充满了期待。

在表演完成后,全体人员起立,报以热烈的掌声。莫正夫说:"我们,起航!向着鹿山的明天攀登。"

程天标在胸口挥了一下拳头,对自己说:"成功!"

他走到莫正夫的身旁,说:"查理,我们一定会登得更高,看到明天更加灿烂的太阳。"

莫正夫说:"是的,我们都热爱太阳。我们的事业是在太阳底下的。"

半夜,尽管疲累地躺在床上的时候,程天标还处于兴奋中。他的耳边回响着汪小锋接见莫正夫时说的话:鹿山是一个杰出的城市,因你的到来而更丰富。鹿山的成功是整个国际产业的成功,是人的创造力的胜利。

8

秘书告诉程天标，三天后，上级市东江市纪委调查组将到鹿山调查有关问题，要专门找程天标谈话。

程天标感到压力很大。这几天，他自己是沉浸在莫正夫到来的美好氛围里，全市人民的热情已经得到充分表现，东江市委汪小锋书记亦亲自到鹿山会见了莫正夫，双方谈得非常融洽。省委祁书记还专门打电话给他，嘱咐他接待好莫正夫，展示鹿山的良好形象。莫正夫的到来不仅是鹿山的喜事，也是全省的一桩令人瞩目的事。鹿山要通过接待好莫正夫，为全省树样板，挑大梁。

可在这节骨眼上，调查组就要来。要调查什么，他一无所知。他知道，调查组要么不来，既然要来，就有充分的素材，从不打无准备之仗。他暗忖，难道鹿山真的发生了什么让人不得不重视的大事，他这个市委书记怎么不知道，这不是失察之罪吗？想到这里，他不仅出了一身冷汗。

他想到了三个问题。一是对秦正才的反映，就是经济问题和生活作风问题。这他有把握解释清楚，因为秦正才已经全部给他坦白。再说秦正才是鹿山市管干部，不是东江的市管干部，在这个范围内，他程天标是可控的。二是天喜公司的爆炸案，有关干部要追责，而这需要一个联合调查组来着手处理这个问题，单凭纪委一家有些问题难以定性，所以最多是弄清一些事实，而不做最终决断。三是麒麟产业园的用地问题，毕竟有200亩土地未批先围。现在虽然已经争取到指标，但鹿山操作在前，似有冒险之嫌。

他突然感到又轻松起来，如果只是这些问题，他还是能解释清楚的，还是能得心应手地处理的。关键是如果给上级纪委不好的印象，形成了一个思维定式，这对鹿山是不利的。所谓未穿鞋子落个鞋样，不知自己的脚是否会舒服。

程天标对违法违纪是深恶痛绝，甚至认为是愚蠢的。一个干部，如果连廉洁自律也办不到，连依法行政也办不到，算一个什么称职干部。他的心与上级纪委是一致的。既然查了，就要查个水落石出。保护改革者，惩处违纪者。一定要为鹿山的发展营造一片蔚蓝的天空。

程天标告诉秘书，马上通知纪委李书记到他的办公室来。

李书记在鹿山的常委班子中是最为老成持重的一个，话不多，往往一语中的。鹿山的大事小事都在他的心里装着，因为纪委收到的人民来信，是整个机关最多的。可这些来信有的真假难辨，义愤满腔也罢，据理力争也罢，条分缕析也摆，都需要艰苦的取证和核实，所以纪委的工作是很辛苦的。李书记也是常委班子中头发白的最多的一个。

有一点谁也怀疑，就是营造风清气正的环境，保证鹿山有一个良好的发展生态，是市纪委一以贯之追求的目标。惩处干部和教育干部相结合，宽松环境与严格执纪相结合，需要大量细致的工作。

在这一点上,程天标是很放心的,在他担任市委书记以来,鹿山纪委的工作力度是很大的,虽没有发生什么大案、要案,但在依法治市、依纪范人方面做了大量的工作。而且他们处结的案件,都令人心悦诚服,至今没有发生上诉情况。

李书记曾告诉程天标,在经济工作一线工作的干部几乎都有人民来信,大多捕风捉影,偶尔也有工作程序的错误,都不是大问题。本着鹿山发展的需要,从保护干部的前提出发,对不实反映及时予以澄清,对工作规范错误的及时予以纠正,对确违法违纪情况的才予以处理。

程天标问:"你对秦正才怎么看?"

李书记知道秦正才是程天标的爱将,作为现实的一种处理方式,他必须全力保护。但作为纪委书记,职责所在,他必须按纪按规,对有关事实予以澄清,还社会一个公道。

在程天标面前,他必须有一个明朗的态度。他说:"坚决支持秦正才为鹿山经济发展再做贡献,对一个干部我认为首先要看大节,有些事不必拘泥。"

程天标听了他的话,若有所思,意味深长地看着他,隔了一段时间才说:"要严格执纪,我从不袒护每一个干部。希望每个干部都能在阳光下健康成长,但必要的纪律约束不可松弛。对于秦正才的调查,要以事实为依据,不冤枉人,也不迁就人。上级调查组只是要听一下我们对这件事情的调查结果和事实结论,我们要做实,不能有一点差错。当然,秦正才的事情我是知道的,相信他决不会作奸犯科,关键是我们要做好有效的证明。"

李书记听了他的话,有了底气,说:"就按你的指示办。我这就去落实。"

程天标很诚恳地问:"你分析一下,这次调查组主要要听些什么?"

李书记显得胸有成竹地说:"这次调查主要是针对秦正才的。因为人民来信写到了上级纪委,照理秦正才是鹿山的市管干部,由我们鹿山来处理就行了。因为秦正才在经济界影响很大,社会牵涉面广,所以上级很重视。我理解也是对干部和事业的负责。这次主要查他三个问题:一是他在招商期间的经济问题,有反映在他项目审批和土地出让过程中,与外商牵涉不清,有受贿的嫌疑;二是他的个人作风问题,说他与沈明月的关系弄成满城风雨,严重影响了鹿山的社会生态;三是麒麟产业园的土地征用问题,说在没有土地指标的情况下,违规划定了产业开发圈,破坏了基本农田的保护规划。"

程天标其实心里早就有谱,他问李书记的目的,是看有没有新的发现,毕竟工作要做细,不能有丝毫马虎,如果发现漏洞要及时补上,鹿山人做事就是要追求完美。

他告诉李书记:"一切都在意料中,我思考了一下,大致也是这么三个问题,你们调查取证完成了吗?"

李书记据实汇报,说:"都已完成。我们找秦正才谈了话,他很配合,反馈了人民来信上指认的所有事情,并提出了自己的观点。我们也找了沈明月进行了谈话,她很伤心,她说他和秦正才的关系只是少年时的一段情感,没有什么实质性的进展,因为双方都是社会公众人物,所以被传得有鼻子有眼,她很委屈。从我们调查的实际情况来看,他们两个说的是可信的,我们都已做了取证。至于土地的违规操作问题,事实是当时只是一个规划,没有破坏基本农田的做法,所以我们认为是允许的。后来是您亲自出面找汪小锋书记协调追加了用地指标,所以这块土地的使用是合法合规的。人民来信的写作者,只是没有了解这一段过程,做了曲解。"

程天标幽默地一笑,说:"世上本无事,庸人自扰之。不过我们必须要认真对待,举一反三。我意在完成上级调查组的调查后,市纪委摸排一下与此相似的有关问题,深入反思,未雨绸缪,搞好鹿山的政治生态和经济生态。"

程天标和李书记谈了一上午。李书记走后,他想起下午莫正夫要视察麒麟产业园,他叫办公室通知相关人员做好一切准备,该出席的人员全部出席,该进行的议程一个也不能少。

所有到来的事物必要一个美好,这种美好也许深藏在大家的心腑间。

当程天标再次见到莫正夫的时候,心里有一种难以言述的美好。多少时日的接触和联系,使他们的心紧紧地联在一起。可以认为,凡是莫正夫需要的,他程在标肯定也需要。凡是莫正夫到达的,他程天标肯定也会到达。

莫正夫看到程天标略显憔悴的脸,说:"程,你瘦了,但很精神。"

程天标真的精神头很好,说:"人逢喜事精神爽嘛!能和董事长一起共度这个下午,是我的荣幸。"

中巴车缓缓地驶在世纪大道,两旁的银杏叶在轻轻地招手,仿佛是一个自然的欢迎仪式。阳光映在每一个的脸上,都满溢着喜悦,充满着对未来的信心。

一会儿,中巴车又驶入麒麟大道。当看到一眼望不到边际的悬铃木时,程天标发现莫正夫的脸上亮了一下,一种博大的生机让他的精神为之一振。程天标心中是有数的,是他选择了上了年头的悬铃木移植在大道的两边,他要让麒麟产业园从一开始就蓬勃起来,至少在视觉上是这样的。他知道一条大道对于整个产业园的意义。与美国人的审美和生活情趣相一致,整个麒麟产业园显得简洁而有序。

当看到朴素的产业园办公房时,莫正夫露出了宽和的笑容,那些赭红色的墙壁热情似火,似一股初始的力量,启发着人蓬勃的思维。他想起了美国总部的办公楼,感到很满意。莫正夫对程天标说:"程,这种颜色和我美国的办公楼的颜色是一样的。"

程天标有些激动,这幢办公楼的用色,也是他和秦正才反复商量后确定的,他明白细节决定成败,关键是这种颜色让他感到有一种创业的冲动,同时与麒麟公司的总部的办公楼也有了良好的呼应。是的,他的良苦用心起到了效果。

程天标欢快地说:"只要董事长喜欢的就是我们努力的目标。我们以麒麟公司的一切为荣,包括色彩。"

莫正夫调皮地说:"为什么你不给我展示一下中国人喜欢的

色彩？"

程天标的反应很快，说："云从龙，风从虎。这种色彩是麒麟公司的云和风，我们要顺风而行，踏云而生。而中国丰富的色彩体系，我们会慢慢地向董事长展示，我们相信颜色的丰富性能带来我们合作的丰富性。"

莫正夫深有感触地说："其实我已经不用再多看产业园了，从这种色彩的配置上，我已经知道你们的工作是认真的，你们对细节的把握已经到位，我很满意。我相信你们的每一个环节都是完美的。"

程天标谦虚地说："我们做得还不够。这次请董事长来视察，目的就是要从丰富的架构中找出我们的缺点，从漫长的时间等待中找到我们速度的共鸣，特别是让麒麟公司的节奏与美国总部一样。在这里，我们要听到你的心跳。"

在展示场馆，巨大的规划模盘做到大气而精致，关键是有一种让人心胸扩张的感觉。是的，高大的屋顶、宽畅的空间结构、赭红色的设计基调、明亮而不刺眼的灯光配置，让人如同处身于一个森林之中，有清新的气息扑而来，这其中似乎还夹杂着几声鸟鸣。

莫正夫做了几个深呼吸，对程天标说，程："我觉得我是处在森林之中，而这森林的流水之上似乎燃烧着一团火焰。"

程天标用力地鼓掌，应该是受到莫正夫的感染。他说："我荣幸地能请到董事长来鹿山投资。您对鹿山的赞美正穿越整个鹿山的春风，来到麒麟产业园。这里不仅有产业在世界的回声，更有董事长的美妙情怀吸引着人的家园。"

莫正夫满意地点了点头。随后，他指着一片绿色的标志，问："这是什么地方？"

程天标是知道莫正夫的，他肯定对产业园的一切构架都是满意的，因为他没有问厂房，没有问食堂、宿舍或者研究中心，只关注于这一个区域，程天标觉得他们彼此的心是相通的。他告诉莫正夫："这是一个花园。里面遍植玫瑰、滨菊、玉兰、桂花，还有银杏、悬铃木、香樟，分主题设置了若干区域。确保产业园的员工有一个休憩的地方。我们的目的是在秩序分明的产业生产链上，创造一个诗意的空间。"

程天标不忘加了一句："花园建设的所有费用由市财政全额拨款，这是鹿山人民对产业园的一点心意，也是我们服务客商的一点诚意。"

莫正夫看着花园中的一条河流，感到很有意味，他注视着它流逝的方向，仿佛感受到了它的清澈和活泼。

程天标看着他若有所思的样子，坦率地说："原来这里是一个小村庄，村民们故土难离，不太想搬迁。后来经过我们做了大量细致的工作，他们想通了，表示全力支持产业园的建设，不到10天，全部迁移。"

莫正夫笑着说："我知道。是你请他们看了一场电影。"

程天标愣了一下，他没想到莫正夫的工作这么细致，连这件事情也知道。跨国公司的工作真是认真啊！

莫正夫知道他在想什么，说："这件事，我的高层已经向我报告过，是秦正才告知给他们的，我向你表示感谢。"

程天标解释道："我们的百姓是通情达理的。在鹿山，只要有利于发展，只要我们的思想工作做得到到位，把问题说清楚，都能得到广大市民的谅解。在工作者中，我们碰到过许多困难，都是全体市民的共同努力，才化险为夷。这才让鹿山一天比一天更美好。"

莫正夫转换了一个话题，说："程，感谢鹿山。但我要告诉你，这个公园的建设我同意，但费用由麒麟公司在自己的开发资金中开支，不需要鹿山财政的支持。因为这是我的事业，我是一个有责任感的人。"

程天标目瞪口呆，在他以往的经历中，从来没有一家公司拒绝过鹿山财政的支持，莫正夫是第一个。道理他是懂的，莫正夫是在告诉他，麒麟公司是规范的，是符合行业游戏规则的；麒麟公司做的任何事情，是经得起行业内外人士的检视的。这反而是他程天标想得不周到了。反之，这也让程天标更有了信心，他再次感受到麒麟公司的真正实力，这不仅是金钱上的，更是道义的。也就是说，麒麟公司为整个产业界树立了敢负责任的样板，因此他程天标理应成全，理应为国际资本的规范流动增光添彩。

程天标感到突然松弛，兴高采烈地说："同意董事长的决定，支持董事长的伟大事业，凡是董事长的决定我都坚决拥护。"

莫天夫心中暗暗赞许，他满意程天标的智性。当初，麒麟公司会选择到鹿山投资，除了国际产业环境和中国的产业政策一些有利因素以外，莫正会看中的是程天标的公正和正直，特别是他对产业的熟悉和把握，对国际规则的熟练应用。在这件小事上，程天标没让他失望，他是懂行的。

莫正夫同时很放心，因为程天标没有官僚式的想当然。毕竟在产业结构布局中，有时一个官僚式的决定，是会好心办坏事的。

莫正夫说："程，你一定要替我感谢那些迁移的百姓，告诉他们这块土地是属于他们的，麒麟公司是他们永远的朋友。"

程天标心里从来没有这么踏实过。因为莫正夫的人性关怀，他知道资本也是有亲和力的，在严酷的规则面前，道德和善良还是闪着光辉。他为莫正夫感到骄傲。看来这条路是走对了，程天标对鹿山的明天充满着信心。

程天标感激地说："谢谢董事长。这些百姓是您的朋友，也是我的朋友，我们的目标是一致的，心是相通的。"

莫正夫对麒麟产业园的总体规划也很满意，对项目实施进度表示了认可。他告诉程天标，产业园的建设之所以请鹿山方共同参与，是他看中了鹿山的办事能力，和对客商服务的诚心。特别是在与程天标接触的过程中，他感受到了鹿山人对麒麟公司的勃勃心跳。因他们的热情和身体力行的推进，莫正夫充满了莫名的信任，也充满了必胜的信心。

在广场上，产业园工作队伍整齐地列队，迎接莫正夫的检阅。当看到一张张充满朝气的脸，看到他们整齐的服装和专业的气质，莫正夫感到心里很踏实。

莫正夫对他们说："以自己的立场和观念来说，我对这支队伍的专业能力充满着期待。特别是你们在短期内使产业园立体地生长，使我看到，仿佛整个麒麟公司迁移到了这里，整个西雅图迁移到了这里。你们和我公司总部的员工没有什么两样，都是有一颗忠诚公司、服务公司的青春之心，我向你们表示感谢！"

程天标也做了热情洋溢的讲话。他说："实践证明，麒麟公司是值得每一个人尊敬的，它的团队在短期内创造了奇迹，与鹿山人民的期待是一致的。一个全省一流的产业园的形成，因你们的努力而成为事实，因你们专业的、踏实的作风而成为鹿山新的发展样本。鹿山感谢你们！"

莫正夫紧紧地握住程天标的手说："程，谢谢您！谢谢鹿山！"

程天标内心很激动，但他脸上还是平静着，透着祥和的光。他说："董事长的信任才是我们鹿山赖以发展的基础。没有你的正确决策和果断推进，我们的事业哪会有这样的胜利！"

全场仿佛都听到了他们的对话，全体员工高举右手呼喊着："胜利！胜利！胜利！"

莫正夫似有所悟，他问程天标："产业园有多少共产党员？"

程天标骄傲地说："除了你的员工，全部都是共产党员。"

莫正夫满意地点点头，说："程，我知道，有共产党员的地方就会有火一样的热情，就会有无坚不摧的作风。"

程天标对他的感悟非常赞同，说："产业园的党员都是全市最好的党员，我们精挑细选的，为的就是给董事长交一份满意的答卷。事实证明，他们做得很好。"

莫正夫起了好奇心，说："我想看看他们活动的地方。"

程天标兴奋起来，他没想到一个资本家会这么看重共产党的建设阵地，这么想了解共产党的组织生活。于是，他说："没问题。"

程天标告诉秦正才，打开"党员之家"，请全体共产党员都来参加现场组织生活活动。

在产业园办公室的西区，在一扇大门外，"党员之家"四个大字在熠熠生辉。程天标和陪同者们不知怎么的，在今天，看到这四个大字都很激动。

门缓缓地打开，似一个庄重的仪式的前奏。程天标和莫正夫大步迈进"党员之家"，产业园的共产党员们也鱼贯而入。

程天标带领莫正夫参观着"党员之家"。这里挂有庄严的党旗和党员照片、有党的组织的分工的牌子、有党员的权利和义务的告示栏、有党活动记录的宣传栏、有入党誓词。另外在一面巨大的墙上，在"我是党员我争先"的标题下，产业园共产党员奉献一线、无私奋斗的经典事迹和照片被一一陈列在此。莫正夫饶有兴趣地一个字一个字地看着，在所有的照片面前辨认着每一张面容。每看到一张面庞，他就点点头，仿佛对他们坚定而活泼的神情表示赞许，对党员们兢兢业业的热情致以敬意。他口中轻轻地说："谢谢！谢谢！"

程天标跟着他点头。说实在的，他来过这个地方，他每次也是认真地看这些党员的事迹，也很感动。这次他发现这里又增添了许多新的内容，特别是产业园高大的建筑间那些党员忙碌的身影，他很感动。他下意识地转过头，对着秦正才满意地笑了一下。

莫正夫又紧紧握住程天标的手说："共产党员是伟大的。我的员工早就向我报告，所有的难题都是共产党员冲在前面的解决，所以我要看一看，我要感谢他们。"

程天标说："我们入了党，就意味着奉献终身，为人民的利益而九死未悔。在改革开放的进程中，共产党员必须一马当先，成为发展的促进派，成为让世界为之注目的一股正能量。我们的每一次进步，都应该成为一道亮丽的风景。"

莫正夫深有感触地说："我也是，我的员工也是。他们每天都在进步。"

莫正夫带着探询的口气问程天标："我对你们的组织生活很感兴趣，不知能不能让我领略一下？"

程天标大手一挥，说："好。我们来重温入党誓词。"

听着程天标的号令，全体共产党员整齐地排列着，庄严地举起了右手。程天标一马当先，执行着领誓的使命。

随着程天标铿锵的领誓，全体党员发出了庄重而整齐的声音："我志愿加入中国共产党，拥护党的纲领，遵守党的章程，履行党员义务，执行党的决定，严守党的纪律，保守党的秘密，对党忠诚，积极工作，为共产主义奋斗终身，随时准备为党和人民牺牲一切，永不叛党。"

当宣誓人说出宣誓者的姓名时，莫正夫深深地点了点头，大声说："谢谢！"

在莫正夫看来，共产党人高度的觉悟和高昂的斗志，是确保麒麟产业园能够取得成功的关键，所以从内心他真的对他们的贡献表示了感谢。

程天标知道莫正夫心里在想什么，也知道这次重温入党誓词，肯定让莫正夫再增了信心。更重要的是，这支队伍能够得到莫正夫的认可，对鹿山今后的发展是功德无量的事。可以说，曾经在思想观念上的一些不和谐、不一致，被发展的现实抹平了。现在大家的心是一样的，都是为了一个共同的目标。

莫正夫告诉程天标，他很羡慕共产党人，这么团结，干事业这么有力量。如果他生长在中国，他肯定也会入党的。

程天标则高兴地告诉他："你才是真正的中国专家，你明白中国的一切事情。你对我党的认同，也从侧面证明了我们事业的正确性。其实，我们的心是一样的，都是为了一个崇高理想，现在我们共同拥有了它，我们一定能够把一切好事都办好。"

莫正夫说："我想和所有先进的共产党员合个影。"

程天标表示同意。

秦正才召集全体获得年度先进的共产党员。随后他们逐一与莫正夫合影。人们发现，所有参与合影的党员，他们都是谦和而又充满着信心的，他们的笑容是真挚的，他们的心与莫正夫是相通的。

在每合影完一个人后，莫正夫就会与之握手，说声"谢谢"。

程天标认为这是一个难忘的时刻，是共产党人领导改革开放事业取得胜利的一个证明，是远大的共产主义理想在闪光。但他没有表现出来，只是以幸福的目光注视着每一个合影的人，对每一个人点点头。

合完影后，每一个人都心潮起伏，为作为一个共产党员而自豪，也深知自己的责任。他们对以程天标为首的鹿山市委更加信任了，对麒麟产业园的未来更有信心了，对自己肩负的使命有了真切的把握。

就在这个议程即将结束了的时候，莫正夫忽然对程天标说："程，我们也合个影吧！"

程天标知道莫正夫的含义。果然，莫正夫说："你是我心目中最先进的人，我要与你合个影。"

程天标目光庄重又温和，与莫正夫站成一排。在"党员之家"的高大空间里，两个高大的身影，非常默契，平等地站在一起，留下了一张经典的照片。

当合影结束，程天标的手与莫正夫的手又紧紧地握在一起。大厅里响起了热烈的掌声，显然，人们眼中看到的是胜利。

莫正夫说："很唐突，照理我不应该观摩你们的组织生活会。但我很好奇，特别是党员的优秀素质让我有了深入了解的想法。"

程天标说："没关系。今天权当是一次开放的组织生活。董事长的加入，我们的信心更足，对未来更有把握。"

程天标带着莫正夫参观了产业园的每一个角落。每处莫正夫看得都很仔细。其实他对这里是了解的，他的团队经常把相关视频传给他，但现场察看还是第一次。

莫正夫对程天标说："整个产业园的建设和我了解的事实完

全一致。我很满意。"

程天标给他透露了一个秘密，说："这个产业园的每一个规划、每一个实践，我们都是用董事长的理念和眼光去实施的。每一幢建筑、每一朵花、每一根草，我们首先想到的是你的感受。到我们认为可行后，我们才会去实施。我们相信，这是我们共同的目标。我们实践的，就是你实践的。"

莫正夫全部同意程天标的观点。他说："其实，我也一样，做出的每一项决定，首先想到的是鹿山的感受，特别是你的感受。我觉得我的感受与你们的感受取得一致，这个项目才是有希望的。"

程天标感激说："是你带来了国际先进理念。在与你合作的过程中，我们都仿佛经历了凤凰重生的过程，我们觉得自己成了一个新的人，一个与过去不同的人。"

莫正夫说："对，我也这样。世界就是一个相互融合的过程。事实证明，我们融合得很好。"

程天标指着那些赭红色的色彩，快乐地说："就像这些欢乐的色彩，像友谊一样照耀着我们。"

莫正夫说："这只是一部分。你们的每一个格局，都符合我的心意，都让我看到一切用心都来自一个理解的过程。你就像我一样。"

程天标当即表示赞同，说："我们的心是相通的。鹿山的心和麒麟公司的心是相通的。为了一个共同的目标，我们走到了一起，而且道路会更宽阔，前景也会更加美好。"

莫正夫悄悄地对程天标耳语了一句,其实,我的员工把一切细节都告诉了我。

程天标哈哈大笑,说:"请董事长监督和检查。我们一切决策都是透明的,我们决不会向董事长隐瞒一丝一毫的细节。我们只要你满意,只要你在我们的工作答卷上批上'优秀'两个字。"

莫正夫开心得不得了,说:"优秀!绝对优秀!否则我也不会这么着急地赶到鹿山来,我也不会与你的心贴得那么近。我的生意遍布世界,现在这里才是我的一个中心。"

程天标听了他的话,放心了,说:"我的目标是有一天,你会把研发总部迁到这里来。到条件成熟时,你把公司总部迁到这里来。到那时,鹿山就会成为一个世界注目的城市,而麒麟公司将会成为世界最大的公司之一。"

莫正夫说:"是的,鹿山一定会成为我的另一个故乡。"

就在程天标认为大事告成,万事大吉的时候,莫正夫却有了新的想法。他说:"我要到天喜路上走一走。"

这让程天标的心一沉,霎时凉了半截。天喜路现在是这个城市的死结,因为天喜公司的爆炸案让整个城市都感到不踏实,这件事情还没有了结,他还悬着半颗心呢!

当然,程天标知道这个事件莫正夫一定是知道的,因为有对外的新闻通稿,还有莫正夫团队了解的情况,都会一股脑儿地汇聚到莫正夫那里。照理,莫正夫会避重就轻,不会触及这个问题。那他为什么要提出要到天喜路上去走一走呢?

程天标的脑子转得很快。他马上得出结论,这一是提醒,就是麒麟产业园不允许出现这样的事故；二是看看鹿山的办事能力。

想到这里，程天标心里有了底。他回头看看一同前来的朱良驹和陆峰奇，仿佛在征求他们的意见，这两个人都不约而同地点了点头。

程天标知道可以，就爽快地说："行。欢迎董事长视察鹿山的任何地方，鹿山对董事长决不设防。"

朱良驹一个眼神，相关部门负责人都明白要做什么了，他们都点了点头，表明没有问题。

汽车转眼行驶在天喜路上。工业区内寂静一片，大路非常整洁，两旁的树木苍翠无比，温暖的和风轻轻吹过，鸟儿在欢乐地鸣叫，交警有条不紊地指挥交通，一切行进都显得很有秩序。

程天标一颗半悬的心落了下来。他觉得外观没有问题，那么一切都没有问题，因为他认为莫正夫不会离谱到下车到企业视察，所以观感很重要。

在经过天喜公司大门时，程天标若无其事，指着两旁的景物，与莫正夫进行着热烈的交谈。他还不忘用眼睛的余光看看天喜公司的立面。当他看到现场早已经被有效地封存以后，他的心放得更平了，与莫正夫的交谈也更放松了。

莫正夫也是不露声色，他一边赞美美丽的景色，一边对欣欣向荣的实际工业区，并啧啧称赞。

每个人心里其实都明白，这次天喜路之行，是莫正夫的一个告诫。他在提示鹿山，要注意这反面的教训。他莫正夫所在的跨国公司是不允许这样的事件发生的。这不仅仅是企业损失的问题，更是对管理软弱问题的揭示，而这是他莫正夫断断不能接受，也不能原谅的。

莫正夫问程天标："如果我的产业园在一夜之间被一把大火烧毁，会产生什么后果？"

程天标严肃地答道："整个鹿山将会没有翻身之日。"

他接着说道："像麒麟公司这样著名的跨国公司，是一点也不能出现什么差错的，包括一滴水的浪费。公司是你的，你要它完美。公司也是鹿山的，我们也要它完美。我们所有的技术佐证和管理佐证都已完成，并且会不断巩固，请董事长放心。"

莫正夫突然又放轻松，说："程，你放心。麒麟公司从成立到现在，没有发生过一件事故，我们是有经验的，相信你们也有经验的。"

程天标自信地说："企业有企业的责任，政府有政府的责任。我向您承诺，政府方面的责任保证做到万无一失，我们是规范的，而且我们的规范是会进步的。"

莫正夫信任地看着他，说："程，你做得到。我来帮你。"

程天标目瞪口呆，原来莫正夫是在帮他，他的眼角不禁湿润了。

9

每一个夜晚都是在默默地流逝。在这流逝中，有人听到了时间响动的声音。

程天标坐在办公室的沙发上，默默不语。面前的茶杯还在冒着热气，显然他暂时还没有喝一口茶。整个市委大院万籁俱寂，工作人员们都已回家。只有与他同生共死的兄弟们还坐在办公室内等待他的指令。这是习惯，只要他没有回家，他们都会等着他，即使没有什么事情，他们也会等待着。

程天标回想着与刚才调查组的谈话，心里还是踏实的。他主观上已经认为，调查组是实求是的，没有一点捕风捉影的意思。对于秦正才，调查组是下过功夫的，所以用不着他多作解释，他们也能说出个一二三来，而且定性是正确的。就是对秦正才的举报明显是诬陷，是没有任何根据的。但秦正才也有做不对的地方，就是经常跟沈明月接触，授人以口实。

程天标据理力争，告诉调查组："这是工作的需要，是我允许的。因为不能为了一些并不存在的事情，而影响了整个鹿山的大局。再说在麒麟公司落户鹿山这件事情上，秦正才和沈明月都有或大或小的功劳，是不容抹杀的。特别是沈明月，在关键的时候，增添了外商的归属感，彰显了鹿山文化的魅力，这是值得肯定的。"

调查组认可程天标的观点,并对鹿山经济的发展给予了赞许,最后还是提醒程天标,不能因胜利而冲昏了头脑,人在一定的条件下是会变化的,他们期待鹿山的天空永远风清气正。

程天标记住了这些话,在调查组走后,进行了深入的思考。

程天标首先想到如果这些举报的事情全部属实,他能不能保得住秦正才。答案是肯定的,他有这个把握,为了鹿山的发展,有些事情必须搁一搁,发展才是最重要的。再说,大不了去找汪小锋书记陈情,以他的开明是能理解他程天标的苦衷的。

令人欣慰的是,这些举报的事情都是假的,调查组已经做了结论,他可以放心了。接下来,他可以放手大胆使用秦正才,把他的能力发挥到极致,甚至在必要时,让他担起鹿山的大任。程天标认为,一个城市的崛起需要秦正才这样的干部。

至于调查组说的"人是会变化"的这个观点,程天标是小心而谨慎。长期的从政经历,他养成了一个习惯,凡是上级的指示都必须不折不扣地执行,调查组的提醒他认为是必要的。

那么这是否意味今后要把秦正才与沈明月隔开,让他们老死不相往来,以堵悠悠之口。他认为这点是值得思考的。

因为秦正才和沈明月,已经是莫正夫眼中两个不可缺少的人物,如果这两个人的关系出现了僵局,那么对莫正夫的情感要求是不利的。同时明晰的事实也表明,这种隔开是荒唐的。因为他们俩毕竟没有什么事。那么如果不隔开,又会给人瓜田李下的感觉,这对鹿山的社会风气也是不利的,毕竟人们对事实的认知力有限,普通的人往往很难用理性去对待别人。

程天标眼睛移到窗外,他看到一轮明月悬挂在高空,清澈而明亮,整片大地都洁白起来。程天标不禁吟了一句:"皎皎空中孤月轮。"

是啊,他想,纯洁的事物是最能打动人的,何况是在他程天标眼里。

他想,对啊。秦正才和沈明月的关系是纯洁的,那么就让他们纯洁下去。为了鹿山的明天,只要他程天标去把握分寸,求得物理和人理的和谐。

想到这里,他眼角微微湿润。

程天标回到家里,已是午夜。他不显得疲惫,一方面他天生精力充沛,另一方面他今天做了两件让自己满意的事。一件是莫正夫成功视察产业园,第二件是调查组对秦正才的调查结束了,并得出秦正才是清白的结论。

他感到欣慰的是,吴爱兰也没有入睡,这已是他们夫妻的一个仪式。只要程天标没回家,吴爱兰就会等着他。有时看电视,有时看看书,要么写写材料,她一定要等到程天标的脚步在她的耳边响起。

吴爱兰把电视的音量调小,为程天标热了一杯人参茶,在他身边安静地坐了下来。

程天标惬意,说:"已经很晚了,你先去睡吧!"

吴爱兰调皮地说:"程大书记不睡,我哪能睡。再说,我有一件事情要向程大书记汇报,不知您愿不愿意听?"

程天标快乐地说:"愿意啊!吴主任,你讲吧!"

吴爱兰告诉他，有人写信反映居委会重用刑满释放份子丁起满，为他解决工作，使他在人前骄傲自满，觉得自己有后台，不把什么人放在眼里，严重地干扰了居民的日常生活。

吴爱兰同时告诉他，她的上级已经找她谈话，询问她基本的事实。

程天标严肃地说："你可要实事求是，要对得起身上所负的责任啊！"

吴爱兰说："你放心，程大书记，不会给你抹黑的。我已一五一十地把所有的情况告诉了上级。"

程天标问她："这封信说的是事实吗？"

吴爱兰有点委屈地说："解决工作也是阶段性的，是社会矫正工作的需要。居委会让丁起满参加了职业培训，然后参加了居委会办公室的装修工程，施工队看中他，与他签订劳动合同，这是一件很正常的工作。"

程天标赞许道："干得好！这是关心群众工作和生活的一件实事，不应该受到非议啊？"

吴爱兰担心地说："我觉得有人在盯着你，或者是要对鹿山市委做文章，只要与你有一点关联的，哪怕是道听途说的，都要向上反映。即使不是事实，也要把你的工作节奏和情感都搞乱。"

程天标忽有所悟，说："你说这封人民来信是针对我的？"

吴爱兰点点头，说："有可能。照理这件事情社区居民都看在眼里，都是拥护的，怎么人民来信上有这么多的猜测？这人是别有用心的……"

程天标冷静地说："你说下去。"

吴爱兰继续分析道："写信的人知道鹿山的工作是规范的。即使我是你的爱人，有了这封信，也会接受责询。它至少可以起到干扰我，并进而干扰你的目的。"

程天标击节赞赏，说："说得好！那么我问你，他反映的不是事实岂不是无用功？"

吴爱兰说："我不这么看。一个领导关键是权威。如果我灰头土脸，你还有什么权威可言？没有了权威，鹿山的明天又在哪里？其心可诛！"

程天标非但没生气，反而很高兴。他对吴爱兰说："不愧是我的老婆。对问题的看法一针见血。鹿山的确有一股势力要搞垮鹿山市委，并进而搞垮鹿山经济。然后获得他们心理上的满足，或者说证明他们的先见之明。"

吴爱兰赞同，顺着他的话头说："也就是说举报人得不到什么好处，完全是为了私愤，是人性的阴暗面在丑陋地表现。也许他们目的只是为了自己心理的满足，或者说只是一种习惯。"

程天标禁不住想鼓掌，他认可吴爱兰的说法。他又说："你说得对。有利益诉求的举报可以通过利益的调节来摆平他。而没有利益诉求的习惯性轰炸是可怕的。他是无理的、无序的，是无可商量，又是无可提防的。"

吴爱兰对程天标的智商一向很佩服，她虚心地问："应该如何处理好丁起满的事情？"

程天标斩钉截铁地说："把好事办好！"

清晨，阳光暖暖地照着吴爱兰的办公室，她看着茶几上的剑兰，笑了。她告诉林正英，负责绿化的同志真是幽默，给了一盆剑兰，苍翠又锋利。

林正英一脸坏笑，说："真像你啊。"

说话的当口，林正英从办公桌的抽屉里拿出一封信并递给吴爱兰，说："给你的。"

吴爱兰接过信，看到信封的落款上看到了丁起满的名字，高兴地笑了，说："怎么丁起满给我写起信来了！"

林正英说："这个人肯定不敢见你，又有问题要请你解决，所以才不得已写了这封信。"

吴爱兰打开信，读了起来。内容果然被林正英说中，充满着谦敬与不安。丁起满告诉吴爱兰，他在施工队的工作还算顺利，并表示了感谢。但问题是，他的知识还不够，只有一些粗浅的实践经验，对深层次的技术掌握还需要深入，他很想成为一个工程师，但由于知识局限，有点不大可能，这让他感到不安。他表示，吴爱兰已经为他尽了心，照理不好意思再麻烦，但实在没有什么人解决他的难题，所以只得麻烦吴爱兰，能不能给他一个深造的机会。

看完信，吴爱兰对林正英说："要不，我们去调查一下社区居民对丁起满的态度，再看看他现在到底已经发展到什么样子了？"

林正英心领神会地说："好的，我跟你一起去。"

吴爱兰和林正英刚走出居委会大门，就看到贾似明从远处姗姗地走来。林正英抬起手，热情地与他打招呼："贾局长，早上好。"吴爱兰也向他点了点头。

贾似明乐呵呵地，对着她们说："吴主任、林书记，早上好啊！你们一早要到哪里去啊？"

经他一问，吴爱兰灵机一动，心想，请将不如激将，不如先问问他。

吴爱兰故作轻松地说："我们想到居民中去问一问，丁起满最近的表现。"

贾似明哈哈一笑，说："问我就可以了嘛！"

林正英理解吴爱兰的意思，顺势说："要不，请贾局长为我们说个一二？"

贾似明说："好，到你们办公室，我们谈一谈。"

在吴爱兰和林正英的办公室，贾似明首先大大地夸奖了居委会领导班子领导有方，把整个社区治理得井井有条，言下之意，以前的班子都不行。不知道的人还以为他在拍吴爱兰的马屁。

他继而话锋一转，说："不过，小区的关键在丁起满。因为只有他是刑满释放人员，他是小区可能的'病灶'。如果我们不加强管理，小区可能要被他弄乱。"

吴爱兰已经知道他话里的火药味，所谓绵里藏针，用正面的言论否决居委会工作，并推进而影响全局。

但她不想说话，用目光示意林正英，让她说。

林正英会意，她告诉贾似明："丁起满是社会矫正的对象，居委会对他也是用了心的，从解决他的工作入手，逐步理顺他的家庭和生活，从目前看，应该是一切正常。"

贾似明摆摆手，说："我不这么认为。"

林正英说："愿闻高见。"

贾似明说："社区的稳定在于居民的人心。如果大家心往一处使，就没有办不成的事。由于丁起满参加了工作，走上了富裕的道路，让一部分社区居民心生不满。"

林正英问："那是为什么？"

贾似明世故地说："因为有的社区居民享受的是农村养老保险。他们的退休金远远低于丁起满的收入。丁起满只是一个刑满释放人员，有的居民心有不服，觉得他不应该有这么高的收入。"

林正英哈哈大笑地说："丁起满刑满释放是不假，但他仍是一个公民，已经取得了政治权利和社会权利，他有与普通居民一样的权利，怎么他创业就不可以了呢？"

贾似明晃着头脑，说："你有所不知。中国人的公平是不能有闪失的，或者说一个人的每一个阶段都不能闪失，如有，就会前功尽弃。"

林正英说："你说的我懂的。但居委会作为一级基层组织，对每一个居民都必须一视同仁，我们关注一个人的过去，更关注一个人的现在。他现在有什么权利，理应让他享受什么权利，居委会是无权剥夺他的。"

贾似明说："你说得在理。但要知道，我们社区还有一些失业失岗的人员，他们的工作怎么办？"

林正英说："我们有社区帮助制度。每一个失业失岗人员都进行了登记，并向有关就业机构进行了推荐。我们有信心，我们社区无业现象会被消灭，所有的人都会获得他的岗位。"

贾似明说："岗位是有高低的，收入是有差别的，关键是人心怎么去理齐。"

林正英说："如果把丁起满作为就业的典型，让社区居民看到一个刑满释放人员都得到了党和政府的关怀，成了一个自食其力的劳动者，岂非更增添了他们的信心？至于收入的差别问题，这有关于劳动能力，社区的工作只能到这一步。"

贾似明还没有休止的意思，明摆着，他要把丁起满打下去，虽然理由还不太充分，但只要有一丝机会，他还会继续。

吴爱兰想，贾似明的目的其实很明确，就是通过贬掉丁起满，来间接贬掉居委会所做工作，进而贬掉她吴爱兰，矛头针对着程天标。但吴爱兰弄不懂的是，怎么会有这么明目张胆的人。

吴爱兰很平静，笑了一下，说："贾局长的诉求我们很理解，对丁起满的事情，我们是成熟的，对他的帮助也是到位的。社区是我家，繁荣靠大家。欢迎老前辈继续关心和指导我们的工作。"

贾似明满脸堆笑，说："是的是的，我只是随口说说。其实我认为居委会对丁起满的事情处理得很好。我要为你们鼓与呼，因为你们为整个社区能沐浴在党的阳光雨露中付出了很多。"

吴爱兰肯定他的说法，说："这就对了。社区的发展应该是每一个人的发展，社区的幸福应该是每一个人的幸福。您是老领导，要首先为社区发展尽力，同时要首先成为一个幸福的人啊！让大家看到，社区是为人民服务的，是经得起人民群众考验的。"

贾似明的目的只是稍做接触，制造舆论，他才不相信整个社区班子完全一条心呢！只要有一些缝隙，工作就会松动。他反正是一个退休干部，反映一些看法，谁也不能说什么的。

贾似明假装知趣，说："不打扰两位领导的工作了，老朽告辞了。"

吴爱兰和林正英礼貌地握别了他。在贾似明走后，林正英咯咯咯地笑起来了，说："老狐狸，变得挺快的！可能就是他惹的事。"

吴爱兰轻描淡写地说："要从好的地方去考量一个人，相信贾似明不会惹什么事。退一步说，如果惹事，只要我们行端事正，也没啥怕的。"

林正英佩服吴爱兰的定力。在一段时间的共事后，她知道吴爱兰的正气和扎实，特别是她细致的工作作风，可以说是值得信赖的。

她们两个随后又走访了丁起满的邻居和他的一些朋友，大致反映的情况跟贾似明说的差不多。吴爱兰知道，从这个结果就可以看到贾似明的厉害。他明明是上门示威，却实事求是，还有一点敲山震虎的味道。只是她没有告诉林正英详细的情况，只是在心里暗暗地推敲着。

吴爱兰问林正英："该怎样处理丁起满的诉求？"

林正英试探地回道："要不将好事做到底？"

吴爱兰非常满意她的回答说："我也是这个意思。关键是我们要把工作做实，不能授人以口实。特别是在丁起满的品行方面，要严格要求，不能出一点偏差。"

林正英告诉了吴爱兰一件事，最近丁起满在公司跟人吵架，弄得沸沸扬扬，公司只是打电话反馈了这件事，没有细说。

吴爱兰感到心一沉，她觉得丁起满在现在的时候，不能出一点事情，否则就会前功尽弃。吴爱兰认为这件事情不简单，因为有自己给丁起满撑一把，照理他应该知趣，怎么会这么忍不住，跟人公开干起架来。要是别人说是丁起满凭着她这个后台而强硬，这不仅给她吴爱兰抹黑，更是间接地也给程天标抹了黑。

吴爱兰抓得住事情的关键，很果断，她告诉林正英："把丁起满叫来谈一谈。"

午后，丁起满来了，满头汗水，一脸惶恐。

明显的，他知道自己闯了祸，对不起吴爱兰。他的眼睛不敢直视吴爱兰和林正英。

吴爱兰和林正英假装在写东西，睬也不睬他，这使他更害怕，他全身发起抖来。

吴爱兰打破了沉默，说："抖什么？你害怕什么？我跟林书记又不会吃人！"

丁起满听到吴爱兰的责问，"哇"的一声哭了出来，抽噎着说不出话来。

吴爱兰和林正英还是不说话，等着丁起满平静下来。过了一段时间后，丁起满终于能连贯地说出话来了。

丁起满说："吴主任，我对不起你的信任，在公司跟人吵架，差点打起来。给你造成不好的影响，我很内疚。"

吴爱兰严肃地说:"你知道内疚,社区为了挽救你,下了多少功夫,你也知道。你干吗又惹事?"

丁起满辩解道:"这不赖我,事出有因,我是因为气愤。"

吴爱兰说:"气愤?气愤什么?"

丁起满说:"有人污蔑你,我要揍他。"

"污蔑什么?"吴爱兰问。

丁起满说:"公司业务部门有一个经理叫陈小虎。前一次到公司来,他把我偷偷叫到一边,塞给我一包香烟,问我到这里工作有没有给吴主任您送礼。"

吴爱兰吸了一口冷气,她仿佛觉得有一张网朝着自己而来。而这个陈小虎是网中的一个成员,是对着她和程天标来的。但她没有露出一丝一毫的情感来,只是平静地问:"你是怎么回答的?"

丁起满愤怒地说:"吴主任你知道我的脾气,换在以前我会一拳揍过去,直接把他揍个半死,因为陈小虎不仅污蔑您吴主任,也在污蔑我丁起满没本事。但自从你教育我以来,我处处忍让,处处小心,不愿再犯事,不跟他一般计较。可我忍不下这口气。我直接骂他'王八蛋',骂得很响,并且给了他史无前例的痛斥。你知道我骂人的本领是天生的,陈小虎怎可能是我的对手?因此这让总经理很难堪,碍于你的面情,他没有责罚我。可从此以后,私下个别人对我指指点点,我很难受。我知道自己给你吴主任添了麻烦,为此我回家偷偷地甩了自己一个耳光,我觉得我是最对不起你的一个人。"

吴爱兰与林正英下意识地对了一下眼，吴爱兰笑了，林正英也笑了。

吴爱兰告诉丁起满："你就实事求是，告诉陈小虎，你没有送礼就可以了，不要情绪化。他要知道什么，你据实告诉他，光明正大的事，干吗弄得满城风雨？"

丁起满摇了一下头袋，说："我真是一个猪脑子，当时只知愤怒，后来想想，自己的确有点情绪失控。给你添了麻烦！"

吴爱兰显得不以为意，说："事情已经过去了，不要再自责。以后碰到类似的事，要多动动脑子，不要意气用事。"

接着，吴爱兰问道："你写信想深造是怎么回事？"

丁起满有点难为情，红了一下脸，说："公司里有几个年轻人商量着参加成人学习，争取更高一级的文凭，我也很想参加。我觉得我现在拥有的技能还不能完全符合工作的需要，只是就应付而已，如果要精益求精，我还差得远，所以我动了深造的心思。可我有前科，虽然原来是高中文化程度，觉得说不出口，所以想请居委出面为我打打招呼。"

吴爱兰示意了一下林正英，说："社区教育是你分管的。"

林正英会意，说："继续学习是一件好事，社区全力支持你。居委会可以给你的公司打招呼，让你参加学习。如果公司在教育资金开支方面有所不便，社区教育资金可以资助你，但必须要经过居民代表的同意。"

丁起满很担忧，说："我有前科，居民们对我有不同看法，居民代表能通过我的学习请求吗？"

林正英说:"事在人为,看你的表现。现在马上要开展成人考试的报名,你先去报名。至于居民代表那里,我们会努力,你也要努力。"

丁起满仍信心不足,用求助的眼神望着吴爱兰。

吴爱兰说:"你要好好表现,群众的眼睛是雪亮的,大家不会拒绝一个要求上进的人。"

她接着说:"事在人为,看你的了。"

丁起满突然知道自己应该怎么做了,他必须消除在公司吵架这件事情的影响,同时展示一个好学上进的青年的形象。

一个星期后,小区的小花园内,每到清晨,鸟声鸣叫的时候,就会出现丁起满的身影。他手里拿着一本英语手册,在大声地背单词。

起先,早起买菜的居民会好奇地围着他看一会儿,有的还跟他答话。丁起满回话很少,他似乎沉浸在他的英语世界里不能自拔。

在第一个星期,人们奔走相告。有的人赞许;有的人表示怀疑;也有的人心生嘲笑,心想一个刑满释放人员怎么可能有这么大的转变。

只有贾似明感到暗暗心惊,他对吴爱兰的能力竟然生出了敬畏。他知道,丁起满的转变,是他的一个失败,他只要小区越乱越好。

一个月后,丁起满的形象开始在小区固定起来,人们似乎不再怀疑他好学上进的决心,大家都既心生安慰,觉得一个人的转变是小区的幸事，但又有担忧，这转变会长久吗？

丁起满发现大家看他的眼神已经有点柔和了，一些小区的年长者已经亲切地称他为"小丁"，好多孩子会尊称他为"叔叔"。这使他明显感到了学习的力量、知识的力量、进步的力量。他要继续努力，彻底洗心革面。他想，别人能办到的，自己一定要办到；别人办不到的，自己也要努力办到。

正在人们认为丁起满会继续下去的时候，突然有一天早晨，人们发现，丁起满在小区的花园中消失了，一连几天，没有见到他的踪影。

这时，有人就议论起来，说什么枪打什么鸟，什么样的人办什么样的事，看来小丁是没有长性的，他怎么可能一下子脱胎换骨呢？贾似明暗暗心喜，心想，这下吴爱兰要失败了。不过在人前，他宽松地说："一个年轻人嘛，坚持到这样很不容易。"

只有吴爱兰和林正英知道怎么回事，就在前几天，交警大队打来一个电话，告诉她们，丁起满因救人而负了伤，现在正在住院。

吴爱兰这段时间一直很高兴，因为丁起满的出色表现，让居委会班子很有面子，大家都觉得他们领导有方，可以把一个人挽救到这么要求进步，人们对他们刮目相看，他们内心也感到嘘了一口气，并且很充实。

因这件事，吴爱兰知道丁起满真的是转变，已经变得急公好义，他的见义勇为的事迹，可以侧面展现社区矫正工作所取得的胜利。可一些不当的言论也迅速传到她的耳中，她觉得必须要予以纠正，及时以正视听。

她告诉交警大队，能不能给丁起满写个表扬信，让广大社区居民及时知道他的先进事迹。交警大队很配合，不到半天，就把表扬信送到了社区。

当大红的表扬信在社区公共橱窗贴出后，居民们都很佩服丁起满见义勇为的行为，不知怎么的，有的老年居民还感动地流下了泪水，也许是为了一个新的优秀居民的诞生。他们知道，挽救一个人是多么的不容易，而现在，丁起满被挽救得这么的彻底。

贾似明知道这个信息后，有点佩服吴爱兰，他知道自己判断失误，不是丁起满打了退堂鼓，而是做了一件有利于社会的壮举。那么就是说，吴爱兰已经成功，他贾似明企图通过丁起满做的文章已经失败。经验告诉他，这没什么，胜败乃兵家常事，只要是人，只要他要活下去，就不可能抓不到把柄，他等着下一回合。

就在这天清晨，贾似明在小区远远在看到了吴爱兰，热情地打着招呼，显得心里喜悦无比。他没有提起丁起满的事，但他要让吴爱兰看出来他的佩服，甚至是臣服。他要麻痹吴爱兰。

吴爱兰是什么智商的人，早就看出他的意图。她假装没有发觉，快快乐乐地跟他打着招呼，说说天气情况。

最后，表示社区居委会要成立一个监事会，请贾似明做一个监事。

贾似明谦虚了一番，又快乐地答应了。他说："一定效劳，为社区发展做贡献。"

吴爱兰很诚恳。她说："老领导的关心和支持是我们做好社区工作的底气，我们不仅需要你们的奉献，我们更需要你们的监督。"

贾似胆知道她是真心的。他心里想：你这是送我监督，从此没有什么事情可以瞒着我了，组织的坦诚真好为我所用。他暗自得意。

吴爱兰一路走，一路都收获着敬佩的目光，居民跟她谈着社区的变化，也不忘对丁起满的啧啧称赞。总之，一句话是她吴大主任领导有方。

吴爱兰知道，丁起满问题的解决，可以说是消除了社区的一块心病，解决了人们对社区组织的疑问，特别是在人与人之间相互信任、相互平等方面起到了促进作用。这当然是她吴爱兰的胜利，更是程天标的胜利，她觉得她所做的工作没有辜负程天标。尽管他们是夫妻，同时程天标是市委书记，她这个居委主任理应为她增光添彩。

在市人民医院，市见义勇为基金会负责人、交警大队负责人和吴爱兰，将一张大红的见义勇为证书送到丁起满的手中。

丁起满感动得热泪盈眶。一方面，他觉得他已彻底地重新做人，从此可以昂起头，像正常人一样生活。另一方面，他也觉得自己终于对得起吴爱兰，是她挽救他在危难之中，是她一步一步地让他成为一个有用的人。他觉得他所做的这些事情，可以为吴爱兰增光，他不再是一个无用的人。

当他拿到1万元奖金的时候，他告诉吴爱兰："我要将这奖金全部捐赠给受到车祸的家庭，因他们比我更需要这笔钱。我有工作，可以自食其力。"

吴爱兰知道丁起满是真心的，没有阻止，只是告诉同行的林正英，一定要宣传好丁起满的事迹。

没过几天，市报登出了丁起满见义勇为并将奖金捐赠的事迹，在社区居民中引起强烈反响。居民们三五成群，都在议论这件事。他们一致认为，这是小区的荣誉，丁起满值得学习。

半个月后，丁起满又出现在小区的花园背着英语单词，只是手臂上打着绷带。一些居民主动跟他合影，把他作为英雄看待。

吴爱兰召开了居民代表会议，商讨丁起满的学费问题，大家意见一致，认为这是小区的优秀青年，理应支持他参加学习。作为监事的贾似明也没有反对，只是提出了要扩大受益面，让更多的有志青年走入学堂的建议。吴爱兰表示赞同。

其实，贾似明的小九九就是避其锋芒，寻找新的战机。毕竟谁也没有怀疑他，他还没有暴露。退一万步来说，即使暴露，也没有谁拿他有办法。

当林正英代表社区将这一喜讯告诉丁起满的时，丁起满很激动，他感谢社区的栽培。令林正英没有想到的是，丁起满拿出一个信封，交给她，并告诉她，请她转交给吴主任。林正英看得到，他的眼中饱含着泪花。

林正英回办公室将信封交给了吴主任，两个人玩起了一个游戏：猜这张信封里装的是什么？

林正英首先说："肯定不是钱。"

吴爱兰说："我也这样认为。"

林正英接着说："可能是一封感谢信。"

吴爱兰问："你觉得感谢谁呢?"

林正英俏皮地说："肯定感谢你吴大主任,是你的正确决策让他上的学啊!"

吴爱兰说："也不像,他可以当面感谢,为什么神神道道的?"

吴爱兰又说："肯定是一件庄重的事情。这个人已脱胎换骨,他说的一定是一件重要的事。"

林正英很惊讶地说："你说是一件重要的事。"

吴爱兰说："是的,直觉告诉,有一件让我们意料不到的事。"

林正英很期待,赶忙说:"那就打开看吧!"

吴爱兰拆开信封,展现在她眼前的竟然是一张入党申请书。

吴爱兰玉手一挥,大声说:"好!好!好!"

林正英听到吴爱兰这么叫好,知道有一件意外的惊喜发生了。她给吴爱兰砌了一杯茶,说:"我能知道吗?"

吴爱兰说:"能,给你,你是党支部书记。"

林正英展纸阅读,心花怒放。

10

　　当夜色来临，一切复杂的事物都会隐藏在简洁的黑暗中。

　　桂如海的长篇报告文学《花开鹿山》在省刊上全文发表，全省轰动，每一个鹿山人都奔走相告，深深地为鹿山的发展而欣喜。鹿山的干部也纷纷传阅，他们能在这部作品中看到自己奋斗的历程，听到自己心跳的声音。

　　已经近午夜，程天标正在翻阅这部报告文学，这是桂如海在白天时送到他办公室的。作为老同学，他没有拘谨，反而有一种轻松，甚至有点自得。他告诉程天标，任务已经圆满完成，他所做的一切，都是为了鹿山的现实和未来。他相信程天标和他的团队，能够带领鹿山取得一个又一个重大的胜利，特别是能给鹿山带来时代的新风和高尚的人格。

　　令人感到惊异的是，这部报告文学的主人公是秦正才，并非程天标。程天标只是作为一个英明的领导者而出现的，但作品每到一个关键的环节，都能看到程天标的身影。秦正才那即纵横的才能和波澜起伏的人生经历，才是作品的主要方面。在这里，人们可以看到一座城市的成长；看到一个人的奋斗对于一座城市的价值；看到当我们深陷于现实的矛盾而不能自拔时，一个出类拔萃的人是如何把众人推向完美之境的。

　　对此，桂如海的解释是，为了程天标的千秋大业，毕竟如果以程天标为主角，有自吹自擂之嫌，即使作品再完美，也免不了受到了负面的烤问。而如果以配角的形式出现，反而能显出他的高明、高尚和智慧，让人看到一座城市真正的领导者的形象。为此，桂如海说他是煞费苦心的。

程天标与桂如海知根知底，所以他相信桂如海的话语是真实的。他相信桂如海绝对会把事物向好的方面推进。可以说，他的文字不仅是为了鹿山或者秦正才，更多的是为了他程天标。

程天标很高兴地祝贺了桂如海作品的面世。他告诉桂如海："作品的创作主题是我们共同拟定的，对于你的创作能力我是没有疑义的，对于你艰苦的采访和创作活动我是表示敬意的。至于谁是主角，这并不重要，重要的是是不是展示了一个真实、正确的鹿山。如果是，那么我还有什么可以担心的呢？对这座城市，我太熟悉了，我有自己的基本判断，相信你也一样。"

桂如海钦佩程天标的大度和自信。他告诉程天标："一切都是真实的，我没有虚构，用事实说话。同时我也要告诉世界，鹿山是美好的，秦正才是英雄，你是英明的领导，我们的事业是完全正确的。"

程天标说："我相信这部作品会取得民心的，大家会拥护的。因为发展是每一个鹿山人的基本认知，是一个必须要大力实施的课题。这才是民心和民意。在发展中，我们创造自己的英雄，认识自己的英雄，讴歌自己的英雄，就会起到一个风向标的作用。这座城市太需要英雄的激励了，在时代的浪花沸腾的时候，我们需要弄潮儿来引领，来展示无畏与坚定的品格。"

桂如海说:"我有一个担心。因为事物有正的一方,也就有负的一方。如果个别别有用心者变本加厉,捏造事实,疯狂破坏这部作品,或者疯狂污蔑作品中的主人公,该怎么办?"

程天标轻松地说:"没关系。市委支持你,全市人民支持你,个别人的图谋是绝不会得逞的。你现在要做的是做好这部作品的推广和宣传工作,不要顾忌,要大胆,要在作品推介过程中展示鹿山的气度和形象。'蚂蚁缘槐夸大国,蚍蜉撼树谈何易。'对于个别人的不正确的思想和行为,一要鄙视他,二要用事实来教育他。东风劲吹,谁也不能破坏鹿山的大好风光。"

夜已深了,程天标在书房内阅读《花开鹿山》,他感到有点凉,就在身上加了一件衣服。他用笔在不断地批点,把精彩的段落画了出来。在意犹未尽的地方,他加了许多批注。意识告诉他,鹿山人的精神风貌马上要因这部作品而改变,他要做的就是顺应这种风气,并在鹿山发展的实践中主导这种风气。

程天标对书写到自己的章节看得特别认真。从内心里,他很喜欢自己的镜头反复地出现,但理智告诉他,桂如海的安排是对的,他暂时还不适合达到众人仰视的高度,因为他还要带领鹿山往更高的境界前进。到无愧、无憾、无畏的时候,他或许会同意自己成为一篇文章的主人公。

他很佩服桂如海的细致和严谨,他的每一个事实,每一句讲过的话,都被详细地写出来。虽然桂如海采访他不过寥寥数次,但显然他是查阅了大量的资料的。在一个资讯社会,一个公众人物的所言所行是很容易在媒体上查到的。他承认,桂如海对气氛的营造是符合他的心意的,他的形象高尚、端庄、果敢,而不是伟大,这样的人格位置让程天标很放心。

程天标读得更认真的是有关秦正才的章节,他的态度如组织部部长对一个干部考察的态度,而不是对一部文学作品的把握。他的基点有两点,一是真实,凡是涉及秦正才的部分,必须经得起推敲,必须以事实为依据;二是艺术,秦正才在这里必须是一个真实的文学人物,他是知性和智性的,也是有基本的人的情感包含在里边的。秦正才的英雄事迹是能感染人的,是能引导鹿山的干部和群众走向胜利的,而不是做单纯意义上的歌颂。

程天标甚至考虑到这部作品的社会学态度,就是这部作品会给鹿山带来什么样的社会风貌和社会品格,不仅在官场需要正确地把握,而且在民间也必须给予深切地体会。

在意识中,他是一定要培养好秦正才的,所谓"千军易得,一将难求",秦正才对于鹿山的意义不仅是经济的意义,更是政治的意义。既然有人对他说三道四,既然对他的评介有不同的声音,那么不妨把他赤裸裸地写出来,接受众人的审视,在众人的考量中达到圆满。在这个方面,程天标相信,秦正才是经受得起考验的,毕竟他太熟悉他了。

在阅读过程中,程天标觉得桂如海的创作态度是严肃的,甚至是节制的,除了文学的特性需要对人物做深度的挖掘外,他没有过多的渲染人物和事件,也没有过度地突出某个人,过度地对人的能力做出超现实的解读。从这里,程天标看出了桂如海的雄心,他一定在准备下一部作品。桂如海企图通过这部作品的塑造把整座城市推向一个新的阶段,然后再去发现新的英雄,在新的作品中赋予其史诗的价值。

程天标对自己的认知很满意,因为这就是他所要前行的道路。他行事从不看在脚尖,而是看得很远,他已经在想象几十年以后的鹿山,它的轨迹和定位,包括现阶段的物理和精神遗留。他必须行得更远,这样才能对得起组织的培养,才能对得起鹿山人民的信任。

作为一个负责任的人,程天标发现了桂如海与自己不谋而合的地方。他有点佩服这个老同学,可以把城市推向前进。而这也是他程天标所需要的,他要表彰他,虽然这需要机会,但他相信这个机会总会来临的。

当他翻阅完最后一个字,窗外已经传来了第一声鸟鸣。他对自己说,天就要亮了

程天标洗了个澡,就在书房的床上,美美入梦,还有2个小时的休整时间,他要抓住这2个小时,迅速恢复自己的体力。

朝阳刚从东方升起,清风吹拂着整座城市,新的一天,让人感到格外的美好。

程天标早早地来到办公室,在经过秘书办公室的时候,宣传部部长屠新和《鹿山日报》总编辑罗玉凤迎了上来。他看到茶杯还冒着热气,显然他们刚才在秘书办公室喝茶。

程天标很感动,他知道这两个人此行的目的,他对自己的团队这么敬业、这么具有责任意识,感到自豪。

秘书早就为他开好了门,桌子已经全部擦好,窗户也已经打

开,要处理的文件整齐地放在办公桌的左侧,茶杯已经沏好了茶。程天标拿起茶杯,美美地喝了一口。

秘书示意屠新和罗玉凤在沙发上就座,并为他们沏了茶。他们俩静静地等候程天标的问询。

程天标显得不着急,慢条斯理地开始批阅文件。只闻得笔尖在"沙沙沙"地响着,如人的心跳在不断地跃动。他们知道,随着程天标笔尖的跃动,鹿山新的一天开始了。

大约过了半个小时,程天标批完了文件,看了看手表,冲着屠新和罗玉凤笑了一笑,然后起身坐了沙发的主位,说:"说吧。"

屠新很满意自己与程天标的默契,因为程天标是知道自己为什么来的。他对程天标说:"桂如海的报告文学,我和罗玉凤已经全部读完。写得还可以,接下来怎么办?请程书记指示。"

程天标把头转向罗玉凤,说:"玉凤说说,你是行家。"

罗玉凤一副高兴的样子,说:"这是一件好事,把我们鹿山近几年的改革开放情况做了全景的反映,对大家了解鹿山、支持鹿山是有帮助的。我决定在市报上予以连载。"

程天标点点头,没有表态,带着期许继续看着罗玉凤。罗玉凤心里咯噔一紧,知道自己没说到位,因为程书记没表态。

她接着说:"报社决定组织专家进行评论,刊登系列评论作品,同时对作品中的中心人物继续进行深入报道,让先进更先进,让美好的故事及时传扬。"

程天标说:"还可以。"他补充道:"要组织群众进行笔谈,让群众来评价这部作品的优劣，让好的作品在群众中倡导好的风气，有利于大家理解发展，支持发展。"

屠新非常聪明，已经知道程天标对这部作品是肯定的，所以他有了思路。他对程天标说："宣传部决定联系出版社为这部作品出版单行本，在2个月时间内搞定这件事。然后召集专家召开作品研讨会，请每个专家写出书面评论文章，不仅在会议上宣读，而且要报纸刊登，并出版评论集。"

"还有呢？"程天标问道。

屠新胸有成竹地说："组织全市对这部作品进行大讨论，主题是'花开鹿山耀江南、鹿山发展我先行'，使这部作品深入人心，让每一个市民了解这部作品。"

程天标说："这样应该算比较深入，但还要更全面、更广泛。"

程天标深思熟虑后，又说："这部作品印数要多一些，要向上级各部委办（局）赠阅，向有关的跨国公司赠阅，向各大高校赠阅，向本市所有企业和所有家庭赠阅。"

屠新和罗玉凤听了程天标的话，不约而同地站了起来，鼓起掌来。他们明白程天标的用意，他不仅是为了宣传这部作品，他还是在宣传鹿山，宣传鹿山人民的智慧和心血，是在向世界展示一个真实的鹿山。这是功在现在，利在今后的一件大事。

他们敬佩程天标的魄力，要知道，对一部文学作品过度宣传是有政治的风险的，尤其是其中还涉及自己的部分。程天标不是为了自己，而是把自己奉献了。

感受到这些，屠新的眼眶湿润了，他感觉必须要把这件事情做好，这是他的职责，也是本分。

照理，任务部署完成以后，汇报者应该离去了，而这次屠新没有马上消失，似乎还有什么事想说。

程天标像似知道发生了什么，他冷静地说："屠部长，还有什么，你说吧。"

屠新说："我昨天收到一封人民来信，是有关桂如海和《花开鹿山》的。"

程天标听了非但不生气，反而哈哈大笑，幽默地说："来得真及时啊！"

屠新说："信上反映桂如海乱采访。一些对鹿山发展没有贡献的人，也被他写得有鼻子有脸。还说他在采访过程中有受贿嫌疑。"

程天标很有兴趣的样子，说："你说下去。"

屠新说："信上说，这部作品是彻头彻尾的马屁文学，会带坏官场和民间的风气，它倡导的个人英雄主义传统，将使集体奋斗遭受没顶之灾。"

罗玉凤在边上嘀咕了一句："捕风捉影，嫉贤妒能。"

程天标很诚恳地问屠新："你怎么看？"

屠新很坚决地说："我昨晚看了这部作品觉得很受鼓舞，它的事实是清楚的，符合逻辑的。从我的认知和理解力的角度来看，这部作品是真实的，不是虚构的，所以我认为必须要支持它。"

程天标提出疑义："我昨天才拿到了刊物，写人民来信的人怎么知道那么快，提前几天就写信了呢？"

屠新说："肯定是桂如海自己提前宣传的，被写信者知道了。"

程天标转而问罗玉凤："对这件事，你怎么看？"

罗玉凤说："一个时代的报告必须要有这个时代的思想和风貌，包括它的基本事实，这部作品是具备的。我接受过桂如海的采访，他是认真的，并没有虚构事实，也没有在我这里得到一分钱的好处。所以我的观点是，抛开争议，立足主流，宣传推广好这部作品。"

程天标推心置腹地说："为了验证这部作品的可信性和文学性，昨天晚上，我连夜阅读。我在欣赏作者美妙文笔的同时，也在寻找作品所呈现的缺点。在某种意义上，缺点比优点对我的启发更大。这部作品我已全部做了批注，从作品本身来看，应该没有什么问题。"

随后，程天标斩钉截铁地说："为了鹿山的发展，必须要宣传好这部作品。要知道身正不怕影子歪，打铁还要自身硬。我知道，纪委肯定也收到了这封人民来信，他们会按照他们的工作规则处理的。你们不要管这个，你们只要履行好自己的职责，做好自己的事。"

程天标接着说："要看矛盾的主要方面，矛盾的主要方面决定事物的性质。这件事情的性质是鹿山的发展，所以是好的，是值得肯定的。我们主政者一定要有立场，把握好事物发展的大势。不要畏首畏尾,不要杯弓蛇影,也不要风一吹草就动,要相信自己的判断。我们对自己的同志要有了解的,我们对自己的同志是信任的。"

屠新吃了定心丸,神态宽松起来,他高高兴兴地站起来,和罗玉凤一起向程天标礼貌地道别。

他们走后,程天标关照秘书,马上给纪委李书记打电话,告诉他,今后凡是涉及桂如海的人民来信,一律向自己汇报。

仿佛到达了一个新的起点,程天标信心满怀,站在窗前,看着蓝天白云,任自己的思绪在翻飞。

其实程天标是很理性的。他知道,一个城市需要新的兴奋点来滋养它,需要新英雄来带领这座城市前进。而桂如海作品中的英雄恰巧是他培育的,是他认可的,也是经得起考验的,所以他感到很踏实。至于个别人会旁生枝节,这也是意料之中的事,关键是他把得住。他甚至对可能到来的交锋跃跃欲试,他会告诉人们这就是真相,这就是真实的鹿山。

他在笔记本上写着自己对这件事情的感想。这是他的习惯,凡是重大事情的发生,他都会这样,顺便梳理一下这件事情的来龙去脉,可以开阔自己的思路,也为下一步谋划做准备。

麒麟产业园的工程已全部上马,进入了生产的环节,程天标与莫正夫的短信交流还是密切着,不过话题已经转入了产业园的未来。两个人都很有信心,期待着新的奇迹的出现。

所以,程天标重视了桂如海和他的作品,他自忖道,这是必需的,一个新的局面已经诞生,该做一个精神层面的总结,该给这个城市以崭新的灵魂。想到"灵魂",他竟然有点感动,他自问:这座城市有了新的灵魂了吗?我又做了什么?难道一定要做个英雄,能不能再平凡些?答案是否定的。在他看来,他必须要成为这个城市英雄群体的一部分,这不是荣誉,而是奉献。

他交代秘书:"凡是桂如海打来的电话,一定要客气。凡是他的合理要求,都答应他。如果超出了你评估的预期,及时向我汇报。爱才就是给有才能的人一个合适的成长环境,他已经是名作家,我们要爱护他,不能毁他,包括纪律上的。"

秘书告诉程天标:"现在都在传说桂如海与沈明月的风言风语,怎么办?"程天标听了哈哈大笑。他说:"事修而谤兴,德高而毁来。我是了解我老同学的,也了解沈明月。如果把一男一女在一起说说话,也看作是谈恋爱,那么这是太幼稚了。我知道他们不是这样的,桂如海要的是文学声誉,而沈明月要的是音乐涵养,要正确认识这件事。只要我们坚定,就没有什么大不了的。"不过秘书的话也提醒了他。

他告诉秘书:"近期要注意搜集《花开鹿山》的各种反应,要正面的,也要反面的,特别是涉及我的,必须要如实向我汇报,不得隐瞒,我会自己决断的。"

秘书说:"这倒不至于。我相信对你的评价都是正面的,我跟随你这么多年,我觉得整个城市十分信任你。"

程天标意味深长地说:"但愿如此。"

秘书说:"这件事肯定是一件好事。据我了解,兄弟城市也有很多这样的作品。作家们仿佛都发动起来了,在歌颂自己的城市。要不要想个办法,让《花开鹿山》独占鳌头,成为同类作品的主角,进而把鹿山推到全省甚至是全国的最前列,做一个当今县域经济发展的风向标?"

程天标满意秘书的思考,说:"这件事情可以用两句话来表达。一句叫时不我待。鹿山的发展是永远也不容停顿的,它必须每时每刻保持进步的姿态。另一句话叫作急不得。在对全国县域经济的整体情况的把握能力还有差距的时候,还是等一等,看一看。我们要两手抓,一方面大力推进鹿山的改革开放,另一方面要做深做实鹿山的基础,让内行的看到我们的门道,让外行的看到我们的自信,一切要用实际成果来证明,而不是用一部文学作品来证明。当然,我们需要这样的作品,需要具有时代力量的呼唤。"

一切陌生的到来迟早会成为我们熟悉的东西,一切认知都会衍生新的结果。

两个月过去了,程天标在欣喜于经济和文化取得双胜利的时候,一个短信的到来让他陷入了沉思。

那是他的孩子程尚的老师尤明发来的。大意是学校都在传诵《花开鹿山》这部作品。桂如海的孩子桂梓宪和程尚都很高兴,他们是同学,桂如海歌颂了鹿山,歌颂了程天标和秦正才等一批英雄人物,使他们更加亲近。照理这是一件好事,问题是学校的同学间忽然传出了一个疑问,到底谁是这个城市的主导者?是市委书记程天标,还是文联主席桂如海?孩子们分成了两派,争论不休。拥程派认为,是程书记领导了鹿山的经济发展和社会建设，自然他才是城市的主导者。拥桂派更注重精神的层面，认为精神引领者是更重要的引领，而桂如海正是城市的精神引领者，理应他才是主导者。由此引申开去，老师们也分成了两派，大家一方面为鹿山取得的成绩而高兴，感到很自豪，另一方面对谁是鹿山的引领者也持有不同的意见。

尤明说："他有点担心，怕这件事影响了学校的教育环境，甚至会影响学生的精神结构和精神认知。认为要早一点解决这个问题。"

程天标很认真，当即回复：已知悉，请放心，我们会及时研究处理的。

程天标想得很多。他内心很感激桂如海的，从他做村书记时，桂如海的文笔就追随着他，为他歌唱，为他呐喊，为他的每一次进步奋笔疾书。作为同学，他不仅够得上义气，更是体现了他的良知。程天标对自己是理解的，他秉持堂堂正正做人、清清白白为官的原则，从青年一直走到中年，他没有做过一件有违良心、有违道义的事情，有时为了顾全大局而委曲求全，但如果谁要让他用原则做交易，他是绝不会答应的。对鹿山这个城市，他是自信的，他从来也不会怀疑自己的权威，毕竟事业是一步一步做出来的。他为鹿山的发展而倾注的心血是有成效的，甚至是卓越的，他相信每一个鹿山人都不会怀疑。而桂如海作为一个著名作家，他的命运是与鹿山连在一起的，是鹿山造就了桂如海，桂如海反哺了鹿山。程天标知道一部文学作品的影响力足以启动一个新的局面，《花开鹿山》必定这样，他必须给桂如海一个合适的精神位置，前提是他一定要紧紧抓住鹿山的发展这个主旋律，谁也不能阻挡鹿山前进的潮流，谁阻挡，谁就是罪人。

屠新、桂如海和教育局局长钟起声一起来到市委小会议室。程天标坐在主位，一脸笑意。

屠新以为程天标还是为了宣传《花开鹿山》而把大家召集在一起，所以就抢先汇报了进展情况。他说："《花开鹿山》单行本出版后，在社会上引起了巨大的反响。市委宣传部和市文联马上召开作品研讨会，邀请的专家名单都已确定，都是权威人士，有一些还是北京和上海高校的著名专家。所有的专家都答应，为这部作品撰写书面评论文章，所以这一定是一次高端而又成功的研讨会。《花开鹿山》不仅会呈现它的文化意义和社会意义，还会呈现它的政治意义和经济意义。"

桂如海显得很虚心，他倒不是做作，他的脾性就是只要取得了成功，他就会谦虚，如果他一时没有什么作为，他反而显得义正词严。他说："他只想做好服务工作。《花开鹿山》本质是服务鹿山发展，他情愿再次服务下去，以《花开鹿山》为引子，把鹿山下一阶段的发展服务好。"

钟起声以为程天标是要教育局配合好这本书的宣传工作。他表态道："市教育局一定根据市委的安排，把《花开鹿山》这本书宣传好，确保每个班级有一本，让鹿山的时代精神得到弘扬。"

程天标忍俊不禁，这是他从来没有碰到过的，他还没开口，大家就汇报成这样。不过，他明白，这本书在短短的时间内已深入人心，全市上下是认可的，这让他放心，他要的就是这个氛围,一个大步迈进、一日千里的氛围。

程天标没有表露,露了一张严肃的脸,他一字一顿,把尤明的短信一字不落地念了一遍,当然他并没有说出尤明的名字。

前来开会的人,刚才还像一盆炭火,转眼掉入了冰窟窿。屠新首先目瞪口呆,原来他弄错了会议主题,作为宣传部部长,这是不允许的。桂如海如坐针毡,觉得自己里外不是人。钟起声两股打战,在他的一亩三分地上出了这样的事,他是推脱不了领导责任的。

程天标念完短信不作声,看着他们。他看到每一个脸上都渗出了汗珠,都很害怕。他知道他的权威是铁定的,没有人敢违背他的意图。

所谓解铃还须系铃人,一段时间沉默后,还是桂如海先开了口,他说:"要不把我处理一下,一堵众人之口。"他说这话是诚心的,他愿意为程天标付出一切。

屠新摇摇头,说:"不行。我们不能冤枉一个好人,你没做错什么,不能处理你。再说,现在的环境那么好,你是有功的,东江市和省里都关注这部作品,我们必须要爱护你,爱护你就是爱护鹿山。"

程天标赞许地看了一眼屠新,点了一下头,还是没说话。

钟起声站了起来,显然他已不敢坐,他说:"要处理就处理我,问题发生在我主管的领域,理应由我负责。"

程天标摇摇头,对着屠新说:"你说说看。"

屠新说:"我认为这是一个正常的争论,因为一个事件的出现，往往会出现两种声音。令人感到欣慰的是，这种争论没有动摇鹿山的基础，就是说发展和改革在两种声音当中都是主旋律，所以事物的性质没有发生变化，这是可喜的。我觉得，我们一方面要坚决维护市委的权威，不能让它有一丝一毫的损坏，另一方面要继续为《花开鹿山》的宣传营造一个好的环境，毕竟前方才是我们的目标。"

听了他的话，桂如海和钟起声悬住的心稍微放下了一些，屠新的表态很重要，在某种程度上会左右他们的命运。

程天标示意他继续说下去。

屠新说："团结拼搏是我们的生命线。一个团结拼搏的氛围来之不易，是可贵的，我们已经做到。我们鹿山的团结拼搏精神是我们真正的财富，是同类城市很难比拟的。我认为，解决问题要着眼于团结，着眼于提升，只有把老师和孩子的思想提升起来，让他们统一到鹿山发展的大局上来，这个问题才算圆满解决，说不定鹿山会再次凝聚新的精神。"

程天标大声说："好！再次凝聚新的精神说得好！这个问题要软处理，空洞的说教或者粗暴的批评是解决不了问题的，甚至会走向事物的反面。要引导老师和同学们的积极性，要保护好我们的作家和他的作品，要为鹿山的进步创造良好环境，这就需要我们开动脑筋，在好的机遇面前把事情办好，在好的机遇到来时我们能创造全新的局面。"

他接着说："在座的都有责任，又没有责任，包括我。我们要举好团结拼搏这面旗，要击好加速发展这面鼓，要用好《花开鹿山》这篇文章，要创造环境宽松、人情宽容、道路宽广的发展新优势。解决好这个问题，从我做起，从现在做起，'大道如青天'，我们必须要展示好我们既得的、正面的形象。"

程天标笑盈盈地对屠新说："你安排一下。"然后他离开了会议室。

屠新心领神会，桂如海和钟起声两人也恍然大悟。

一天以后，一辆汽车缓缓驶入程尚所在的学校。在学校的行政楼前，钟起声和校长们已经在恭敬地等候。走下汽车的赫然是程天标和屠新，还有桂如海。大家相互热烈地握手，寒暄着，像久别的朋友。

阳光照耀着两旁的大树，那些树葱绿地生长，让每一个人都感到振奋，玫瑰在开放，火红的色彩让整个校园显得活力而浪漫。

一些胆大的老师也围了上来，有的还主动与程天标打着招呼，热情地握手，也有与桂如海亲切地交谈几句，场面十分和谐。尤明很激动，对程天标说："早就盼着你来了，包括天上的阳光。"他说得机灵又调皮。

程天标一行在钟起声等人的陪同下，一路参观着校园。现在是课间休息时间，程天标是掐准时间来的，他不愿意影响同学们的学习。

这所学校是很有秩序的，这是程天标的第一感受。因为教育楼的窗口打开都是同一角度的，显得很整齐。同学们在走廊行走都是有条不紊的，没有横冲直撞的情况，大家都礼貌而周到。整个校园很干净，塑胶跑道上纤尘不染，足球场上绿草茵茵，仿佛洒遍了清凉，让人感到很舒适。

程天标对桂如海说："你要为教育行业写一点，特别是这所学校要重点关注。"

桂如海说："什么都瞒不过你。这里已经列入了我的创作计划，我来抓紧完成它。至于这所学校我太熟悉了，桂梓宪就在这里上学，和程尚是同学。这个学校好多建设事业的推进都是我提的合理化建议，这个校长是开明的校长。"

程天标说："我们要举一反三，让大家看到先进的魅力，养成学先进、赶先进的潮流。"他转头问钟起声："这所学校最高荣誉是什么？"

钟起声告诉他："是北京颁的，至于省里和东江颁的荣誉就更多了。"

程天标很放心，他对桂如海说："我们要竖的先进要经得起检验，各级教育组织已经用教育成绩检验了这所学校，显然是值得放心的，现在需要你妙笔生花了。"

桂如海调皮地说："愿意效劳。"

程天标大笑起来，说："不是效劳，是展示，展示你文学的力量。"

桂如海很舒心，他当着钟起声的面，向程天标竖起了大拇指。

程尚和桂梓宪所在班级的同学都在窗口边看着程天标和桂如海一行人，当他们看到所有的人和和睦睦，都似乎明白了不少道理。程尚和桂梓宪都有点小激动，他们拉了拉手。

上课铃响起了，同学快速地回到教室。程天标一行也走到了学校的会议室。会议室是由教室改建的，很大。一面巨大的墙上挂满了各种荣誉。程天标看得很认真，还不时问这问那，校长都回答得很仔细。

当他看到鹿山先进基层党组织的奖牌时，很感兴趣。他说："一定要在学校继续加强党的工作，这块牌子虽然是我们鹿山授予的，但我觉得很珍贵。党的工作是引领一切的工作，你们做得很好，下一次我要看到你们更高的荣誉。"

钟起声告诉程天标："组织部门已经向东江市委推荐该校，并列入今年的表彰。我们教育局班子的意思，不仅要把这所学校建成教育质量的桥头堡，更要建成党建示范的先行区。"

程天标勉励校长："要关心好青年教师，让他们积极向党组织靠拢，既做业务能手，又做政治先锋，这样才能更好地带动学生听党话、跟党走，这是人间正道，我们必须要把它走好。你们的任务是教书育人，育人的首要任务就是要坚持正确的政治标准，包括正确的世界观、人生观、价值观。"

钟起声认真地做着记录，很感动，眼角闪耀着泪花。

11

在国际机场，波音飞机在宽大的跑道中冲天而起，不断地攀升，不到30分钟，达到了万米高空。

沈明月坐在靠窗的位置上，看着窗外的白云如棉花般地大朵大朵地开放，不觉心潮起伏。

她是为了赴一个约定，毅然登上了国际航班，走上飞赴大洋彼岸的旅程。

就在六月，麒麟产业园正式开工了。

莫正夫从美国来到鹿山，亲自见证和参与工程的剪彩仪式。

在宽大的遮阳棚内，数百嘉宾依次入座，轻松与欢乐的神情溢于言表。这些人有的来自国外，有的来自国内的各大城市，也有的是产业园建设的参与者。今天他们的目的就是一个，就是为麒麟公司在中国的开业而喝彩。

沈明月和她的乐队在乐池内演奏着乐曲，大多是古今中外的名曲，欢乐而祥和的那一种。轻快的乐曲伴随着嘉宾的欢声笑语，让整个场面十分的喜庆。

显然，莫正夫是喜欢这种氛围的。他早早地到来，就座在嘉宾席上聆听乐队的演奏，不时向沈明月颔首致意。程天标坐在他的身边，也是安静地聆听着。他明白莫正夫的心思在乐队那边，也就是沈明月那边。他把接待的任务交给了助手，而自己专心地享受音乐带来的美妙。

程天标知道自己的安排是成功的。自从上次莫正夫在欢迎宴会上深情演唱后，他认为音乐能在一定程度上促进双方的合作。这次就是他指示沈明月带领乐队倾情演奏的，甚至他相信沈明月和莫正夫之间或许会出现某种奇妙的情感。在潜意识中，他觉得这是文化的牵引之力让城市的精神风貌得到了提升。

所取得效果也和他想象的一样，莫正夫果然对沈明月非常关注，而且似乎上升到了人文的境界。沈明月和她的乐队的演奏，让所有的嘉宾都如沐春风，仿佛置身于一个高端的国际盛会。

事实也是这样，这的确是一个高端的聚会。北京的、省城的、东江的好多重要领导都来了，他们都在前一天会见了莫正夫，听取了他对公司开业的许多构想，无不感到脑洞大开。而在今天，莫正夫对沈明月的关注，出乎了一些人的想象，但所有的人都一致地认为，一个美好的时刻已经来临了，文艺的凝聚力在这个时刻成为活生生的例证。

当然，大家知道，这只是一种对美好的期待和享受，并不是男女关系那样的吸引，鹿山能到达这个层面，是多少人付出了多少艰苦的努力才获得的，所以每一个人都应该倍加珍惜。程天标看到，每一个人都在认真地聆听乐曲，对沈明月那精彩指挥不时报以轻轻的掌声。

在暖场结束后，开业典礼正式开始，一切都安排得有条不紊，让人感到主事者的敬业和专业。整个基调是轻松和亲切的，每一个上台致辞的嘉宾都体现出良好的国际素质和专业能力。

沈明月坐在最后一排,这是程天标提前安排的。照理她表演结束后是可以离场的,但程天标要再次发挥她的作用,故让她留了下来。在他看来,沈明月的在场,似乎可以让和谐的音符产生美妙的火花。她是全场关注的人物,只要她的身影出现,全场上就会有一种温馨的情愫会弥漫开来。

所以,程天标的秘书在暖场结束后,在沈明月耳边耳语了几句。她也知道自己的实际分量,所以接受了安排,在最后一排就座,见证这个辉煌的盛典。

她看到一个又一个嘉宾在舞台上完成了自己的致辞。每一个人致辞结束后,她都情不自禁地为他们鼓掌,在她看来,这是多么优秀的一群,他们的表现多么达于她的心意。

轮到莫正夫致辞时,全场掌声雷动,每一个人都似乎都被激活了细胞,等待着他的精彩演说。沈明月也一样,奇怪的是,她不仅兴奋,而且有点感动,她觉得莫正夫符合她的心意,他在推进一种认知,把鹿山和世界紧紧地联系起来。

沈明月仔细地聆听着他的演说。莫正夫用的是标准的美式英语,他醇厚的表达方式,让大家都备受感染。女翻译得体的译述,让大家都感受到了一颗心的跳跃,好像麒麟奔驶,在云端驶向家园。

莫正夫在演说中点到了程天标和秦正才,他对他们的致敬让每一个在场的鹿山干部都备感自豪,因为麒麟产业园是鹿山整体的事业,已经成了鹿山的精神体格。

让人意外的是,莫正夫竟然点到了沈明月,这让沈明月大吃一惊。他说她的专业能力使他在鹿山找到了灵魂,他期待鹿山的月亮有圆满的呈现。他大声说:"沈,这是一个宏大的奇迹。"

沈明月热泪盈眶,仿佛整个世界的幸福向她涌来,仿佛她已置身在所有的玫瑰的环抱中,那种热烈和亲切铺天盖地,是她有生以来最大的享受。

全场起立,为沈明月发出了热烈的掌声。坐在她边上的人,都纷纷和她握手致意,站得远的,向她用眼光表达问候。

程天标也很感动,他隐隐觉得,这是人的发展,是庞大的机遇在落地生根。

程天标满意自己的眼光,是自己大胆起用了沈明月,在众人的聒噪声中,留住了这个人才。是自己把沈明月推向了前台,在程天标的感知中,这是对的,他要让物质坚硬的呼啸中回旋艺术的呼吸。

程天标又是冷静的,他相信这不仅仅是莫正夫和沈明月的个人感情,更是整个鹿山进步的一种表现。他由衷地感到,春风的吹拂来自古老的源头,金色的阳光下凤凰在歌鸣。

程天标果断地决策,他告诉秘书:"让沈明月参加剪彩,让她站在莫正夫的边上。"

在巨大的彩球前,沈明月的手正轻轻地发抖,她从来没有想到自己会成为众人关注的焦点,她成了大家的偶像。这种突然到来的机遇,让她猝不及防。而奇怪的是,站在她边上的莫正夫,让她感到是一个久违的老友,有一种让人踏实的感受。

莫正夫示意了她一下,让她定了定神。她举起了金剪刀,潇洒地剪了下去，然后把剪刀举了起来，向众人示意。全场热烈地鼓掌，莫正夫和所有的剪彩嘉宾也都在鼓掌。莫正夫友好地看了她一眼，点点头，又把目光转向全场，显得亲切而温和。

音响播放着欢乐的进行曲，预示着开工典礼圆满和成功。莫正夫、程天标和所有的嘉宾款款走出会场，每个人的脸上都充满着喜悦和自信。沈明月跟随在莫正夫的身后，不时用英语和他交流着。大家都感到十分妥当，莫正夫的会意，表明了他对仪式的满意。

在庆祝宴会上，嘉宾们都彬彬有礼，展现了良好的素养。轻柔的背景音乐让每一个人都感到很舒服。程天标轻轻问沈明月："可不可以高歌一曲，以助酒兴。"沈明月点头，她悄悄告诉程天标，其实她已经准备好了。这使程天标很满意，他对自己看中的人从不怀疑，也就是他们有足够的优秀能让他放心。

只见沈明月与莫正夫耳语了几句，莫正夫频频点头，似乎是在答应一件事。是的，美妙的事情发生了，主持人宣布由莫正夫和沈明月一起献唱一首美国西部民谣，全场欢快起来。

当悠远而醇厚的歌声响起，人们都仿佛看到了草原和马群、流水和歌手。每一个人都很享受。

莫正夫又走了，留给了鹿山惊鸿一瞥，也留了沈明月无限的情感激荡。

沈明月知道莫正夫带来的是伟大的情感，而不是爱情，他在启发鹿山，对美、对爱的思索。他在为麒麟公司留下一段传说，以鼓励他的员工努力地工作，在创造价值时思考美好的情感。

终于，在一个午后，程天标在桂如海的办公室与沈明月进行了一次深谈。

他问沈明月："接下来有什么打算？"

沈明月告诉他，虽然她留过洋，但她的心中只有鹿山，她只想为鹿山做一些有益的事。

程天标同意，他对沈明月说："鹿山发展得这么好，能在鹿山取得影响力，就能在周边的大城市取得影响力，对一个专业艺术工作者来说，这是一条正确的道路。"

沈明月说："我对个人名声的拓展其实并不是太专注，我关心的是自己艺术水准的提升，只要求自己的心灵答应，而不是社会上的虚妄声誉。"

程天标连连赞赏。他说："其实我们有异曲同工之处。我也只要事业上的进步，也就是鹿山的成功，并不期待别人的全部理解，或者歌颂。事业至上者，都有隐于世、显于事的素质，我期待你的艺术节节提升。"

沈明月坦率地承认，莫正夫给她带来的实在太多，她一直在思考如何去报答。如果仅是情感意义上的付出，似乎还不够，还需要创造一个现实的注解。

程天标提示她："能不能为鹿山再创作一些经典的音乐作品，这样的话，整个鹿山会得到感应，我们的国内外朋友也会得到感应，我们的事业就会维持在一个较高的水准上。"

沈明月很兴奋，说："我也这样想。我想写一首《鹿山奏鸣曲》，以记时代之盛。"

程天标很兴奋，连连赞赏："这事我想到的，你又与我不谋而合。我们需要一首成熟的音乐作品来引领这座城市。"

沈明月谦虚地说："引领我不敢。但我觉得这是一件有意义的事，天时地利人和，条件都已经具备，接下来就是我们要去实践。"

程天标叮嘱桂如海，要配合好这项工作，要做个方案。尤其需要一个声情并茂的文学脚本，首先用文学的思维去引领和规划这部作品。他关照桂如海，尽快拿出这个脚本。

桂如海自信满满地说："就是等着你的决策。只要你定了，其他的事情我们来办。"

程天标特别关照他们，一定要有国际视野，用民族手段去展示鹿山的宽阔胸襟。如果艺术与现实有矛盾，要服从于艺术，但不能歪曲现实。

沈明月的心中突然有一段又一段的乐曲在响起，她的脸潮红起来，她高兴地告诉程天标："旋律有了，我的心已经在歌唱。"

程天标懂的，他知道他的支持让她放下了一切现实的阴霾，现在只有艺术的灵魂在包围着她。这是可贵的，是必须予以支持的。

他十分理解沈明月，说："那就把它写出来，不要犹豫，不要等待，也不要顾忌别人会怎么想。现在你是自己，是音乐，是灵魂，是鹿山的一个最美的音符。"

沈明月似乎等不及了，抓过一张纸，刷刷刷地写起来，额头还露出密密的汗珠。不到一个小时，她似乎已经抓住了主核。

程天标和桂如海默默地等了她一个小时，有一种感应让他们振奋。

整整一个月，沈明月行走在鹿山的碧水和原野间。

沈明月到了莫正夫曾经到过的古镇，在他坐的位置上听了三天的弹词。没有人知道她是为什么，他们只是发现听书的人群中多了一个曼妙的女子，人群温暖起来了。她沉浸在故事的曲折情节中，聆听方言传送的美妙演唱。她是一个人，又是一群人。她感觉莫正夫、程天标、桂如海、秦正才等一群人仿佛都坐在她的身后，与她一起，与故事里的人物共同悲欢离合。

她登上游船，船娘似乎认识她，这也难怪，她是这个城市的名人，好多人都熟知她的故事。但船娘看到她若有所思的表情，就没有用语言去干扰她，她仿佛知道一个单身女子一个人租一艘船，必有一种经历地她心中荡漾。那么，就让她好好地体味吧！

她聆听桨音与水声在轻轻拍打，两岸的垂柳在水中露出倒影，像一种诉说有着浓重背景的故事。在她的耳中，所有的声音都转化为音乐，转化为节拍。她在默默地谱写自己心中的圣曲。

是的，在古镇，她遇到了一些熟识的人，他们都跟她友好地打着招呼，又似乎知道她心有所属，都没有深入地干扰，让她一个人在古巷绿水中穿行。她感受了人们的配合，而这配合似乎有一种天生的默契。

她来到县城的一条小巷，这是她小时候生活的地方。在这里，他与秦正才青梅竹马度过青葱岁月。她看到了少年秦正才和少年的她，看到他们心灵融合的过去。书声和鸟声，绿叶和白墙，让她回味不已。在这里，她找到了一段旋律。

她突然想到，她要到那个小岛去，去重温那个被她反复隐去的夜晚。在宾馆里住了下来，在小岛的走道上漫步，听着湖水咣荡咣荡的声响。她在意识里告诉秦正才，你是个什么鬼啊，你竟然留住了我的青春。

在房间的窗户前，她看着月亮从天幕上升起，听到时光流逝的声音。她看到湖水在月光下晶莹地闪烁着，不知流向哪里。远处的湖岸线上灯光氤氲，遮蔽着流驶的车辆。她相信它们会载着相爱的人奔向远方。她也相信，今晚在这个小岛上，一些人的生命会复生，在月亮下他们会写下证词，包括爱与启示，包括在扰扰尘世中的某个时间的黑洞。

在一棵高大的香樟树下，一个女孩子在低头沉思，显然她的思绪放得很远，没有收回来的意思，因为她的目光穿越了湖水，抵达月亮的边缘。现在，她看到了她在轻轻地歌唱，向着湖水中的精灵，向着远方一条抒情的彼岸。

她很好奇，她是一个人来的吗？她也带着自己的使命吗？或者她要在这里安放灵魂，然后在天明以后，登上远去的快船。

沈明月有点释然，她发觉人的丰富的感觉都是一样的，都有一个事实的肌理在支撑着。就譬如那个女孩，她的抱负难道小于她沈明月吗？说不定今晚她会纵身跃入月亮，做一艘荡漾着的小舟。

她决定到麒麟产业园去，照理旁人是难以进入这么管理严格的区域的，而她沈明月是个例外。她按照手续办理了来访登记后，管理方专门派一个工作人员陪着她，不管她走到哪一个区域，他们都允许。

这里是阳光的，又是快节奏的。她在这里发现一种整齐简单的节奏在运转。人们的态度是和善的、精神是昂扬的。他们走路的姿态都是有力而富有朝气的。他们似乎在向着一个目标奔跑，而这种奔跑的背后是使命和责任。

当然，她看到了美好的环境，那大道、那绿树、那花园、那在天上高飞的鸟，无不引领着她音乐的灵感。她几乎是在吟唱了。在这里，她找到了现代的基本解释，理解了意义对于人的价值。而这些恰恰与桂如海提供给她的文学脚本一样。

沈明月有一个愿望，想单独见见秦正才。她的目的不是重叙旧情，也不是做采访性质的会面，她只是想见一见，见一见这个城市的英雄，这个饱经沧桑的男人也一定会乐意见到她。

缘于他们的传说，在这个城市传得飞飞扬扬，她也知道他们如果会面是要冒点风险的，但她想身正不怕影子歪，他们之间的确没有什么，只是从小一起长大的伙伴，现在又各有事业，是可以相互关照的。

仿佛有心灵感应，就在沈明月决定联系秦正才时，她的手机响了，竟然是秦正才打来的，他邀请沈明月共进晚餐。

沈明月很高兴，觉得他们的缘分还是绵绵不尽，这是令她感到惊喜的。她早早地化了妆，洒了点香水，还到美容店整理了一下头发，她要展示给秦正才一个漂漂亮亮的沈明月。

说来奇怪，秦正才约她用餐的地点是在鹿山国际大酒店。那里是鹿山名流云集的地方，他竟然不懂得避嫌。但她心里明白，秦正才就是不简单，这只有一个正派男人才能做得出来。

偌大的包厢没有其他人，当沈明月到来时，只有秦正才一个人在品着茶。他礼貌地起身，热情地与她握手，说："很久没见面，早就期待着与你吃顿饭。"

沈明月问："怎么没邀请其他人？"

秦正才说："就我们两个人，说话方便些。即使我们不说话，看看你也方便，少了许多阻碍。"

沈明月扮了个鬼脸，说："就你心眼多。"

秦正才知道她在创作《鹿山奏鸣曲》，知道她前一阶段在鹿山各地行走，寻找素材。他要了两瓶红酒，与沈明月一人一瓶。分别倒了一杯，说："为了你的创作成功，我们首先干一杯。"

沈明月很喜欢这种氛围，与秦正才在一起，她真的没有拘束，甚至她愿意与秦正才一起醉生梦死一会儿。

他们干了一杯酒，沈明月告诉秦正才她的创作很顺利，主要的旋律已经定格，接下来就是整部作品的完成。她神秘地说："这里面可能有你的一点点影子。"

秦正才很快乐，说："要突出鹿山的主要人物，我就算了。如果你认为我有创作的价值，就在单首的歌曲中稍微表现一下也可以，奏鸣曲中纳入我是否合适？"

沈明月坦诚地说："这是音乐，不是故事。谁也听不出我写的是什么，人们听到的只是情感和场景的流动，而人物是模糊的，它可能是一个人，也可能是一群人。"

听她这样说，秦正才放心了。他对沈明月说："你可以大胆些，作品可以与鹿山的发展比肩，甚至可以超越。表现和引领，我更倾向于引领。"

沈明月赞许道："你很内行。不瞒你说，音乐就是引领，它的叙述是对人世创造的引导，而不是复述，何况旋律的发散意义，它不是规则的几何，而是像夜空中的星星，有着不同的夺目的光彩。"

秦正才建议道："不仅要有星星的浪漫，还要有阳光的抚慰。要给人明亮、高尚、可感的特质。"

沈明月很高兴他的理解，说："是这样的。其实作品的真谛是作者自己个体的满意。也就是说，我必须引领自己，才能引领别人。"

秦正才又端起酒杯说："我了解你，你办得到，就像这酒，对你来说不算多，而适当的醉意能让你焕发新的思考。"

他们聊得很高兴，像两个孩子一样两小无猜。

秦正才红着脸说："瞧，我们俩多像孩子。"

沈明月深以为然，兴奋地说："莫正夫也是。"

秦正才快乐，他对沈明月说："董事长其实也是赤子心肠，这个我们都能明白。要不你把作品完成后，用邮件传一份给董事长，听取他的指导。他不仅是国际著名的企业家，也是音乐造诣深厚的艺术家，他应该会喜欢的。"

沈明月豁然开朗，说："我总觉得这件事还缺少点睛之笔，而董事长如果能指导一下，说不定能弥补这个缺憾。我觉得我又进入了创作状态。"

秦正才说："好，那就快写吧！"

他叫了两碗面条，两个人用完后，友好地告别。沈明月一路走着，任晚风吹散秀发，心里的旋律不禁汩汩流出，她一路哼唱着。

回到自己的工作室，她打开了所有的灯盏，让房间一片明亮。她翻开了曲谱的草稿，奋笔疾书，仿佛有一股神奇的力量在驱使她，完成与鹿山的共鸣。

已是半夜，她还没有停止。突然口渴，她打开矿泉水喝了一口，那种清凉的感觉又使她的感觉在向前飞奔。

她一边写，一边哼，仿佛有一个巨大的乐队在跟随着她，她听得出他们的演奏，包括方式和神态。那青春而激起的旋律，已经被这个影子乐队表演得一览无遗了。

她的脑际涌现了鹿山所有的景色，也涌现了一些人物，包括程天标和秦正才，更包括莫正夫。每完成一个符号，她都仿佛看到莫正夫在友好地点头，向她表达着称赞。

她知道这首乐曲就是献给这些人的，只要他们满意了，那么整个鹿山都会满意。

在这些人的激励下，她如有神助。她要表现流水，她的眼前就出现了大湖奔涌的场景，它向前奔驶，分叉出无数的支流，浩浩荡荡地向大江奔去，直至汇入大海的浩瀚。她要展现一条大街，麒麟产业园的春风就会吹拂着她，那些高大的悬铃木摇动着翅膀，展翅欲飞，在阳光下呈现金黄的颜色，她看到黄金的液体流入人们的心腑间。她要展望一片森林，这个城市最大的公园就呈现了出来，那种深邃的鸟鸣，树叶在晚风中拍打的声音，以及树冠上升起的星辰，在她的笔下就立体地呈现出来。大地和河流、蛙鸣和蜂唱，都和谐地融合在一起。她听到了产业园静静的回声，看到巨大的安谧中一种深刻的力量在不断地涌来，转而在心间发出轰响。她看到人群的幸福，听到孩子的歌唱，看到熟睡的人，他们的梦境中有银白的车辆在飞速地驶过。

太顺利了，她觉得今晚的酒没有白喝，是秦正才的启发帮助自己打开了创作的闸门。想到这里，她有点得意。她一向自信自己的感觉，这次与秦正才的会面也是一次情感的必然呼应，她相信自己做对了一切。

她拿出了桂如海的手稿，又浏览了一遍。她庆幸，他们的心是相通的，因为桂如海的描绘正是她作品所流淌的地方，如此合拍，如此的让人感到不可思议。原来艺术的灵魂是相通的。

现在，她只有一个结尾还需要把握。她想起了与秦正才的青春，想到那个小岛的夜晚，一串星星从音符间跳了出来，然后黎明到来，朝霞升起，大湖奔向远方。

她又得意起来。因为这个结尾并不是桂如海设计的，是她的隐秘，是她经历岁月洗涤留下的印痕。它如此深刻，如此让人着迷，以至当她在窗户上看到黎明的曙光，她竟情不自禁地站起来，拥抱新的一个早晨。

随后，沈明月在工作室睡了整整一天。这一天，是特别香甜的一天，没有电话铃声，没有梦境，只有她甜甜的呼吸。

在接下来的一段时间里，她完成了所有的曲谱，厚厚的一叠，让她很有成就感。整整半个月，她足不出户，认真地打谱，直至每一个音符都深入人心。

终于，在一个周末，她手捧曲谱，来到桂如海的办公室。两个人都感慨万千，觉得完成了一件重要的事情。桂如海当即给程天标打了电话，告诉他作品已经完成，请他放心。程天标告诉他："要尽快地推出来，不要犹豫，我们要创造鹿山一段新的岁月。"桂如海有点感动，哽咽着答应了。

桂如海问沈明月："接下来应该怎么办？你是专家，音乐我并不在行，你去操办所有的事情，我来配合。"

沈明月胸有成竹地说："我将带领乐队排练一下，录个小样，供有关专家和领导审定。但这需要一些经费，不知能否帮忙解决？"

桂如海拍了一下胸脯，说："包在我身上，我跟财政局局长熟，我去要一些来，你放心。"

事情出乎意料的顺利。沈明月和她的乐队经过大约一个星期的排练，已经磨合得很像样了。整个乐队仿佛都受到了感应，不仅仅是用认真的态度所能表达的。沈明月想，这大概就是艺术的魅力吧。又过了一个星期，乐队已经能娴熟地演奏了，每一个努力的姿态终于有了成果。沈明月决定邀请有关人士来现场聆听一下。

在桂如海的协调下，程天标接受了邀请，他带来了市里有关部门的负责人，当然也包括秦正才。

在宽大的音乐厅，程天标坐在居中的位置上，他的旁边除了市有关部门负责人以外，还有从上海邀请的专家。

程天标也是行家。他在大学的时候一度对音乐很着迷，古今中外的音乐名篇他都曾涉猎。

程天标很期待。从他坐下身子开始，他的耳边好像已经有旋律在回荡。他告诉自己，这是鹿山的魅力，是沈明月的魅力，也是他程天标的魅力。

乐队已经在舞台上就绪，人们等着指挥的出现。随着剧院响起的钟声，剧院安静下来。舞台上的侧门打开，追光灯照着款款走出的沈明月。她一袭专业的指挥服，风采照人，又端庄美丽。当她走到指挥席上的时候，程天标和他的助手们礼貌地鼓掌，整个大厅的氛围霎时进入到美妙的境界中。

沈明月向观众席微微鞠躬，在抬眼的刹那，向着程天标的方向，眼睛闪了一下。程天标心动了一下，马上又定了定心神，对自己说，你是鹿山。

演出是成功的，旋律或舒缓，或激越，或者宽阔，或婉约，总体体现了协调、奋进和美丽的特征，这正是程天标所需要的。他已经聆听到一种浪漫的基调在乐曲中奋进，这正是他所期待的。他想，鹿山这座城市需要这种情调，尽管欣赏者不是每一个人都能明白，但专业的人们，会欣赏这种情调，并在生活中享受它、赞美它、实践它。

演奏结束，程天标听到身后传来激动的抽泣之声，他听得出来，这是秦正才感动地哭泣。程天标非常满意，他想，如果沈明月的作品连秦正才都打动不了，那才是真正的失败。事实证明，作品成功了。

在随后召开的意见征询会上，程天标高度评价了这部作品。他赞美了沈明月，也赞美了桂如海。他指出，作品的成功，不仅是沈明月个人的成功，更是整个鹿山的成功。他自信地认为，由于自己长期对艺术的热爱，这部作品的最终价值如何，要取决于他是否认可。事实证明，他程天标完全认可，这既代表官方的意见，也代表了一个文艺衷心热爱者的意见。

屠新问他对这部作品的推广有什么要求。

程天标告诉他："我的中心是事业的发展，是鹿山的进步，是整个城市的美好今天。所以这部作品要出版专门的光碟，向鹿山的每一户家庭发放；要召开音乐会，宣传推广这部作品；要召开研讨会，听取专家的意见。"

最后，他意味深长地说："马上做一个小样，发给美国的莫正夫，他在音乐方面是绝对的行家，我们应该听听他的意见。"

秦正才插了话，说："莫正夫是否认可很重要。目前鹿山的产业布局是以他为核心的，他的参与不仅是我们的一个机遇，更是我们的一个收获。"

程天标告诉沈明月："小样制作好后，你亲自与莫正夫联系，把作品发给他。我也会通过我的渠道告诉他这是怎么一回事。我相信，他会很乐意关注这件事情的。"

沈明月受到了鼓舞，脸上闪着光，心情显得很愉悦。她欢笑着，认真地做着记录，不时地点头。最后，她告诉程天标，现在她很踏实，有了程书记的肯定，接下来的事情一定会顺利得多，她一定会圆满完成程书记交付的任务。

果不其然，沈明月和她的团队很努力，只用了一个星期就灌好了小样。在作品送到办公桌上时，程天标正埋头在文件丛中，他推开了如山一样的文件，把小样插进电脑，戴上耳机，舒适地欣赏着。

当最后一个旋律终止，他满意地点点头。然后，他给沈明月打了一个电话，只说一句话："可以了，你马上发给莫正夫。"

沈明月按照莫正夫名片上的邮箱，认真地给莫正夫写了一封信，连信带小样，连夜发给了莫正夫。她心里还是有点忐忑的，她不知她的作品能否能得到莫正夫的重视。

出乎意料的是，不到三天，莫正夫就给她回了邮件。他的信并不长，只是表露了对这部作品的羡慕和欣赏。他最后写道："你马上到美国来，我想见到你。"

沈明月心潮起伏，她虽然预料到莫正夫会肯定这部作品，但她没有想到莫正夫会邀请她到美国去。她知道，他必是有道理的，她必须要执行。

她给秦正才打了电话，告诉了他莫正夫邀请她的事。秦正才很机敏，说应该马上报告程天标。

当程天标在深夜接到沈明月的电话，知悉了这件事后，显得很兴奋。他告诉沈明月："你一定要去，莫正夫肯定不是为了向你索取什么，而是要给予你什么。他是国际知名人士，他看中的人，一定是世界需要的。这是你的机会，一定要把握。"

最后，他告诉沈明月："出国经费由市文联解决，你放心。"沈明月很感激。

其实沈明月并不明白，这并不是钱的问题，而是程天标对她的保护。也许这没有必要，但程天标要尽到他的心。

波音飞机马上要在美国降落，经过20多个小时的空中旅行，沈明月已经完全平静。从刚开始的兴奋，到接下来的畅想，到理智的疯狂，一直到最终的平静，她仿佛受到了一次良好的空中教育课。

当走到机场出口，沈明月看到了一个巨大的横幅，上面用中英两种语言写着：欢迎沈明月！

在横幅的下方，莫正夫和他的助手们站得笔直，笑意盈盈，向着款款走来的她挥手致意。

她感到一身轻松，仿佛化作了飞翔的海鸥。

12

天阴沉沉的,下着零星的小雨,贾似明在自己的书房踱步,很悠闲的样子。他每次想到自己的行为,都很得意。他对自己说:"是的,都是我干的,你能把我怎么样?"

他看着前面书柜上上锁的柜子,露出了神秘的笑容,因为这个柜子里又多了两个人,一个是桂如海,一个是沈明月。

他想,让他们能,他们再厉害,也不可能没有破绽,我就是喜欢和这个城市较劲,这次轮到你们了。

这时响起了敲门声,他知道是陈小虎来了。他打开房门,面无表情,说:"小虎,到里面来。"

陈小虎带来了一个厚厚的牛皮信封,他告诉贾似明,这是他的兄弟费尽心思收集的。

贾似明示意陈小虎坐下。他打开牛皮信封,开始一页一页地翻阅起来。

这堆资料是有关沈明月的,收集得很详细,不仅概括了她的生平,而且在每一个关键时期,陈小虎都写下自己的感想和评价,当然,都是朝相反的方向。作为贾似明的得意学生,他要做的事,与贾似明有同样的趣味。

这里有沈明月很多照片,从幼儿时期开始,一直到现在功成名就的时候。从照片上看,她的稚气正慢慢地被生活磨掉,呈现出浪漫、多感而又亮丽的特征。

贾似明自信自语地说:"浪漫是会出事的。"

当他看到沈明月一个人飞赴美国的资料时,感到精神一振,赞许地看了陈小虎一样,说:"干得好!"

陈小虎知道他赞美的是什么,插话道:"我估计她是去私会莫正夫的。这个行为肯定得到了程天标的批准,因为她是音乐家协会主席,有组织背景的,所以不可能不惊动程天标。"

贾似明饶有趣味地问:"她一个人到美国去干什么?"

陈小虎分析道:"肯定不是旅游,因为旅游一般都有一群人。她肯定是去私会什么人,或者有一件重要的事情去办,但我想不清楚。"

贾似明恍然大悟,说:"我明白了。她的确是去私会莫正夫!因为莫正夫到这个城市的时候,他们一起演唱了歌曲,在麒麟产业园的开工仪式上,莫正夫还友好地点了她的名,这使她名声大噪。"

陈小虎说:"但这又能说明什么?"

贾似明说:"你不明白,这肯定不是个人感情的事情,是沈明月投美的表现。从更深一步地来说,也就是程天标团队,投美的前奏,我们可以把这定性为叛国投敌。"

"叛国投敌!"陈小虎哈哈大笑,说:"现在哪有这样的事啊?谁会相信啊!"

贾似明阴沉地一笑,老谋深算地说:"只要有定论,别人就会轻信。如果有关机关相信了这个结论,展开深入调查,结果会怎么样？"

陈小虎一拍脑袋，终于明白说："说不定有意外收获。"

贾似明说："对，即使查不出什么，也要折腾到他们筋疲力尽，使他们首尾不能相顾，一个人神思一乱，就会出错。只要出了错，他们就是我们盘中的菜了。"

陈小虎说："明白了，老师。我应该怎样做？"

贾似明说："你已做得很好。现在你只要继续盯着沈明月，收集她的最新资料。这些资料我会运用好的，你放心。"

他顿了一顿，继续说："这些资料你就放在这儿，你就不要管了，静待佳音吧！"

陈小虎走后，贾似明奋笔疾书，思路像涌泉一样。一边写，一边冷笑，心想，谁也别想逃走。

因为在贾似明的经历中，这样的材料他写了很多。在年轻时，他在给领导当秘书时，就根据领导的授意给他的下属写过黑材料，举报了一些人。第一次出手就很成功，那个副手很快被处理了。有了这件事情的经验，他就得得出一个结论，凡是人都可能会被斗倒，世界上根本没有十全十美的人。

在他担任经济局局长后，他也经常根据副手的表现，不时给他们写封举报信。他的举报启动的标准只有一个，那就是听不听话，如果不听话，就举报他，让组织查处他。多少年来，他的副手都畏惧他，没有人敢说个"不"字。因为他们知道有些情况他们只讲给贾似明听，其他人是不会知道的，上级组织更不会知道，而这些恰恰都出现在举报信中。

贾似明无所谓他们怎么想，只要能牢牢控制他们，他就满意。至于后来组织上处理他，虽然说是他的行为不检点，另一个方面，他也明白，组织腻歪了他，知道他喜欢举报别人，给上级带来了不少麻烦，所以就找个理由把他"处决"了。

从官位上下来后，他一度很失落，直到程天标做了市委书记，秦正才做了经济局局长，这个市的经济得到飞速发展后，他的失落更甚。他要发泄，要找到平衡的渠道，所以重拾就业，干了职业举报人的角色，从此一发不可收拾。而这恰恰让他心里很满意，是有一种畸形的满足。

在研究被举报人的材料时，他感到自己才是鹿山的主人，而被他举报的人将是奴仆，也许会永世不得翻身。他自认为市领导的权威也不过如此，他才是鹿山的王。

有些部委办局的领导被任命后竟然会悄悄地打电话给他，有向他报到之意。还有的，竟然在过年过节时会叫驾驶员送些年货给他，向他示好。他有一个原则，凡是向他示好的，他可以忽略不问，除非他们动了他的人，或者干扰了他的事。

这背后，除了他的举报威力强大以外，还得益于他有一张关系网。多年领导干部的经历，他与省里和东江的一些领导干部保持了密切的关系。可以说，如果他想提拔一个局长，他相信还是有这个能力的。关键是这个人要永远忠于他。

鉴于他自己也是从局长的位置上下来的经历，层级不是太高，所以真正忠于他的人不多。只有他在中学担任老师时的一些学生，还时常与他来往，因此对于他们的成长他是关心的，他会想办法使他们在鹿山长袖得展，春风得意。

譬如陈小虎，他是商界人士，他的中心是建立在业务的基础上的。有一些企业是他贾似明招进来的，有良好的关系，通过他的介绍，他们与陈小虎有了良好的业务关系。

他知道他是在讹诈组织，因为组织只是营造一个优良的营商环境，对于企业与谁交往、与谁有业务关系从来都是不闻不问的。但这样的讹诈只有官场经历深厚的人才会明白，一般是难以见其端倪的。何况，现在在众人的眼中，他已是一个和善的老人，一副与世无争的样子。

对程天标，其实他是佩服的，人格和事业都没有什么问题，但他还是要斗一斗，"父债子还"，老一代人欠的，他要在现任领导身上赚回来。

贾似明道胜利是有难度的，甚至是不可能的。因为程天标和他的团队几乎可以说是天衣无缝。但他明白凭自己的能力和水平，任你高歌猛进，他也要让你精疲力竭，呕出三两热血来

主要的是，他感到满足，一种变态的满足，仿佛对着一个二八娇娃挥动屠刀，让她血溅当场，而这个二八娇娃就是鹿山，就是程天标。

他想象着，程天标有一天拜访他，跪在他的面前请他原谅，顺手还给他一箱钞票。这样的想象，让他满足。

他决定给卫子新打个电话。卫子新作为他的一个得意学生，他把卫子新看作是自己里在官场的一个种子，轻易不会启动的，也就是说，不到万不得已，他不会把卫子新暴露出来。前一次卫

子新得到提拔，他就很欣赏程天标，认为他很大度，并没有因噎废食。同时，他很有自信，卫子新这辈子休想摆脱他，因为他已经上了他的船。

他在电话中与卫子新寒暄，并没有涉及正题，只是说身体和家庭的事，连卫子新的工作也没有沾边。

卫子新知道他的用意，这老狐狸是来探听他的忠心的，他应该有所表示，否则被他盯上，麻烦就大了。

卫子新抛出一个话题，说："老师啊，最近桂如海出了一本报告文学《花开鹿山》，影响很大，你要弄一本看看啊？了解鹿山近年的改革开放啊？"

贾似明悬着的心落了下来，他判定卫子新还是他的人。现在卫子新是在提醒他有一个新的现象出现了，可不可以做做文章。

贾似明在电话中打着哈哈，说："桂如海真够勤奋的，一无项目，二无资金，他是怎么办到的啊？"

卫子新听出来，贾似明是在套情况。于是，卫子新说："应该是市委程书记的支持，估计他要多少钱就给多少钱呗。听说还要开作品研讨会，搞得好像挺隆重。"

卫子新不忘加一句："听说桂如海和省刊主编是老朋友。"

贾似明如获至宝，不因是这些情况的重要，毕竟这么老套的情节他稍微想一想就能明白的，他最后一句话才是关键。言下之意，省刊在发这部作品时有没有拿回扣，主编和责任编辑有没有受贿。贾似明把这句话看作是卫子新忠心的表示。

有了这个底，贾似明胆子大了，他单刀直入，问："难道这本书没有什么疑点吗?"

卫子新假装不以为意,笑了笑,然后严肃地说:"不能把它看作单纯的歌功颂德的作品,好像是为个别人造势似的,要把它看作是鹿山新的英雄人物要出现了,我们应该学习他们。"

贾似明恶狠狠地说:"学个屁。我问你,你得到程天标什么好处了,这么给他左遮右挡。"

卫子新知道贾似明在故作姿态,索性卖个人情给他,说:"沈明月也在书里出现,她前几天一个人到美国去了。"

贾似明温和起来,说:"这个女孩子不容易。早年一个人留学美国,回鹿山又创下了事业,听说最近又为鹿山写了一个奏鸣曲。这次去美国应该是去向老师汇报吧?"

卫子新顺着他的话势说:"老师说得有道理。现在富裕了,流行出国旅游,再说鹿山现在有许多国际友人,她到美国估计有人接待吧?"

贾似明觉得情况套得差不多了,跟他了解的八九不离十,电话再打下去也没有什么意思了,再说,从长远角度来年,他不想让卫子新与鹿山市委彻底决裂。于是他故作轻松说:"要祝福这个孩子啊!以后有她的演出,你要想办法给我弄张票,我很想欣赏她的表演。"

卫子新说:"当然!当然!请老师放心。"

贾似明放下电话,感到身体里有点力气,看来他了解的情况基本是真实的,现在需要的是调动他的经验,把所有的情况梳理一遍。他要把所有的情况串起来,一次比一次准,一次比一次狠。

贾似明又翻开桂如海和沈明月的资料袋,研究起来,心情大好。他心想,这一次,我又要大显身手了。

这时,程天标还没有休息,他正在和屠新研究有关问题。这几天,他想得很多,除了成功的喜悦,还有对未来的隐隐担忧。

他告诉屠新:"那个暗中的职业举报人估计又要动手了。"

屠新说:"我估计也是,每隔一段时间他都要来一下子。这次不知瞄准谁?"

程天标肯定地说:"桂如海和沈明月,以及他们的大后台——我程天标啊!"

说完,他幽默地笑了一下。

屠新宽慰他,说:"问题估计没那么严重,那些捕风捉影的事也没有什么价值,不会引起上级重视的。"

程天标却不这么认为。他说:"要把问题看得严重些,对手不弱,每一次都能看准目标下手,显然是有备而来。我怀疑,他们是几个人,而不是一个人。"

屠新说,光环之下总有阴影,但光环是主要的。

程天标语重心长地说:"不能掉以轻心,要把问题想得严重些,周全些。你觉得这个会人这次反映些什么呢?"

屠新说:"一般都是贪污受贿和男女作风的事,其他应该没什么。"

程天标很谨慎地说:"你不明白,还有很多。譬如好大喜功违反组织纪律,譬如方向错误违反政治纪律,譬如突破成规违反制度纪律，这些一定都要想到。"

屠新拍了一下脑袋，说："还是你想得周到，我们应该怎么办？"

程天标瞪了他一眼，说："笨脑袋，把工作做在前面呗。在举报者的信还没有到达时把一切问题向方方面面讲清楚，这样才不至于被动。"

屠新受到了启示，拍了一下脑袋，说："你提醒得对。我知道怎么做了。我们在向上级领导赠阅《花开鹿山》时应该附一封信，讲清楚这本书的来龙去脉，不仅讲清这本书的社会意义和时代意义，还要巧妙讲清这本书的采写、创作、发表、出版、研讨都是符合规矩的。权当是一次工作汇报，让上级领导放心。"

程天标满意他的理解力，补充道："要运用评论家的语言，来说明这本书的政治立场和文学立场没有什么问题，对文学人物的塑造也是符合实际情况的。特别要指出，这本书对鹿山今天的发展意义很大。不仅要翔实，还要客观。"

程天标提出了一个问题："对桂如海应该怎样保护好、宣传好。"

屠新说："如果证明了这本书的正确，那么只剩下这本书的经济问题了。据桂如海讲，这本书没有向省刊和出版社送过一分钱，是完全凭着作品质量过关的。那么怎样才能向社会说明白这个问题呢？"

程天标说："这个容易，叫审计局对本年度市文联已开支的项目资金进行审计，然后在《鹿山日报》上公布审计结果。"

屠新连连赞赏，由衷地说："只有你最公正，既重视别人的劳动成果，又从制度上严格要求别人。我想，桂如海是会明白的，整个文艺界会感谢你的。"

屠新似乎欲言又止，默默地看着程天标。

程天标问："你又想到什么事了？痛痛快快地说出来吧！"

屠新说："沈明月的事怎么办？她年轻时与秦正才的事曾经闹得沸沸扬扬，好不容易被平息下来。这次她又一个人到美国去见莫正夫，即使有心人不造谣，也会起各种各样的猜测啊！"

程天标深深地点头，说："这件事是我近几天经常思考。我将其定位为受公派遣赴美国办公事，是向莫正夫介绍《鹿山奏鸣曲》的。我之所以让市文联出资让她赴美，也是经过深思熟虑的。这不是简单地给她解决出国经费的问题，关键是保护她，她还年轻，不能成为负面猜测的牺牲品。"

屠新很理解，说："我现在明白了你的用意。我是怕别人的论调把你和沈明月牵扯在一起，这画不来。鹿山的功业容不得一点损失。这不仅是你个人的事，也是整个鹿山的事。"

程天标脸红了，嗔怒屠新道："我这是爱才惜才，是城市发展的需要。《鹿山奏鸣曲》难道是假的吗？难道它没有表达出鹿山人的心声吗？难道它的艺术感染力没有打动你屠新吗？"

程天标又高声道："我从来不怀疑自己的感觉。现在的鹿山需要这部作品。莫正夫需要这部作品来增添信心。鹿山的招商引资需要一个主旋律。记住，这是鹿山的，不是其他什么地方的。"

他缓和了一下语气，又说："当然，一切都要规范，你去告诉财政局规范下拨沈明月的出国资金，并告诉审计局，把沈明月出国经费一并进行审计。同时要与沈明月及时取得联系，让她出国回来后，向市文联递交一份考察报告，并由市文联的名义报市委宣传部，你把关。"

屠新恭敬地说："明白。我会把这份考察报告通报给市纪委的，让纪委的同志了解整个过程。"

程天标笑了笑，说："这就对了嘛。你以为沈明月就是单纯为了这部作品而到美国的吗？不是，我的直觉告诉我，鹿山还会有新的收获。"

屠新有点纳闷，说："你指的是什么？"

程天标斩钉截铁地说："人格。我说的是沈明月的人格，包括你和我，包括秦正才和桂如海，包括四套班子整个团队。我们是过硬的，鹿山是过硬的，是值得世界各地的朋友信任的。"

屠新哇哇大哭起来，大声说道："有谁知道你的辛苦、你的付出啊，你才是鹿山最大的人格啊！"

程天标爱怜地看着他说："不要作小儿女态，我们是共产党干部，随时准备为党和人民牺牲一切，辛苦一点算什么，付出一点算什么。我把老婆和孩子一起带到鹿山，本着就是准备背水一战的。是同志们共同努力，让我走出了一个又一个的难关。是同志们的开拓进取精神，才使鹿山创造了美好的今天。我们的干部团队，每一个人都辛苦，每一个人都值得赞美。要多宣传基层的、普通的干部，让人民群众了解他们的付出和奋斗，了解他们一颗拳拳的鹿山之心，它在激越地跳动，像浪涛一样在奔向前方。"

屠新忽然开了窍,说:"我有个主意说不定能掀起一个歌颂普通干部的一个热潮、歌颂人民群众中的先进分子的一个热潮。我马上布置'两台一报'和中国鹿山网,迅速开展一个书写'我身边的鹿山人'的活动,把全市的积极性调动起来。"

程天标鼓了鼓掌,明显是同意,说:"这个点子好,不要让有些人认为我们只会宣传领导干部,我们的心是和整个鹿山相通的,我们是人民群众的公仆,也是他们的朋友,我们要宣传好我们的公仆,更要宣传好我们的群众。你马上布置这个活动,所有采用的稿件要汇编成册,在年底党员冬训时,向全体党员发放,激励先进,激励斗志,为创造一个美好的新鹿山提供新的思想基础。"

屠新说:"要不,索性把《鹿山奏鸣曲》一起大力宣传了吧?"

程天标大手一挥,说:"必须这样,这就叫把好事办好。你与罗玉凤、桂如海商量一下,把脚本再修改下,在报纸上全文发表。叫电视台每天播放三遍,把鹿山最美的、最现代、最有纪念意义的地方用镜头展示出来。让电台不仅要播放,而且要开展辅导讲座。要行家听到鹿山的心跳,要让群众看到鹿山的精神,要让我们的同志看到前进道路上的阳光。"

程天标深深地呷了一口茶,对屠新说:"要将曲谱呈送给全国各大乐团,争取成为他们的演奏曲目。如果哪家乐团愿意演奏,鹿山可以考虑给予一定的财政补贴。我们推出的不是一部地域性的作品,而是一种人的精神。"

他还不忘告诉屠新:"一定要加强知识产权保护,凡是属于沈明月的权利,不能有一丝一毫的损害。要用实际行动表明对艺术和艺术家的尊重。"

屠新一一记在笔记本上,一副信心满满的样子。

夜已很深,程天标精神饱满地下楼,驾驶员已经在楼下等候。程天标对他说:"你先回去吧,我一个人步行回家。"

驾驶员缓缓地把汽车驶出大院,眼含热泪,他知道他的书记一定是又取得了胜利。

深夜的风不大,吹在身上,略有凉意,程天标已经很久没有一个人在大街上走了,心里感到非常的惬意。他贪婪地看着夜色,看着灯光通明的超市,看着人群在安静地选择自己的物品,看到他们拿着大袋小袋地走出超市,很满意。他看到酒馆还是开放着,人们还在络绎不绝地到来,那种市井凡夫斗酒豪饮的状态,让他想到了年轻的时候。

他看到了税务局、工商局、质监局的办公楼,仔细察看了每一块牌子,心里有点激动又有点温暖。他是多么感激这些同事多少年如一日的付出。他在的不眠之夜里,想起他们,心里就感到踏实。他看着几扇露着灯光的窗户,心里很满意,一定是有工作人员还在加班,他们为鹿山的城市建设还在倾注心力,这使他有着无限的自豪。他需要这支队伍,他愿意与这支队伍一起走向新的一天。

他走进一家小超市,看到一切都井然有序,呈现出窗明几净的效果。店堂里有几个顾客在选购食品,他们都讲着外地方言,显然是新鹿山人,他们的到来,使鹿山呈现出无穷的活力。

服务员看到程天标进来,喜出望外,恭敬地说:"程书记,欢迎您光临。"

是的,这个小姑娘一定在电视上看见过他,所以叫得出他的名字。

程天标友好地点点头,笑着说:"你好!我就随便看看。"

小姑娘引导着他看着货架上的物品,她告诉程天标:"这里的货物虽然不多,但都是正牌的商品,都保质期之内,顾客都很信任,回头客很多。"

程天标问她:"如果通夜营业,生意是不是会多很多?"

小姑娘老实地说:"有时多,有时不多,节假日就多一些。我们本来就是24小时营业,主要通过价廉物美的商品来吸引顾客,再加上营业时间的延长,积少成多,也可以带来可观的营业收入。"

程天标又问:"大客户多吗?你们要争取大客户。"

小姑娘很高兴地说:"越来越多,我的主要业务是给企业做配套,零售只是满足居民的日常需要。现在鹿山发展得这么好,上门订货的客户非常多,生意好得出人意料,我们经常忙不过来。"

她还不忘加上一句:"这要感谢您程书记的正确领导。"

程天标说:"谈不上领导,我们都是社会主义劳动者,每个岗位都一样,都是为了鹿山的繁荣。你们有这样好的收益,我很高兴,希望你们保持。"

说话的当口,程天标选了盐、鸡精和榨菜等一些日用品,小姑娘大吃一惊,说:"程书记家也烧菜?太让人吃惊了。"

程天标快乐地笑起来,说:"我们都一样,我家也是酱油、柴、米、醋,我也是日常的生活。"

小姑娘说:"理解理解。"说话的当口,收了钱,把货物装在马甲袋里,恭恭敬敬地递给程天标。

程天标礼貌地告辞,转身走入夜色中。天上的星星在不断地闪烁,仿佛在说着内心的一些秘密。

程天标望着满天星斗,心有所感,自语道:"星星知我心啊!"

回到家里,吴爱兰正等着他,已经给也砌好茶,为他续好热水后,然后问他:"今天是怎么啦,回来得这么晚?"

程天标说:"你想不到吧,今天我是走回来的。秘书和驾驶员都被我提前赶回家了。"

吴爱兰问:"发生了什么事?以前不是这样的。"

程天标说:"和屠新商量桂如海和沈明月的事,大脑有些兴奋,让夜风吹一吹。"

吴爱兰很理解他,有些忧虑地望着他,说:"其实我很担心这件事。"

程天标对她的态度很兴趣,说:"说说你的感受。"

吴爱兰告诉他,这几天,社区都在议论《花开鹿山》这本书,当然主流是一片叫好声,也有人似乎有所微词,认为这是一本马屁书。桂如海把秦正才写成当世英雄,不知对他是福还是祸。书中对你也浓抹重彩地进行歌颂,不知上级领导看了有何感想。

程天标一脸严肃地问她："你认为书中所写的都是事实吗？"

吴爱兰回答道："肯定是的。桂如海是你的同学又是多年老友，多少年来，为你鼓与呼，从来没有出过差错，相信这次也不会。但这是在鹿山，反对势力还是隐隐地强盛着，他们会不会借机生事，将计就计，把事情向相反的方面推进。"

程天标很信任她，请教似的问："你认为他们会怎么做呢？"

吴爱兰道："我想过这个问题。一叫联系实际，从你们工作的不完美来攻击这部作品，进而攻击鹿山市委，矛头直接指向你。二叫举着红旗反红旗。到处宣传书中的事迹，并予以夸大，让人们发现破绽，只要一物不存，则万物不存。"

程天标拍了拍吴爱兰的肩膀，说："我们分析过，一般是第一种情况，第二种情况很难奏效，因为在事实面前，谁也不能信口雌黄。"

吴爱兰继续说："这个问题还不是我最担心的，因为桂如海写过多篇文章，无一差错，所以是经得起检验的。我是担心沈明月。"

程天标非常高兴她的认识能力，说："谈谈你的想法。"

吴爱兰分析道："沈明月的事，可以从三个方面攻击。一是她是女人，而且艺术界漂亮的女人，可以从生活作风上攻击她，你也有危险。二是她音乐家，可以从音乐成就在攻击她，因为我们只是县级市，让她担纲创作《鹿山奏鸣曲》，是不是不自量力，是不是用人不当，是不是挂羊头卖狗肉？毕竟懂行音乐的人不多，这件可以作无数的推断。三是最严重的，一个音乐家协会主席竟然代表鹿山去访问一个国际大公司，还是你批准，中共鹿山市委要干什么？你程天标要干什么？难道市四套班领导就无人可派了吗？难道沈明月仅仅是因为姿色超人吗？"

程天标倒吸一口凉气，说："很感谢你的分析。我们刚才也研究这件事，大多数情况我们都想到了，我只是没想到我程天标要干什么的问题。"

吴爱兰咄咄逼人，问："告诉我，你要干什么？"

程天标说："唉，你不知道。莫正夫是个艺术家，沈明月也是个艺术家，艺术家之间的交流自然有共同的话题。鹿山发展到这个节骨眼，麒麟公司已经完全在为鹿山打头，必须要尊重对方的精神趣味；必须要让莫正夫明白，他的选择是完全正确的。鹿山是物质，也是精神的，是可以实践的，也是可以憧憬的。再说，借麒麟公司的东风，我想把鹿山的精神面貌再变一变，让《鹿山奏鸣曲》以四两拨千斤之力，把整个城市的精神状态提升到一个新层面。这样，这座城市的现代进程就会加快，尤其是人的现代化。"

吴爱兰继续提醒他："你的确高瞻远瞩，我没想到，不过我现在已经理解。如果沈明月的作品得不到莫正夫的承认，怎么办？如果她失败了怎么办？"

程天标胸有成竹地说："没关系，你知道我的艺术水平是很高，只是工作中很少表现出来。据我的现场判断，加上专家的定论，应该没有问题。因为我看到专家都很感动，他们一定感到了鹿山一个时代的到来。"

吴爱兰双手跷起大拇指,说:"棒!我就知道你行!你从来没有不行过,也从来没有犯过错。我以一个市民的名义要求你,必须要让沈明月成功,这才是鹿山现在的关键。"

程天标眼泪夺眶而出,有谁知道吴爱兰对自己有这么好的感觉?有谁知道每当他艰难的时候总是她鼎力支持着他?只有她,才能使程天标真正感到放心,只有她才能担起他程天标的磨难和不快。

吴爱兰轻松说:"干什么一副有情调的样子?我来给你准备夜宵。"

程天标说:"只要稀粥。"接着炫耀着拿回来的马甲袋,说:"看,榨菜。"

不到半小时,稀粥就上桌了,是鹿山的新品种香米粥,在氤氲蒸腾中,发出诱人的香味。吴爱兰拿来两个小碗,给程天标和自己各盛了一碗。说:"陪你一起吃一碗。"

程天标玩笑般地说:"市委书记和居委会主任共进一碗,免得有人说我官僚主义。"

吴爱兰认真地说:"你还别说,真有人说你官僚。"

"哦?"程天标不解地望着她。

吴爱兰告诉他:"今天你乡下的邻居秦明来了一趟鹿山。他是看了省刊上《花开鹿山》的报告文学以后特地赶来的,他要看看家乡走出来的大英雄。"

程天标知道秦明,他已经好几年没有见到他了,想不到他还记着他。他问:"他有没有说什么?怎么没来找我?"

吴爱兰咯咯咯地笑着说:"他说你是大干部,已经官僚了,不敢见你。只愿见见我这个居委主任的嫂子。现在全村都在议论你,到处为你唱赞歌;也有人为你担心,他们觉得赞歌也有走调的时候,有人怕你走调,所以秦明来看看,找我这个嫂子了解一下你的情况。"

程天标放心了,说:"有你接待他,是十分妥帖的。你一定要讲清楚鹿山的现在的大好形势,特别是我的工作和生活状况,让家乡人民放心。否则我要成家乡的罪人的。"

吴爱兰打趣道:"还罪人呢!秦明记了一大本家乡人民歌颂你的口头资料。他可是有心人,说一定要让你成为光耀家乡的人物,如果谁对你有不好的言论,他会用这本资料去回击他。"

吴爱兰从柜子里拿出一本笔记本,放到程天标手上,沉甸甸的。程天标拿到手上,眼泪哗啦啦地就流下来了,哽咽地对着吴爱兰说:"这就是鞭策,这就是我们前进的动力。我们可以走遍天涯海角,但决不能辜负父老乡亲。"

吴爱兰也泪花盈盈地说:"我告诉秦明必须没收这本本子,并告诉他以后不许再歌功颂德。但我们会时刻感念家乡,感念乡亲们。"

程天标大声说:"好!做得好!喝粥!"

13

如果风云变幻,那么风云的底色是什么?

陆峰奇坐在朱良驹的办公桌前,两只茶杯正冒着热气。朱良驹头也不抬,在处理着公务,他在一份文件上做了很长的批示,然后又看着组织部递上来的一份拟提拔干部的名单。

陆峰奇看着朱良驹身后的国旗,一副安静的样子,偶尔向窗外看看,似乎在聆听鸟鸣。如果朱良驹喝一口茶,他也跟着喝一口。然后为朱良驹续水,尽管那杯子还基本满着。

大概过了半小时,朱良驹抬起了头,看着陆峰奇却不说话,仿佛要从他的脸上要看出什么门道来,又好像什么也不是。

陆峰奇的精神是饱满的,他看到朱良驹看着自己,知道他已经处理完公务,已经可以轮到自己说话了。

陆峰奇慢斯理地将厚厚的三张牛皮信封从包里拿出来,放到朱良驹的办公桌上,说:"这是天喜公司爆炸案的所有资料。"

朱良驹问他:"程书记看过了吗?"

陆峰奇答道:"他要我们俩商量个方案,然后再跟他汇报,最后确定最终的应对之策。"

朱良驹说:"好的。案卷先放这儿,先谈谈你的看法。"

陆峰奇说:"情况还是一些老情况,你都是了解的。据上级联合调查组透露的信息,这次事故要处理人,说不定会伤筋动骨。我也很头疼，因为安全生产是我分管的。"

朱良驹说："拘利国家生死已，现在不是考虑个人安危的时候。现在是要查清问题、查明原因、降低危害，特别要做好受伤人员的救治和安抚工作。亡羊补牢，为时未晚。"

陆峰奇沉着地点了点头，说："最大的损失是天喜公司以后不能再开业，它超越了高危企业的底线，我们已决定让它停业。专家已经查明爆炸原因，那就是粉尘爆炸，是由于操作不当引起的，属于没有遵守好操作程序的错误，所以企业应负主要的管理责任。受伤人员都在指定医院治疗。治疗费、家属的陪护费用全部由市财政买单。现在最主要的是这些人的后续保障问题，不仅包括残疾者的生活保障和家庭保障，还包括以后医治的医疗保障等等。真是一大堆剪不断理还乱的事。"

朱良驹说："你分析得不到位。我们还有非常大的损失，那就是城市的声誉。这一声爆炸会不会让客商对我市的安全保障程序产生怀疑，从而影响了招商引资工作？还有我们的干部肯定要被处理，那我们的干部队伍将如何保持稳定？再有别有用心者也会快马加鞭，在摧毁城市的道路上再行一步。我们要考虑得尽可能地多方面，不能掉以轻心。"

陆峰奇赞同他的话，说："你说得很到位，我也觉得技术的事虽然烦琐，但还是能解决的，人的事是最要命的，它不仅是一个人的问题，还牵涉这个人的家庭和社会。"

朱良驹鼓动他说："继续说下去。"

陆峰奇清了清喉咙，说："天喜公司必须停业。我会叫有关部门研究停业以后的产权、劳务和资产的清理工作。特别是这块土地的租用还有很长的时间才能到期,我们要考虑好。至于该公司的法定代表人和管理方,肯定要追究他们法律责任。我们必须依法办事,不能有丝毫动摇,我的原则就是一是一,二是二,不隐瞒,不回避,更不能做假。否则我们负领导责任是小,如果给客商看到我们是一个说谎的政府,那就得不偿失了。"

朱良驹显得很沉重,说:"是的。这个企业也是我们辛辛苦苦招商招进来的,现在出了这样的事,要处理他们,真是有点于心不忍,但法不容情啊!"

陆峰奇说:"相对于人员的处理,受伤者的安抚也不简单。我已组织了10多个工作组,采用人盯人的战术,凡是住院的,我们都有对应的工作人员参与协调和看护。从反馈情况来看,还存在着许多不稳定的因素,特别是在事故责任追究和损失赔偿上,有的家属情绪激动,在给上级写信,我们必须及时做出应对。"

朱良驹宽慰他:"我们已经把所有的工作做在了前面,上级有关部门已经知道了事故的来龙去脉,有关的事故处理应该是及时而有效的。但对我们工作的干扰并不是来自反映了什么,而是来自人心引导是否达到了效果。我的看法,工作要一步一步地去做,必须要扎实,不留破绽。在保证伤者得到救治和保证赔偿及时足额到位的同时,要做好下一步的工作。特别是致残者的长期医疗问题,包括对他们的家庭补偿。我的看法是,要成立一家专门的机构,来落实那些重伤者今后的医疗问题,把他们养起来,同时照顾好他们的家庭。这个问题你去落实，包括场所、人员、资金。其中进驻人员的确定和管理体制的设定，要想得仔细一些。"

陆峰奇表示全面赞成，他很佩服朱良驹缜密而超前的思路，启发了自己的思维，让他看到今后的工作该怎么做，路该怎么走。他说："这样做，就万无一失了。"

朱良驹换了一种语气，他告诉陆峰奇："这几个月，人民来信很多，好多都集中在天喜公司爆炸案上。我和程书记单独商量过几次，今天我向你说一下。"

陆峰奇感到有点芒刺在背，下意识地问："有我的吗？"

朱良驹宽厚地说："有的。说你玩忽职守，只知吃喝玩乐，对安全生产疏于监管。特别提到了你和天喜公司老板的个人交情，说你是因情废法，因情废规，经常给天喜公司放水，才导致了今天的局面。信中还信誓旦旦地说，你收受天喜公司的贿赂，有违法违纪的嫌疑。"

陆峰奇眼泪止不住流了下来，委屈地说："这怎么可能！我对所有的公司都一视同仁，依法依规办事。他们这样揣测是为了什么？唯恐天下不乱吗？跟天喜公司老板有个人情谊是不假，好多领导都是这样，但根本不会收受贿赂，我们都是很自律的。再说，天喜公司安全生产方面的制度和程序都没问题，导致爆炸的是操作环节出了问题，也就是说没有按规矩办事，这怎么能胡乱地猜疑我参与了违法乱纪的事呢？我想不通。"

朱良驹不满地看了他一眼，严肃地说："言者无罪，闻者足戒。只要你站得稳、行得正，你又怕什么呢？这只是一封人民来信，不是组织决定，你激动什么？一定要正确对待，冷静思考，立足于解决问题，把不实之词消弭于无形的状态。"

陆峰奇有点惭愧，充满歉意地说："刚才我有点急，是要冷静对待。不过我可以表态，如果组织上认为我的所作所为已不符合我的职务身份，我可以马上辞职。我是一个共产党员，我愿意为组织负责任，也愿意为朱市长尽绵薄之力。"

朱良驹觉得有点温暖，态度缓和起来，说："问题还不至于这么严重。我们领导干部要担得起工作，更要担得起责任。现在不是追究谁的责任的问题，现在是要把困难解决好的问题。人民来信涉及很多人，凡是与这件事情有关的单位和个人，都基本被点到了名，包括程书记和我，而且言之凿凿，有誓不把我们赶下台不罢休之势，我们一定要重视，同时也要自我检点自己。我和程书记意见是一致的，那就是搁置争论，大胆工作。"

陆峰奇无不担心地说："我隐隐感到我们鹿山有个别人老是在暗中捣鬼，给我们工作增添了不少麻烦。我手里处理了不少来信，很多都是言之无据，牵涉了我们大量的精力。我觉得我们要找寻对策。"

朱良驹爽朗地说："这个问题应该这么看，一个开明的政府是欢迎各级和各类监督的，包括人民来信。只要你说得对，我们就遵从；如果说得不对，我们也要引以为戒。处理人民来信需要大量的工作量，但我们不怕，我们是人民的政府，我们的职责之一就是搞清一切问题，沿着正确的道路前进。"

陆峰奇暗暗称赞，对朱良驹正确的认知表示敬意。

朱良驹知道有些问题必须要请示程天标，他从不自作主张，程天标的大度和自信，经常让他感到钦佩，特别是他一贯认真的作风，让他深以为然。所以事无巨细，他都愿意向程天标请示和汇报。

朱良驹来到程天标的办公室，看到程天标正在埋首写着什么，他恭敬地说："书记又在忙得这样，你应该休息一会儿。"

程天标示意他坐下，说："哪有休息的时间，我是恨不得将24个小时全部用在工作上才罢休，事情实在太多了，我必须抓紧啊！"

朱良驹问："书记你在写在什么？"

程天标说："向东江市委汇报有关天喜公司爆炸案的材料。"

朱良驹说："你让秘书写就可以了。你的勤勉真是出乎我的意料！"

程天标推心置腹地说："我得亲自把关啊。这件事情太重要了，如果不自己操刀，有点不放心。这样的汇报，措辞是丝毫也不能有差错的，否则我们就被动了。"

程天标接着告诉朱良驹："有人通过网上举报，把你告了，东江市委主要领导给我打了电话，我正在同领导解释。"

朱良驹显得有点着急，说："天喜公司的事，我是有责任的。我是政府的主要领导，抓好安全生产是我分内的事，有人愿意监督我是欢迎的，不管他说得对不对，我都愿意正确对待。"

程天标请他宽心，说："有责任大家一起负。但必须要搞清楚事实，该我们承担的我们必须承担，污蔑我们的我们决不接受。上级组织是明察秋毫的，我们一定要放心。"

朱良驹过意不去地说："只是劳烦了你，让你亲自操刀为我撰写汇报材料，我的心里真过意不去，我请你吃饭。"

程天标摆了摆手说："吃饭就不必了，免得形成风气，大家请来请去，污染了工作环境。你是我的副手，我理应对你负责，对你有公正评述，这也是还我自己一个公正。看似我为了你，实际也是为了我自己，为了我们这个班子，为了整个鹿山。"

朱良驹说："你有什么事，你吩咐我做就是了。我是你的助手，理应多挑担子，如果我偷懒了，或者形式主义没有抓住问题的主核，我是要负责的。"

程天标谦和地说："是这个理，我们必须齐心协力，团结拼搏，才能把鹿山的事办好。"

朱良驹问："最近，有需要我办好什么事？"

程天标也不瞒他，坦诚地说："最近，招商引资因麒麟公司的开业而捷报频传，许多客商都接洽中，相信其中的绝大多数都会投资鹿山，相信不久的将来鹿山的经济会再上层楼。现在，我考虑的是如何提升鹿山市民的精神境界。也就是说，我们要给鹿山带来新的文化感和文明追求，使这座城市真正成为有理想、有思想、有抱负、有文化的城市。"

朱良驹懂了。他说："你指是的《花开鹿山》的宣传和推广，这个事屠新已经跟我说过。我已叫有关部门全力配合，特别在资金保障上必须全部到位，我也觉得应该把这件好事办得更好。"

程天标很满意他的回答。他告诉朱良驹："你说得对,这是我近几天考虑得最多的一件事。一般人认为,这只是一部文学作品,让文艺界自己去把握就行了。但我觉得这还远远不够。这部作品写的是我们的身边人和身边事,它歌颂的人物就在我们身旁,它叙述的事实都是我们在参与,我们要让全市人民知道鹿山今天的真正面貌,让他们明白赶上新的时代才是我们的本分和荣耀。我拒绝落后,我们要的是进步和繁荣,更是为鹿山发展贡献全部力量的智慧和勇气。"

朱良驹说："我明白的,我已通读了这部作品。我叫全体副市长和委办局的一把手也必须认真阅读这部作品。有利于他们从鹿山发展的高度来认识我们的事业,提振精气神,增强拼搏劲,有效带领本单位本部门全力走在发展的前列。"

程天标说："做得好。现在有一个问题,就是有人民来信,说桂如海和《花开鹿山》的坏话,我们必须要警惕,要从为全市负责的高度,全面予以回击,不允许出现不和谐的音符。"

朱良驹请教道："我应该怎么做?"

程天标告诉他："对文学作品的诋毁,无非从思想、经济和人格这三方面着于。这部作品的思想广度和深度是没有问题的,是经受专家的正面评价的,所以我们应该放心。人格方面,书中的人物都是我们熟悉的,我仔细研究了一下,都是符合实际情况的,所以作品中的人物也没有多大问题。作者桂如海是我们的文联主席,是经过组织严格考察才担任的。多少年来,他写的作品从来没有出现过什么问题,相信这次也不会。他为人平和并平稳,不张扬,不跋扈,所以作者本人的人格我们还是可以放心的。关键是我们要算好这部作品的经济账,涉及的每一笔经费必须有依据,手续要合规,开支要合法,结项要正确。凡是应该上市政府常务会议讨论的,就必须上。如果有必要,也可以上市委常委会讨论。我的观点是,一是宽松,二要规范。"

朱良驹拍了拍胸脯,表态道:"这个你放心,政府多少年来没有出现过财政资金乱支的情况,这件事涉及的资金是个小数目,我们肯定把握得住,我来叫政府办主任和财政局局长来负责这件事。我也知道,因为这部作品影响太大,所以我们要小心行事。"

程天标知道他不说这件事,朱良驹也是能办好的,他目的是夯实一切,同时也有举一反三的意思,督促政府把这件事情办好。他诚恳地朱良驹说:"我做了一件冒险的事,派沈明月出访麒麟公司。你怎么看?"

朱良驹大笑起来,说:"这件事,现在整个鹿山都知道了。我明白你的意思,就是要社会人士参与我们的经济工作,然后给世人展示鹿山全民皆商的形象。沈明月的出访,我认为是合适的。"

程天标指了指朱良驹的脑门说:"你只知其一,不知其二。我既是为招商引资,也是为了城市精神,更是为了城市的形象。"

程天标接着说:"一个音乐家的跃起,表明了什么?表明了鹿山的精神层面已经到了一个很高的层次,一个精神奋起的城市,是客商放心的城市。同时,国际友人都有很高艺术修养,单靠我们这些人，是难以满足他们对一座城市的艺术认知的。而沈明月，她的出现，能让外商的艺术人格达到一个新的感知和完善阶段，这是做一百次思想工作都难以达到的效果。我们正好有沈明月，她有留洋背景，又有很高的音乐素养，为什么不使用好呢。我相信，她与麒麟公司的交流，将会使鹿山走上一个更美妙的阶段。"

朱良驹恍然大悟，由衷地赞叹道："想不到你有这样的高招，我是想不到的。我注重于实务，很少关心精神层面的东西。沈明月的出访，现在看来，的确是我市招商引资的一个高招。"

程天标提醒道："不要太得意，这是冒风险的。接下来会有各种各样议论，即使我们的招商干部，也不一定全部想得通。希望发展的趋势能符合我们所愿，但愿沈明月会为我们带来好信息。"

朱良驹严肃地说道："事实用于雄辩，沈明月的出访肯定不是一件坏事，它至少表明我们的诚意是满满的。只要我们一切都符合规范，旁人是不能说什么的，也说不坏我们的。"

说曹操，曹操就到。程天标的短信铃声响了一下，他随手打开，是沈明月发来的短信，内容是：一切顺利，有意外的收获，归国后我会汇报的。

程天标神情大展，对着朱良驹诡秘一笑，说："放心，沈明月一定会圆满完成任务的。我们一定会取得胜利！"

朱良驹离开后，程天标叫秘书拿来了天喜公司爆炸案的有关材料，他要再研究一下。

他并不担心这件事情的原因和结果，因为有专业的团队在，特别是上级派来了可靠的专家，这件事情的一切都可以搞个水落石出。他要从材料中找出一切有利的因素，将人的责任降低到最低限度。

他首先想到他自己有没有问题。这是他最近一段时间最烦恼的一件事。在他看来，这件事如果严格处理起来，他最严重的后果是被撤职，其次是调离、处分、诫勉，无论哪一种结果都是最糟的。如果从轻处理，那么他可保无事，但市分管领导和职能部门负责人可能脱不了干系，要受到相应的处罚。

他考虑的是首先要保住自己，再保住别人。保住自己，他还是有点把握。因为他的工作已经成了同类城市主政者的表率，看在这个面子上，上级有可能放他一马。再说，死亡的人数也不多，他对善后的处理已经尽心尽力。现在，关键的是必须要把工作做得尽可能地好，最好有崭新的亮点呈现出，这样也许可以达到因事而存的效果。再者，必须要把这件事情的后续事务处理得完美无缺，要成为同类事故处理的样板，要让上级看到，鹿山的主政者是有力的，是经得起大风大浪考验的，是能够应对一切艰难困苦的。

保住别人他首先想到的是保住朱良驹和陆峰奇。这么多年来，他们在自己的岗位上兢兢业业，配合他程天标推进鹿山各项事业的发展。他们不推诿，不争功，不怕事，把得住方向，定得准位置，是他的好助手，更是鹿山的好领导。他的班子是基本没有缺点的，大家也做得很好，每个人都发挥了自己应有的作用。

那么对工业安全生产办公室主任马良，还有有关部门负责人该怎么处理？他们的工作是认真的、负责的，这是没有疑义的。天喜事件发生的原因来看，是操作不规范引起的，严格来说，不是他们监管不力导致的，毕竟谁也不能抓住工人的手叫他怎么操作。管理部门的职责就是落实法律政策、制定制度规范、把准业务流程、搞好监督检查，而这些，他们都做到了。问题是这件事情会不会向反面发酵；它对社会的恶劣影响会不会成为执法执纪部门参考的因素；会不会因为某个环节的闪失，而使事情向相反方面发展等，这些都是必须要重视的。

想到了社会影响的负面，程天标有点沉重。因为的确有人向上级有关部门寄去了人民来信，不是一封，而是一个系列。从事件发生以来，人民来信就没有断过，转到他手里的就有好几封，有人要把鹿山往死里打，让程天标和他的团队永世不得翻身，然后乘机捞取政治利益。

这些信可靠吗？程天标觉得不能小觑，因为每一封信都叙述详备，言之有据，虽然主观臆断多，却有很多是有法律法规的依据。写信人是下了功夫的，他们在百度上搜索了大量的法律和政策依据来佐证他们所写的都是符合规定的，要驳倒这些观点，需要他们做大量坚实的工作。为此，程天标已经动用了政府的律师团队，用科学的、正确的法律规范来证明事件的真相。目的只有一个，就是把损失降到最低限度。

他隐隐感到，有人不仅要搞乱鹿山，而且要夺权。作为资历深厚的城市领导者，他明白，夺权不一定要夺取城市的最高位置，只要得到几个岗位，甚至一个岗位，就能在这座城市呼风唤雨。当然，还有一种可能，有人要主导这座城市的舆论权，让民心随着他们的指挥棒打转，以达到实际控制这座城市的目的。

但天喜公司的问题摆在这儿，你能堵得住悠悠之口吗？你能阻止有些人的怀疑、猜测和击打吗？你能在一夜之间把这件事摆平吗？

答案是否定的。程天标知道，这是一个系统工程，这不是政府发个布告就能解决的，很复杂，也很棘手。不过在处理这个问题上，他程天标是内行的，他能长袖善舞，把一切工作做到极致。

程天标告诉自己，要戴罪立功，要在事情没有发展到不可收拾的时候，果断地推进鹿山的各项事业。所谓天时地利人和，在重大考验面前，它是永远有效的。

程天标想到，在舆论上，他有《花开鹿山》，有《鹿山奏鸣曲》，有鹿山先进人物和先进事迹的宣传。在主流意识形态中，他是不会落于下风，肯定牢牢控制着主导权。在事业推进上，他有麒麟产业园的开工建设，有大批客商的项目的引进，有全新的领域正在慢慢地到来。这在鹿山的历史上，这些都是惊天动地的，是可持续的，也是科学的。在城市管理上，他的法治城市、智慧城市、海绵城市、生态城市和平安城市等项目在如火如荼地推进，这些都是实实在在的工作，不是花架子。他是有信心与同类任何一个城市相比较的。形式上是在自我发展，实际上他的所有工作在做出引领。在干部队伍建设上，他带出了一支特别能战斗、特别能奉献的队伍，特别在视野、胸襟和思路上，他的队伍是始终站在时代前列的。他要让这支队伍永远前进，永不止步，用事业高峰去证明他们人生的高峰。

想到这里，程天标笑了一下，他感到基础很扎实，他感到一个困局马上要得到破解。

但他又不敢掉以轻心，省委和东江市委对他的工作既是肯定的，又是严厉的。一副多米诺骨牌，如果倒了一张，谁也帮不了他。他必须要扶正整副牌，不能让任何一张牌倒下。他必须要在风雨倒来时准备足够的雨伞，让每一个人都不至于淋湿，让鹿山的道路更宽、意志更坚、工作更扎实。

所以，他觉得机遇无所不在，谁说困难不是一个好的机遇。天喜事件发生后，整个干部队伍工作更上心了，基础也打得更牢了，廉洁自律也更深入了。大家仿佛受到了同一启示，必须要保住鹿山美好的局面，必须要将已经胜利的果实高高举起，必须要在挫折到来前越过所有的障碍。

程天标想到莫正夫，感到有点踏实；他想到祁书记和汪小锋，又感到有点忐忑。他的答卷怎样书写？他的命运怎样把握？他的明天怎样描绘？这都是值得深思的问题。

他暗暗祈祷：尊敬的祁书记、尊敬的汪书记，看我程天标的表现吧！我一定不会让你们失望，鹿山会继续大踏步向前的。

他决定给沈明月回个短信，他写道："一个诚实的城市期待自己的使者能带来福音。"

沈明月很快地回了一个表情，笑意盈盈的。

他在想，以怎样的形式迎接沈明月归国呢？由他亲自去迎接，显得离谱，旁人的猜测也会多。如果让她的家人去迎接，那么她的使命所蕴含的价值就难以体现。

他再想了一下，拿定了主意，应该派桂如海和秦正才去，他们可以代表这座城市，又可以代表官方和民间两种声音。艺术的穿透力会随着这样的迎接而扑面而来。

桂如海和秦正才接人时，应该带着鲜花，沈明月应该走绿色通道，他要给沈明月最好的待遇，目的是给莫正夫一个信息，他对沈明月的重视，和鹿山的想法是一脉相承的。鹿山看重沈明月，就像莫正夫对她的欣赏一样。

想到沈明月会带来好消息，程天标心情大爽。他估计莫正夫会通过沈明月给鹿山一个大"礼包"，而这个"礼包"正是符合当前发展形势。譬如经济，作为一个跨国公司的董事长莫正夫运筹帷幄的就是经济。譬如文化，如果把莫正夫看作是一个艺术家，那么文化的再次浸染将是必然的，是符合人性的。譬如友谊，他个人与莫正夫的私交就不用说，莫正夫与秦正才、与麒麟产业园的管理人员，甚至是保洁工，莫不保持着友好的态度，他会通过沈明月将这种友谊再次带到鹿山来的。

随后，程天标与屠新商量的有关《鹿山奏鸣曲》的推介和宣传必须加快，乘着鹿山产业蒸蒸日上的东风，乘着鹿山全面转型的时机，乘着鹿山的精神提升的时刻，要敢于谋划，敢于实践，敢于在进取中迎接困难，直至新的曙光出现。

当然，他有一个计划只有自己知道，他想通过城市精神的转型，一方面要让大家成为真正的市民，另一方面让个别反对者看到，谁才是鹿山的真正创造者，谁才能真正引领鹿山的今天和明天。何况他的团队有一往无前的精神，何况广大市民有对物质和精神双重进步的要求，何况他做的是鹿山现代化的开始，特别是人的现代化。他还没有提出这个观点，但只有他知道，鼓点已经敲响，未来的春风就要到来。

想到这里，他有点得意，暗暗地称赞自己，是一个目光远大的人。当然，他是一个时刻保持清醒的人，任何困难压不倒他，任何成绩也不能使他迷失方向。

他叫秘书通知秦正才过来一趟。秘书关切地问："马上就要吃中饭，是否下午再说？"他说："不，你去食堂拿两份饭过来，其中一份给秦正才。"

过了半个钟点，秦正才急匆匆地来了，满头大汗。他觉得程书记现在叫他，肯定是有重要的事情，所以他从产业园驱车直奔市委大院，又快马加鞭地来到程天标的办公室。

秦正才问："程书记，有什么重要事情吗？我马上办。"说完，他掏出了笔记本准备记录。

程天标冷静地说："没有，就是请你过来与我一起吃顿客饭，慰劳你一下。"

秦正才听到此话，眼泪突眶而出，呜呜呜地哭起来。

是的，他太累，从麒麟产业园建立到项目正式投产，他几乎没有休过一个节假日，有时晚上也睡得很少，一心扑在工作上。全市那么多的招商引资工作需要他指导和协调，他不是钢铁做的，但以钢铁的标准严格要求。小车不倒只管推，活着干，死了算，士为知己者死。为程天标的知遇之恩，他累得几乎连性命都要搭上。他觉得值，人生的价值在于奋斗，他正是在奋斗。人生的价值在于奉献，他正是在奉献。而这种奉献是有依靠的，那就是程天标的坚强领导。

秦正才从来没有流过泪，这一次，被程天标的小小关怀击中，仿佛受尽委屈的人终于见到了自己的亲人，他要狠狠地大哭一场。

程天标爱怜地看着他，给他抽了两张面巾纸，递到他手上，轻声说："哭吧！好好地哭一哭。"

仿佛受到了鼓励，秦正才哭得伤心欲绝，不能自拔。秘书悄悄地将客饭递到他手上，他才回到现实中来，对自己的失态感到不好意思。

他解释道："程书记，你的关怀太让我感动了，我失态了，我向你检讨。"

程天标调侃地说："检讨个屁。我还想找个人大哭一场呢！你倒是给我做了示范。"

秦正才难为情地说："程书记说笑了。我是肩膀太弱才这样。你的肩膀硬我10倍，谁能望你项背。"

程天标和蔼地说："少拍马屁，给我吃饭。"

两个人转为开开心心的，大口大口地吃起饭了。他们的身体很好，所以胃口也好，不一会儿，饭就吃完了。

程天标打趣道："秦大局长，饱不饱，要不要再来一份？"

秦正才摆了摆手,说:"程书记说笑,够了。我是白吃,白吃谁不吃,白吃你是我的荣耀。"

程天标白了他一眼说:"荣耀?你小子小心又被人告。"

秦正才苦着一张脸说:"没办法,就这个命,反正我是低头拉车,抬头见你。你得为我做主就是了。"

程天标问他:"这几天,你想不想沈明月。"

秦正才坦率地说:"你还别说,常常想起她,并不是为了什么,只是为她的作品而感动,同时对她的未来有点担心。"

程天标显得很兴趣,问:"为什么?"

秦正才说:"我就是榜样。大凡做事成功的人,总会有人盯着。何况沈明月是个女孩子,她可能比我们更不容易。"

程天标看了一眼窗外说:"这就像天上的白云,眼睛里有就是白云,眼睛里没有连白纸也不是。我们是大老爷们,要大度,风光属于她,困难我们来担。我们要发挥她的全部才能,让她为这座城市服务。事实胜于雄辩,有良知的人肯定都会称赞她。"

秦正才非常同意他的话,说:"成大事在于统领,一切全凭你做主。如果沈明月碰到难题,估计也不会比我们多。我们都能挺得过,她也能。何况还有我们,特别你程书记的关心,我们头上是有天的,塌不下来。"

程天标语重心长地说:"这些都不重要,对付别有用心者我们有经验,更有事实的佐证。关键是沈明月会给我们带回什么讯息?她能不能达到她此行的目的,或者超越了此行的目的?我期待一个新收获。而这个收获的创造者是沈明月,还有我们整个团队。"

秦正才很佩服程天标的大手笔，敢于起用沈明月。这样高歌猛进的姿态，也只有程天标能把握得住，而且从现实来看，程天标得心应手，丝毫也没有捉襟见肘的意思。他不仅懂政治，也懂人性。就像百川归海，再多的曲折也会达到辽阔的境地。

秦正才说："沈明月给我发了一个短信，卖了一个关子，说将有一个惊喜给我。"

程天标仰头大笑，说："答案对上了。"

14

清晨,东方刚露出曙光。秦正才和桂如海相约在鹿山国际大酒店碰头。他们两个都没有带行李,见面后,握了一下手,相视笑了一下,分头钻进商务车内。驾驶员发动车辆,汽车缓缓驶出鹿山国际大酒店。

他们受程天标的派遣,到国际机场接沈明月归国。到机场大约还有一个半小时,秦正才和桂如海在小声地交谈着。

秦正才问桂如海:"最近在忙着写什么?"

桂如海如实回答:"在准备写一些基层党员干部先进事迹的报告文学。"

秦正才好奇地问:"那不是罗玉凤在负责吗?你怎么也参与进来了?"

秦正才悄悄告诉他:"这是我自己选择的题材,我想把写作的触角伸得更广一些,更多地倾向基层的党员干部,这样对鹿山的反映就更全面了。这也是我展现作家良知的一部分,更主要的是为我的老同学创造更加良好的基础。"

秦正才明白了,说:"你是想帮程书记,用你的大笔把鹿山再推进一步,让程书记的政绩更为社会各界所了解。"

桂如海解释道:"这只是事物的一个方面,另一个方面是我真的觉得鹿山的党员干部是可以大书特书的。这座城市正在快速地变化着。它为时代所呈现的不仅是我们的业绩，更是我们一种精神的改变，这里包括策略和实践，包括我们多少年代以来所不能达到的自信。如果我能把它真正写出来，那么我相信不仅是对鹿山的贡献，而且对县域经济发展有所帮助的。"

秦正才赞叹道："你的志向很大。鹿山发展到今天，的确可以给其他城市以参考的价值，我也这样觉得。关键是我们要把经验继续传承好，使鹿山真正成为楷模和表率。"

桂如海说道："其实选择这个题材，是我的幸运。对基层党建工作反映的文学作品至今没有出现过，我想填补这个空白。而且党建工作面广量大，是一门专业的学问，我也必须学习许多新的知识，这对我来说也是一种机遇。"

秦正才敬佩地说："我们这座城市的确这样前进着。各项工作都在进步，党建工作也始终走在前列，的确需要一部文学作品来反映它。我想组织部门会支持你的。"

桂如海说："我与组织部方清文部长谈过了，他全力支持，纪检、宣传、政法、统战等部门的常委领导我也做了专门的汇报。大家都很理解，表示只要我需要，可以提供各种素材和条件。"

秦正才说："现在写这部作品，看来是水到渠成的。《花开鹿山》出版后，大家都在考虑鹿山下一步应该怎么走，你的新作品，可以做出一定引导。"

桂如海说："关键的是我们的工作走到了哪一步，我们的提升是不是也达到了我们想要的层次，如果是的，那就没问题。题材的组织和文字的表达,对我来说是没有难度的,我需要的是素材,高质量的素材。"

秦正才提醒道:"你可以写一写麒麟产业园工作班子的党建工作。在我们的党员之家里,莫正夫亲自见证了我们重温入党誓词的情景。这在外资企业中是没有的。跨国公司的董事长对我们的党建工作感兴趣,这是史无前例的。如果你需要,我可以提供这方面的内容。"

桂如海高兴地说:"英雄所见略同,我也知道这件事。在我初步的构思中,我要把这件事在开篇阶段就表现出来,总起全文,让读者从一开始就沐浴在时代风云的激荡中,让它成为这篇作品的一个文眼。"

秦正才很兴奋,仿佛看到了新的波澜的到来。他对桂如海说:"你总是能给城市一个欣喜,这一次的节奏很快,与程书记的节拍是一致的。"

桂如海笑了笑说:"难道你不是吗?难道你不是着眼于下一个项目吗?你的经济局的项目库,才是鹿山的宝贝呢!"

秦正才用纸巾擦了一下脸,自豪地说:"都是宝贝,你也是。你以为我不知道你还准备了一部作品。鹿山的精神创造要依靠你了。"

桂如海仿佛被他看穿了心思,有点害羞地说:"什么也瞒不过你。我的手头真的有几部作品需要写,等我写了基层党员干部后,我要再写一个新的亮点。我的愿望是,在我的有生之年,把鹿山写遍,做鹿山进步的忠实记录者和见证者。"

说话的当口，汽车已经驶进国际机场的停车场，驾驶员说："到了，你们下车吧。"

今天国际机场的停车场来了好多的车辆，表明机场的业务真的很繁忙。他们的汽车停在偏远的地区，离进口处有一段距离。秦正才一看手表，距离沈明月航班抵达还有2个多小时，就对桂如海说："不着急，我们先考察一下停车场。"

桂如海哑然失笑，他知道秦正才是什么意思。这个工作狂又要进入工作状态了。他是要为以后的接机做准备，看汽车是如何停在最容易接待到客人的地方，也就是说接机工作要高效、便捷，这样就能给客商一个好的印象。

他们从A区到B区，一直走到G区。秦正才在每一个区域都会四周环视，看看这个区域的空间布局，对哪里有电梯，哪里有吸烟区，哪里有厕所，都看得很仔细。甚至，他在一个转角处思考了从这里通向其他区域有几条道路可以走，从这个区到那个区，那条道路最近、最直接。

在一条大道上，秦正才在路中间走走，在左侧走走，又在右侧走走，每一个指向就是前方假想的目的地。桂如海跟在他的身后，真切地觉得，这样细致踏实的工作风，是他平生所仅见的。他明白了程天标为什么这么重用秦正才，把他从乡镇党委书记提到经济局做局长，成为城市风云人物。在他饱受争议的时候，程天标仍毫不动摇地支持他的工作，把最重的工作量加给他，把最好的荣耀赠予他，这是有原因的。他看到了秦正才过硬的素质。

秦正才走得很快，桂如海都有点跟不上他，气喘吁吁的，说:"你慢一些,还有时间,我们可以慢慢看。"

秦正才这才意识到自己走的速度太快了,说:"不好思想,我习惯了。从年轻时就风风火火,一切讲效率。现在到了中年,也改不了。我的目的是看尽可能多的区域,把整个停车场装在脑海中。"

桂如海说:"理解,理解。秦大局长,我已经看到你像石墩子一样扎实,你是无处不在地在工作啊!到这里也要寻找点事干干。"

秦正才说:"是这样的,习惯了,这是我从年轻时就养成的。无论在什么地方,我的脑中全部是工作,我总要做一点什么才感到踏实,才感到自得其乐。我不在乎人们怎么看,我只在乎新的发现、新的机遇。"

桂如海满眼放出亮光,激动地说:"看来我对你写得还不够。下次找个时间,你要深入接受采访。我对你已经着迷,我要为你写本书,一本一个人的传记。"

秦正才快乐地说:"这有点小题大做了。其实在麒麟产业园,我们每一个工作人员都几乎是这个作风,工作不留边角,不留裂缝,不留遗憾;勇于与时间赛跑、与标杆争先、与未来对语。要么不做,要做就做得更好。"

桂如海追着他问:"我真的要为你写一本书,你看怎么样?"

秦正才摇了摇手说:"你要为鹿山写,为普通的党员群众写。我可以推荐一个工作班组,你可以写写他们,以小见大,以微知著。"

桂如海高兴得不得了，想到又可以写一本书，他感到满意。作为一个写作狂，他的目标始终是下一本书，始终是下一个人物。今天，秦正才要给他新的创作机会，他是很感恩的。

转到J区以后，秦正才看到时间差不多了，给机场管理处王主任打了个电话，王主任友好地告诉他们到指定位置等候他。

秦正才和桂如海到了机场接待处的办公室前。不一会儿，王主任来了，与秦正才握了握手，说："都准备好了，我们走吧。"

他们穿过了两条走廊，路过了三间贵宾接待室，走出了接机区的大厅，门外一辆中巴车已经在等候。他们上了车，中巴车在宽敞的机场大道上向前行进。

秦正才看着几乎望不到边的广大区域，禁不住发出赞叹："不愧是国际机场啊！面积真大啊！"

王主任热情地说："这是按照国际最高标准设计的机场，不仅面积大，而且设施也是国际一流的。国际友人到这里，无不为之惊叹的。包括我们出色的服务。"

秦正才感受了中巴车舒适的座椅，微微馨香的气息，说："确实如此，就像到了花园一样。"

王主任说："你说对的。旅客的个人感受很重要，我们注重每一个细节。"

桂如海脱口而出说："原来是姹紫嫣红开遍。"

秦正才接口说："在这辆车上是这个感受，文人就是感触敏锐啊！"

王主任哈哈一乐，幽默地说："关键你们是来接一个漂亮的女士嘛!"

三个人不约而同地笑了,秦正才补了一句:"这可是我市的一个大才女。这次是去立功的,我们得慎重接待。"

桂如海说:"整个城市都等着她归来。大家都牵挂着他。"

中巴车在一个草坪上停了下来,早晨的阳光明媚着,汽车在草坪上留下一个大大的倒影。他们三个人站在阴影中,抬头仰望着天空。

大约 10 分钟后,远处的天幕上出现了一个黑点,越来越大,越来越大,渐渐地像一只巨鸟张开了翅膀。波音双层客机在空中轰鸣着,急速而来,像空中的奇迹就要在大地上降生。

在巨大的轰鸣声中,客机降落了,开始在跑道滑行,它转了一个弯,又转了一个弯,行进者在前方寻找停止的地点。终于客机在中巴车前的跑道上停止了。桂如海禁不住欢呼了一下,说:"终于到了。"

机门打开了,人流从舷梯上鱼贯而下。他们看到各种肤色的人群从面前走过,显然他们来自不同的国家,怀着美好的愿望踏入这个古老的国度。他们的心中一定有一个美好的前方,因为每一个人都微笑着。

终于,沈明月出现了,她随人流缓缓而下,高挑的发髻像在鹿山时一样炫目,一袭牡丹花纹的旗袍,让她光彩夺目,仿佛一个骄傲的公主来到了人们的面前。

秦正才和桂如海热情地向她挥手,口中不断呼唤:"明月,明月,我们接你来了。"

沈明月远远地看到了他们，眼眶湿润了，也在前方向他们挥着手。他们的手中终于握在一起，百感交集。他们都知道，虽然只是分别半个月，在人世已经发生了多少的变换，他们的人生中又是经历着多少事啊！

秦正才和桂如海站成一排，风趣打着邀请的手势，说："明月，请！"

三个人上了中巴车，一时无语，车内清新的气息在车内弥漫着，好像他们的心情充满着浪漫和温馨。

在机场取行李处，行李架已在缓缓转动，沈明月站在行李架前，等待着。秦正才和桂如海跟在她的身后，手里推着行李车。

行李来了，都是大大小小的行李箱，秦正才和桂如海想，两辆行李车应该够了，沈明月一个人不可能带太多的行李。

沈明月等到了自己一个小的行李箱，放在秦正才的行李车上。一会儿，又等来了一个大的行李箱，秦正才又搬到了行李车上。然后秦正才推着车后退，桂如海见状，把自己的行李车推到了前面。

没想到，沈明月说："走了，就这些。"

桂如海大吃一惊，说，就这些，你没买什么东西？

沈明月快乐地笑着，说："美国的东西国内买得到，价格也不贵，我都比较过，所以没有疯狂采购。这带的只是一些换洗的衣服。"

秦正才眼中涌出泪意，只有他明白沈明月。他知道她此行真是为了一个崇高的目的，她不是去玩的，更不是去购物的。她完成了任务。秦正才想，这姑娘从小就这样，现在仍没有改变。

桂如海把行李车推到车架上，然后空着手跟在秦正才和沈明月后边。他想着，沈明月的确让他刮目相看，她竟然真的是为了《鹿山奏鸣曲》而到美国的。他决定，在以后的作品中，找到一个机会，把这件事写一写。

他们的车子行进在奔向鹿山的公路上。秦正才首先打破了沉默，问："在美国还顺利吧？"

沈明月说："顺利。由莫正夫和他的助手陪着，能不顺利吗？"

秦正才又问："有没有好好看一看？"

沈明月告诉他："看了，看了莫正夫所有的企业，莫正夫还组织了两台演出欢迎我呢！"

桂如海连连赞赏地说："这个莫正夫，真不简单！"

沈明月说："真得不简单。莫正夫的团队有许多音乐方面的专门人才。他们的演奏和演唱，与美国的大乐队和大歌手相差无几。当然，他们可能是正好这样的演出而邀请我的，被我赶巧了。"

桂如海说："不是。我的直觉告诉我，可能是莫正夫特地为你安排的。这是他整个世界布局的一部分，他在拉起他的整个产业，也在为这个世界做贡献。"

秦正才赞同桂如海的说法，说："这有可能。只是我看不透，明月在其间是一个什么样定位？为什么莫正夫把这么重要的角色赋予她？"

桂如海说："我也看不透。"

沈明月轻松地说："这是机遇，也是偶遇。没必要想得这么多。到来的事情，我们都要享受它，我觉得美国人在精神上是很能享受的。"

沈明月转而反问："鹿山最近怎么样？"

秦正才告诉她："一切正常。都在等着你的归来。"

桂如海夸张地说："你到美国这件事，整个城市都轰动了，都在传说你的光辉事迹，都在准备迎接你的凯旋。"

沈明月笑得花枝乱颤，说："轰动什么？最多你们几个，我在鹿山可没有那么多的交往。你们才是城市的中心，我是一个服务员。"

秦正才风趣地说："哪有这么高级的服务员？你是我们尊敬的音乐家，你已把事业拓展到了美国，你是鹿山的骄傲！"

桂如海正色道："正才说的是真的，我们都是这样认为的。你肯定会在鹿山留下闪亮的痕迹。鹿山需要你。"

汽车驶进鹿山国际大酒店，已是中午，秦正才和桂如海陪沈明月用了一个简单的午餐，开了个房间，让她休息。

下午4点，程天标在一个小会议室接见了沈明月，秦正才和桂如海陪同。

程天标热烈地握着沈明月的手，由衷的喜欢。他对沈明月说："欢迎回来。我们都在期待着你为我们带来好消息。"

沈明月也非常亲切，对程天标说："程书记，真想你们。这一段时间虽然是在美国，但时刻感觉你们陪伴在我的身旁，想起你们，我就有无穷的力量。"

程天标问:"莫正夫那怎么样?"

沈明月说:"很好。他正在考虑麒麟公司全球布局的事情。他有意先把研发中心迁到鹿山来,他对鹿山良好的基础设施和服务手段非常满意。他对我说,鹿山的投资是他在全局布局中的得意一笔,这一笔以后还会深化。"

程天标听完心花怒放。他知道一般情况下,全球研发中心都会设置在大城市,这次鹿山如果能成为麒麟公司的全球研发中心的首先地,那么不仅对于鹿山的产业提升有莫大的好处,对鹿山城市的美誉度也是交了一份圆满的答卷。这是对他程天标人格和能力的认可。他想省委祁书记和东江市委汪小锋书记是会满意的。

他对沈明月说:"真是莫大的利好信息。若没有你的穿针引线,这件事也许还提不到议事日程上。想不到真的可以办成,我替鹿山谢谢你。"

沈明月对他说:"程书记你客气了,这也是意外的收获。莫正夫很认真。他在办公室聆听了《鹿山奏鸣曲》的小样,非常激动,对我说鹿山的精神层级出乎他的意料,他有理由对鹿山做出更大的承诺。令人意外的是,他把这份小样放到公司董事会上播出,全体董事反响良好,同时对莫正夫的决策莫不赞同。他的助手告诉我,可以考虑地鹿山设置全球研发中心,同时让鹿山成为麒麟公司亚太地区总部的所在地。"

"亚太地区总部?"程天标瞪大了眼睛,非常吃惊地说,"这真是双喜临门,我要为你庆功。我之前大力宣传文艺对鹿山做出的贡献,事实证明,我的判断是正确的,举全市之力,其中包括了文艺之力。"

他问沈明月:"有没有在美国好好玩一玩?"

沈明月回答道:"嗯。这次莫正夫陪同了四次:两次是音乐会,一次是旅游观光,一次是参观他的公司总部。他告诉我,不久后,就会邀请你访问美国总部,商讨进一步合作交流的事宜。"

程天标说:"我的美国之行是必然的,这是我预计到的。我现在期待的是这次访问尽快来临。我们要尽快达成与莫正夫进一步合作的有关约定。我相信欣喜还在后面。"

沈明月愉快地说:"看把你乐得,喜事还不止这些。莫正夫有一个朋友有一家全球测绘技术的公司,他有意在中国投资,莫正夫推荐了鹿山。这是莫正夫在陪我共进晚餐时告诉我的。他同我说,先为他打个前站,公司的董事长约翰马上就要到鹿山来考察,必须仔细做好接待工作。"

说完,沈明月从皮包里拿出一大摞资料,递给程天标,说:"这是这家公司的资料。莫正夫让我交给你,说让你先了解一下。"

程天标目瞪口呆,几乎要喜极而泣,他太激动了,觉得之前所受得艰苦困难都是值得。他冒着风险批准沈明月到美国访问的行为,竟然有这么大的收获。他现在不仅佩服他自己的勇气和智慧,更是感叹上苍待他如此之厚。

程天标抹了一下双眼,遮掩了一下他激动的泪水。打开资料,他如饥似渴地翻阅起来。大约过了半小时,他看完了所有的资料。然后,他对秦正才说:"我把这些资料交给你,你做好全部接待准备。约翰来，我们就一起接待，一定要把这个项目留在鹿山。"

秦正才也抹着泪水，很感动。他现在才明白程天标是多么的睿智，他的决策怎么会有错误呢？沈明月从美国回来，带来了新公司要在鹿山投资的消息，充分说明了程天标的英明。这其中一些市领导和他秦正才都是经受了压力的，现在包袱可以放下了，又可以大胆地干了。

桂如海是明白人，他一边记录，一边暗暗感叹事情竟然能如此圆满解决。他想，他的老同学真是了不起，秦正才也了不起。鹿山的希望，也是他桂如海的希望，他又可以有新的创作素材了。

这时，程天标的手机短信的铃声响了，程天标一看，是莫正夫发来的。他想，董事长时间掐得真准啊。他打开短信，莫正夫写了几行字：我叫沈明月带来我的诚意，麒麟公司今后的发展拜托你了。约翰将在下个星期访问鹿山，你要把他留住。

程天标把短信内容念给了众人听。秦正才带头鼓掌，沈明月和桂如海也跟着热烈的鼓掌，他们欣喜这一切都是真的，程天标和鹿山将登上新的旅程。

程天标信心满满地说："明月要全程参加接待，主管翻译工作，还要准备音乐作品助兴。正才要做好接待方案，准备好参观路线，要让麒麟公司参与全程接待。桂如海负责有关文案工作，为下一步创作做好准备。"

秦正才说："我赞同。"桂如海说："我没意见。"沈明月表态道："我一定好好表现。不过你放心，约翰也是中国通，汉语说得很流利，一般情况下，不需要翻译。"

程天标意犹未尽,问沈明月:"说说这次美国之行你个人有什么收获?"

沈明月吃惊地看着他,说:"你是人精啊!你怎么知道的?莫正夫想让我到麒麟产业园担任企划部总裁。只要我同意,总部马上下文任命。"

程天标对莫正夫敬佩的无以复加。他说:"了不起的莫正夫,竟然想着挖走鹿山这么大的人才。所以我们要认识到,麒麟公司的强大,不仅是在它的生产和营销上,更是在它的理念和人才的运用上。谁也想不到会把一个音乐家起用到这个岗位,只有莫正夫能,只有莫正夫办得到,他不愧是全球一流的企业家!"

桂如海着急地说:"如果沈明月走了,市文联的音乐家协会怎么办?还有谁担当重任?对沈明月的高就我是举双手赞同的,但文艺事业要遭受损失。"

程天标指了指他的脑门说:"死脑子,让她继续兼任市音乐家协会主席。我来特批,让明月再辛苦一点,反正她的能力强着呢!"

程天标转向对沈明月说:"我来征求一下你的意见。你对我的决断怎么看?"

通过这次美国之行,沈明月百分之一百不再怀疑程天标的能力,他的决策肯定是正确的,根据他的意思办,肯定能成。

沈明月坦然地说:"我听你的。音乐是我的生命,我不会舍弃自己的生命。我会继续把音乐家协会的工作干好的!"

程天标鼓了鼓掌,说:"明月是个让人放心的人,还聪明绝顶的人,我的意思她都能明白!"

桂如海说:"我也表示赞赏。时间已经晚了,今晚我请客,请大家共进晚餐。"

程天标乐了,打趣地说:"请客轮不到你。今天是鹿山的喜事,也是我程天标的喜事,理应由我请客,你就下次吧!"

程天标还半开玩笑地说:"下次请客,你把菜点得好一点,不许小气哦!"

桂如海开心地说:"你别污蔑我,我什么时候小气过!这样吧,待明月正式到麒麟产业园上班后,我来安排一次。你程大书记可一定要赏光哦!"

程天标说道:"那是自然。我可以专门挤出时间,研究一下你下部作品怎么写的问题。我也要服务好你的,你也是我们鹿山的大人物啊!"

在天爵厅,一个可以坐二十人的大圆桌只坐了四个人。程天标居中,右边是沈明月,左边是秦正才,对过是桂如海。

程天标倒了一杯茅台,站了起来说:"今天是鹿山一个新胜利的开始。为明月成功访美归来,为她为我们带来的喜讯,干杯!"

他们四个人都干完了自己的杯中酒。程天标殷勤地为沈明夹了一筷菜,说:"明月,奖励你的!"

沈明月礼貌地也为程天标夹了一筷菜,说:"你也请用。你是这个城市最疲劳的人,要多吃点。"

他们吃了一会儿菜,聊得很开心。

这时,程天标又倒一杯酒站了起来说:"第二杯,还是敬明月，祝贺她马上就任麒麟产业园企划部总裁。"

程天标一饮而尽，秦正才和桂如海也一饮而尽。沈明月抿了一口说："谢谢程书记，以后请你多多关照。"

秦正才又给自己倒满了一杯酒走到沈明月面前说："明月，以后我们是你的服务员，你要多多照顾我们才是。我敬你一杯。"

沈明月脸绯红着，仰头干了杯中酒。然后，她说："莫正夫告诉我，鹿山是可信的，程书记是可信，所以我也是可信的。我会配合好市委、市政府做好我的本职工作的。"

桂如海也给自己倒满了一杯酒，走到沈明月面前，为她倒了一杯矿泉水，说："明月，派你访美，我们都是担了很大的责任的，如果失败，程书记是首先要被问责的。谢谢你给我们带来了好消息，我的心里现在很安心。"

沈明月与桂如海碰了碰杯，又把脸转向程天标说："我懂的。莫正夫也暗示过我，你们不仅担着这件事压力，还有天喜公司的事，压力更重。所以你们是最了不起的！"

沈明月发现自己讲到了天喜公司，觉得说漏了嘴，不好意思地倒了一杯酒，走到程天标面前说："阴霾总会过去，我相信前方会一片光明。这杯酒我敬程书记，我觉得我们一定能胜利。"

程天标一言不发，仰头干了这杯酒，说："没关系。天喜公司的事情如果最严格的追责我可能会被拿下来，但我们共产党员个人的荣辱算不得什么，关键是鹿山发展在这个关节点上，我必须挺住，你们也必须挺住。"

桂如海接口道："肯定挺得住。因为我们又有新项目，我们有新的事业可以支撑我们，上级肯定会根据现实的发展，来衡量处理的幅度，我觉得这件事情肯定有惊无险度过的。"

秦正才说："桂如海说得有道理。但我觉得不能掉以轻心，要把政策吃透，同时要不遗余力地推进鹿山的发展。毕竟发展才是硬道理。"

程天标决定宽慰一下大家。他说："这件事，市委、市政府已经打了三个报告给上级有关部门，最终的裁定还没有下来。无论结局如何，我们都要正确对待。不惹事，不怕事，想干事，干成事。"

沈明月连连赞赏，她说："程书记深谋远虑。没有过不了的关，我明月愿意赴汤蹈火，为程书记尽绵薄之力。"

程天标扯开了话题，他对沈明月说："明月，既然莫正夫欣赏《鹿山奏鸣曲》，那么我们就马上灌制光碟吧！发到全市各个单位，同时请'两台一报'大力宣传。"

他把脸转向桂如海，说："至于与全国各大乐团协调的事，你和明月全权负责，遇到什么难题，及时向屠新请示。我已经向他吩咐过这件事。事情要么不办，办就要办好！"

他对秦正才说："老弟，我再叮嘱一遍，麒麟公司全球研发中心的事和约翰来访的事明天就做方案，不仅是接待上的，也包括项目落地的全部事务。土地上的事如果有困难，我会与土地局局长一起到上级局协调的。"

秦正才庄重地说："请程书记放心，保证完成任务！"

他们四个人都很高兴，每人喝了半斤白酒，故皆有微醺之意。程天标最后告诉秦正才和桂如海:"你们两个人好人做到底,今晚负责送明月回家,让她好好地倒回时差,然后准备接受新的任务。"

程天标回到家里,吴爱兰还没有睡觉,闻到他一身酒味,知道他遇到了喜事。一般情况下,程天标是不喝酒的,只有碰到大喜事时,他才会喝一点。

她问:"今天是怎地啦?喝得那么多?"

程天标答道:"沈明月回国了。"

吴爱兰问:"顺利吗?"

程天标说:"出乎意料,鹿山又要飞跃了。"

吴爱兰从不详细打听他的工作,听到这些,已经觉得足够。她感到安了心,这一阶段以来为他悬着的心终于落了下来。

程天标叫吴爱兰先睡,自己一个人到书房泡了一杯茶,坐在沙发上,拨通了东江市委汪小锋书记的电话。

他报告汪书记沈明月回来,一切顺利。同时把沈明月带回来的喜讯一并汇报给他。

汪小锋很满意。他对程天标说:"天标啊,做得好啊!一环扣一环,环环衔接,天衣无缝,做了这么大的事业,你的确是东江经济发展的引路人啊!"

程天标赶忙说:"汪书记才是引路人,我只是你的马前卒。我只是想走得更快一些。"

汪小锋说:"就是要有这样的雄心壮志,走得越快越好,慢了就要被动。市里马上要启动新一轮的产业升级,要召开动员大会，到时你代表鹿山做一个经验交流。"

程天标感激地说："全是汪书记的正确领导啊。你对天标的重视，不仅是鹿山的荣耀，也东江快速发展的一个明证。在你领导下，东江的事业也会如日中天、一日千里。"

汪小锋话题一转，对程天标说："不过，天标，一定要重视负面的反映。最近省委和东江市委又接到有关鹿山的几封举报信，说你纵容下属，胡作非为，主观决策，民心不顺。因为鹿山的情况我全都熟悉，所以我已向省委祁书记做出了解释。祁书记肯定了你的工作，同时要求必须要理顺全部的民心，必须要让我们的发展得到全民的拥护。"

尽管这些事是程天标意料之中的，但听了汪小锋的话，他还是直冒冷汗。他对汪小锋说："请汪书记放心，鹿山的大事小事我都把得住，鹿山的主流民心在我这边，那些写人民来信的，应该是职业举报人。言者无罪，闻者足戒，我一定注意自己的言行，让自己的决策在正确的轨道上执行。把所有的工作做好，不负省委和市委的信任。"

汪小锋说："好的，我等着你的好消息。"

程天标放下电话，他决定给省委祁书记写一封信，汇报一下鹿山最近的一些情况，并把所有的问题都谈清楚，争取主动。在灯下，他打开电脑，开始写了起来。

当他把信通过电子邮件发给祁书记后，天已微明，他伸了个懒腰，如释重负。

15

如果为秋天编一个故事,那么必然是与收获有关,也与即将到来的寒冷有关。

程天标坐在办公室里开始了一天的工作,照理是一大沓批不完的文件。秘书给他一个绿色的文件夹。按照规范,红色的文件夹表明是密级文件,蓝色的存放的传阅性的文件,黄色的存放的是下级的请示,紫色的存放的是即将签批下发的文件,而存放私人信件的是绿色文件夹。

由于习惯,程天标总是先看绿色的文件夹。今天这个文件夹内放了两封信,他拿起第一封信,发现封面是用公正的楷体写的:尊敬的程天标书记收。下署:本市一市民。

程天标知道,这是一封人民来信,需要立即予以处理。

他按照习惯看了一下信封上的邮戳,赫然是吴爱兰所在社区的邮局。也就是说,这封信是吴爱兰辖区里发来的。如果这封信是应该与吴爱兰无关的,是不会寄到他的手上。

他拿起剪刀,剪开信封,掉出三张信纸。第一张是手写体,第二张和第三张是打印稿。他看了手写体上的落款,竟然是丁起满。

他知道丁起满的事情,吴爱兰跟他详细说过,他还因为吴爱兰正确处理丁起满的事情而表扬了吴爱兰。

他想，这封信一定与自己有关。他展开了内容，阅读起来。

尊敬的程书记：

在您的正确领导下，鹿山发生了翻天覆地的变化。楼房变高了，马路变宽了，水流变清了，天空变蓝了，人也变得漂亮了。全面小康进程，让鹿山人民的口袋鼓了起来，大家变富了。麒麟产业园等一批大项目的投工开业，让鹿山插上了腾飞的翅膀。作为一个关注鹿山发展的市民，我的心是欣喜的，是充满着憧憬的。我为鹿山的快速崛起而骄傲，为鹿山日新月异的变化而高兴，为您的英明领导而感到振奋。您不仅是鹿山的偶像，也是我丁起满个人的偶像，我要拼死力维护您。

有个别唯恐天下不乱的人，到处造你的谣，捏造事实，破坏您的形象，想把鹿山搞死。我不答应。我要让大家知道什么才是一个真实的鹿山，让大家知道我一个普通市民对鹿山发展的真实感受，让大家知道您程书记高尚的灵魂。我虽然不了解您的工作和生活，但我从电视上和正直的市民的传颂中，了解您的为人，了解了您的工作热情，我要宣传您，为您打抱不平。谁敢抹黑您，就是抹黑我们鹿山，就是破坏改革开放，我要和他斗争到底。

最近我到新华书店买了《花开鹿山》这本书，对程书记的正确决策举双手赞成，鹿山的发展必须要由您领导，我愿意为您鼓与呼。

根据有关情况，我向上级有关部门和领导写了一封信，为您澄清事实，还我们鹿山一个公道。现在我把我的信呈给您，请您放心。

祝您一切顺利！

丁起满

程天标既感动，又发觉问题的严重性。由一个市民为他写一封鸣不平的人民来信，表明有些无据的传说在市民中有一定影响，他必须要引起重视。

他打开另外两张纸，都是写给上级领导的，以丁起满一个市民的视角，为他程天标摆事实、讲道理，证明他程天标的正确性。

他看了一下内容，是真实的，涉及三个方面。一是他程天标在鹿山发展中的贡献是有目共睹的；二是他程天标没有违法乱纪的事实，特别在麒麟产业园的建设和天喜公司爆炸案的处理中，他是廉洁的，是公正的；三是程天标的个人形象在历任市委书记中是最好的，是受到广大市民公认的。

程天标暗暗称赞丁起满的正义感，他自语道，公道自在人心，是非关乎形象。

程天标拿起电话，拨通了吴爱兰。他对吴爱兰说："你与秦正才联系一下，把丁起满安排到麒麟产业园后勤部工作，发挥他的特长。另外，他深造的事，要继续关心，让他完成业余课程的函授。"

程天标从不怀疑自己的判断，丁起满虽然是刑满释放的人，但他已经改过自新，已经是一个自食其力的公民，在社会校正下，已经富有正义感。何况他已向社区党组织递交了入党申请，社区党组织也已找他谈话，一个政治上要求进步的人，是可靠的。他需要这座城市，那么这座城市也需要他。程天标暗暗期待，丁起满将会成为一个改过悔新的典型。他要表明，在他的治理下，一切都会转变的，都会变得好起来的。

程天标拿起第二封信，这是明了的，因为信封的落款来自他的家乡，是秦明寄的。

这小子，不知给我玩什么花样。程天标想。

打开信封，里面折叠着的是他家乡的一张报纸。他倍感亲切，他已经很久没有看家乡的报纸了。

秦明附了一封信，大意是前次到鹿山见到了吴爱兰大姐以后，对鹿山和他程天标的印象更深了。他在鹿山看了两天，到处是欣欣向荣的景象，这让他振奋。他深为家乡能出程天标这样的人才而骄傲。回到老家后，他连夜写了一篇散文《鹿山散记》，投稿了日报。就在前几天，日报的副刊全文发表了。他很兴奋，这是他第一篇文学作品被发表，对他的业余创作具有里程碑式的意义，所以，就把这篇文章寄给程天标，有一起分享之意。

程天标把报纸翻到副刊的页面，《鹿山散记》竟然是头条刊登，有2000多字，是同一版面上最长的一篇。他仔细阅读了每一个文字，感受到秦明一颗跳跃的心在追随着鹿山，追随着他程天标。显然，秦明对鹿山是喜爱的，对他程天标是由衷敬佩的。从行文布局来看，秦明是动了脑筋的。在行文的开头，就说到鹿山受到了大哥、大姐的接待。程天标笑了，家乡的人都知道，他指的大哥自然是他程天标，大姐自然是吴爱兰。不过，秦明真挚的感情真的通过鹿山的景物全面表达了出来。文章的最后一句很有趣味,秦明写道:他们都是追逐鹿群的人。

这让程天标热血沸腾,他想起了"逐鹿中原"这个典故。鹿山虽然是小地方,但风云变幻一如时局,谁说小地方没有大作为,谁说这个江南的城市不会登大报大刊的显著版面。当然,他程天标是个共产党员,不能为了个人利益而策马扬鞭的,要时刻保持着共产党人为民立业的作风。程天标觉得自己的业绩,应该是鹿山这座城市崛起的一部分。没有鹿山的雄起,就没有程天标的光辉形象;没有程天标的奋斗,就没有鹿山景和春明的景象。

程天标给家乡的镇党委书记打了电话,向他说起秦明,告诉他年轻人的积极性要注意保护,凡是正面的都要加强引导。他请党委书记帮忙让镇里的文学刊物关心他,帮助秦明与家乡一起起步、与家乡一起成长。

程天标很高兴能为秦明做了一件好事。在他看来,一个人的成长就是一个时代的成长,抓住每一个人,在他们的经历中多种花、少栽刺,就能为社会培养有用之才,就能多增添一份社会正能量,就能让生活的花朵开放得更美。培养人不仅是一种道德,更是一种责任。

看了这两封信,程天标心情大好,他决定大干一场。

他拨通了秦正才的电话,说:"你来一下。"

不一会儿,秦正才意气风发地到了。的确,这几天,他特别的高兴,因为沈明月带来的所有的好消息都与他有关,都有利于他主抓工作进展的。有什么能让一个干部感到满足呢?就是他的工作又取得了进展。对秦正才来说，这不是普通的进展，而是转折性突破。

秦正才的皮包鼓鼓囊囊的，显得很沉。程天标半个玩笑地问："你给我带来了什么好东西了？"

秦正才把包在他的办公桌上一放，说："程书记，全是你的，全是你要的。你所有的部署我都落实完毕了。"

程天标快乐地说："说说看。"

秦正才汇报道："我与麒麟公司的高层进行了反复的协调沟通，已经敲定把亚太总部放在鹿山。理由是，鹿山是中国一个新兴的产业城市，有着高度发达的产业链，它的人文素质也符合麒麟公司布局的需要。鹿山处于中国区域城市群体的中心位置，有着良好的地理优势和交通优势，与各国的来往都很方便。关键是，麒麟公司的核心技术已经在鹿山落地，鹿山的麒麟产业园里汇聚了全球最精华的研究和工作团队，它本身已经具备了引导全球区域研发的能力。基于这样的考虑，麒麟公司想再进一步，干脆选择鹿山作为全球研发的中心。可以说，莫正夫对鹿山充满的不是期待，而是信任，是对鹿山现在的信任，也是对鹿山未来的信任。这是制造中国在鹿山成功的体现。"

秦正才一边说，一边从包里拿出一沓文本，说："看，这就是策划书和规划书！我们已经把亚太中心的效果图也设计出来了，只要麒麟公司满意，就可以进入到实质的准备阶段。"

程天标接住他的话头道："你是说可以马上进入征用土地、工程设计和施工以及功能全部安排到位的阶段。"

秦正才信心满满地说："我看是的。"

程天标说："不是看是的，是必须要这样。要从国家战略的高度来审视这个项目。它不仅仅对鹿山有意义，对整个区域发展甚至国家产业布局都有意义。我赞同莫正夫的高瞻远瞩，他不仅是对鹿山的信任，也是对中国的信任。可以预见，国际产业布局的高潮马上要涌入中国，我们必须要做好准备，迎接更大的收获。"

秦正才被他说得热血沸腾，说："还有就是麒麟公司的研发中心，我们也做了同样的工作。这个中心可以放在麒麟产业园。我们评估过，麒麟产业园的空间布局可以容纳这个中心。当初你的决策是对的，必须充分地规划，留有充足的余地。"

程天标说："这要跟莫正夫充分地沟通，看他有多大的雄心、有多大的规划。如果麒麟产业园不能承纳，我们可以另外给一个区间他们，对顶端的产业安排我们不能吝啬，否则就是我们的履职能力有问题。通过充分的规划，尽量让莫正夫把顶级的研发项目放在鹿山。这一方面可以带动我们整个产业的发展，吸引尽可能多的上游产业和下游产业，另一方面也可以为整个中国的产业结构的更新做贡献。"

秦正才拍了拍胸脯说："保证完成任务。我现在已经请专业公司进行实质性的设计阶段。我们既要走概念性的路子，更要让莫正夫看到那看得见摸得着的事实，把工作彻底做实。"

程天标说："要注重设计的艺术性，高科技产业为什么那么鼓舞人心，除了它的科技含量和经济效益让人重视以外，就是它的建筑和功能布局的艺术性。由此而造就的人的艺术性和现代性，才是此类企业不断进步的法宝。"

秦正才深受教益，说："保证完成任务，保证让艺术贯穿于产业建设的始终。我很有信心，让莫正夫看到一个符合国际潮流、甚至优于美国的工作环境。"

程天标对秦正才是很放心的。他说："由你做先锋，我这个中军元帅非常踏实。这件事涉及规划、土地、财政、科技、金融等一系列的机关和单位，是一个系统工程。你要经常向朱良驹市长和陆峰奇副市长汇报，让他们协调有关问题。凡涉及重大决策、重大资金、重要项目、重点人物的事情，要直接向我汇报。不许拖，要加油干。同时，你要保重身体，我知道你是拼命三郎，但要工作和休息两不误，不许把身体搞垮了。"

秦正才感到很温暖，他说："你放心，身体壮着呢！你弟媳妇知道我又要加班加点，给我准备西洋参，我会注意的。反正再累，也累不过你。程书记，你也要保重。"

程天标含笑着说："嗯，我也会注意的。我们共同加油！"

同时，他又问："对约翰的接待准备得怎样了？"

秦正才说："都已就绪。我今天就是来汇报这个问题的，已经迫在眉睫。"

说完，秦正才从包中拿出接待方案，说："这次约翰来只有三天，时间安排比较紧。我看欢迎仪式就放在鹿山国际大酒店，那里的硬件和软件设施也符合接待的需要。约翰是莫正夫的朋友，我估计也是麒麟公司的股东，所以第一站安排参观麒麟产业园，让产业园良好的环境来说服他，给他留有一个好的印象。接下来可以放松一些，安排领导的会见，参观水乡古镇，欣赏地方戏曲，到上海历史最悠久的咖啡馆品尝咖啡，同时安排参观外滩。"

程天标说："做得好。想得很周到，尤其上海的安排，有意外之喜之妙。它可以让约翰真正看到鹿山的区域优势，比较上海和鹿山的生活情调，从而他会更喜欢鹿山的休闲和舒适，同时对上海的繁荣和繁华心生满足。是一个好的安排，可以放在他归国前的最后一站，参观完上海，就送他到国际机场。"

秦正才问："只有一样我还有些吃不准，就是怎样能让约翰真正对鹿山心生好感，从而加快投资步伐，让我们的工作再传捷报？"

程天标说："留人莫如留心。你叫沈明月全程参加接待，同时把她的乐队也带上。你与麒麟公司的高层沟通一下，问他们能不能透露一下麒麟公司在鹿山投产以来的收益情况，事实胜于雄辩。如果能透露，那就是最好的教科书了。"

秦正才恍然大悟，说："我懂了，企业关注效益，哪里有产出就投资哪里，哪里有效益就投资哪里。虽然这件事情有点难，但我有其他的办法，让他看到来投资鹿山是明智的选择。他会留下的。"

程天标又想了一下，说："要注重细节的完美，任何工作规划都是靠得住的。成败往往在细节，再想的周全一些，把每一个环节像电影一样过一遍，看看有什么纰漏。譬如机场的绿色通道是否已经准备好？譬如泡茶用的茶杯应该用什么样式的？譬如在什么场合，我们要穿什么服装？一切都要和约翰合拍，决不允许达不到。要文质和谐，合乎自然之道。"

秦正才说："约翰是位地理学家。这次接待要不要邀请相关的专业人士一起陪同。"

程天标连连赞赏，他说："必要的，你马上与教育局钟起声联系，叫他与上海的高校协调，邀请他们的专家一些参加接待。"

秦正才说："这样就完美了。江南的地理之美，通过我们的专家的引导，也可以给约翰留一个好的印象。"

三天后，一架巨大的波音飞机降落在国际机场。从机上走下约翰和他的随员，程天标亲自到机场迎接，沈明月给约翰献了鲜花。约翰向她点了点头，从神情上看，他是知道她的，也许听莫正夫说过。

他们来到鹿山国际大酒店。在贵宾接待室，服务员端上了茶杯，那是精钢玻璃的圆杯，高高的，既古老又现代，茶杯里泡着的碧螺春如花朵一样开放。约翰赞美着，他懂得的，这是一种在中国很高级的茶，看着茶叶慢慢散开，他像一个孩子似的笑了。

程天标坐在主位上，一脸的热情。他在向约翰介绍鹿山的情况，三言两语就把鹿山介绍清楚。约翰频频点头，因为这些情况他早就烂熟于胸，来鹿山前，他曾经与莫正夫彻夜长谈，又从网络资讯上了解了许多情况，所以，程天标的介绍对他说只是重温一下功课而已。但这很必要，一个城市的主政者的介绍，肯定是真实而有效的，比网络更可靠，约翰听得很认真，他的助手在认真地记录。

约翰问了一个问题："如果我在鹿山想吃到美国的一个水果，吃得到吗？如果吃得到，大约需要等待多长时间？"

程天标说："最多一个小时。在鹿山什么样水果都有。如果鹿山没有，我们还有上海，一个电话，就会从上海送过来。"

约翰又问了一个问题："如果美国新拍了一部电影，我要看到，需要等待多长时间？"

程天标自信道："现在都是同步院线，如果鹿山看不到，可以驱车到上海，保证与美国基本同步。"

他补充道："我说的是世界瞩目的大片。"

约翰又问："如果我没有陪同人员，可以在鹿山自由地走走看看吗？"

程天标爽朗地大笑。然后，他回答道："可以，可以。鹿山是中国平安城市，安全得很。你可以在任何时候走遍鹿山的任何角落。"

约翰对他的回答很满意。他对程天标说："你也可以问我三个问题。"

这是程天标没有料到的，既然约翰提出了这个命题，他必须要完成，而且要圆满完成。

程天标马上提了第一个问题："如果我不在鹿山，你会考虑到鹿山考察吗？"

约翰答道："不会。希望以后会。"

程天标又提了第二个问题："如果我圆满完成了你的投资项

目建设的所有服务工作,而且你也满意,你会考虑增加投资吗?"

约翰答道:"会的。但前提是要取决于市场。"

程天标问了第三个问题:"如果你投资成功,我们算不算是永远的朋友?"

约翰答道:"算的。凡是莫正夫的朋友我都信任。"

秦正才坐在远处的一个位置上,为程天标捏着一把汗,如果提问不成功,项目可能要泡汤的。坐在边上的沈明月看出了他的担心,小声对他说:"没事的。美国人实在的,任何问题他们都能接受。"

其实,秦正才不知道,程天标提的每一个问题都是有目的。第一个问题,他没提之前就已经知道答案。他不是为了给自己树权威,他只是要给鹿山一个小小的提示,就是如何才能取得客商的信任,如何才能使鹿山立于不败之地,他是以身示范。第二个问题,他是在潜意识中告诉约翰,肯定投资成功,而且还会增资,他们的合作必定是成功的。第三个问题,他是以自己的人格来呼唤另一种精神的到来。他表达了愿意跟约翰做永远的朋友的愿望,约翰也是能领受得到的。

当然,这有点冒险,但程天标是有把握。

接下来,程天标简要地介绍了为约翰准备的行程。他们所考虑的相对没有任何不恰当的地方。

约翰听了,提了一个要求。他说:"麒麟产业园就不去了,莫正夫已经给我介绍过,也给我看过视频,我已经全部了解,不想再去打扰人家。"

程天标接受他的观点，问："那就请你说说你想要的议程。"

约翰说："我想看一看你们的河流，譬如淞江。其他就不需要了。多余的时间，我们可以谈项目，深入地谈，如果双方谈得来，我们就把合作意向书签了。如果时间再多余，我就在鹿山睡睡觉。"

程天标听了很舒心，他明确感到约翰是个有事业心的人，又是一个懂得享受的人。

程天标说："好的，就安排这两个项目。明天我就陪同你看看淞江，接下来谈项目，最后一天到上海喝咖啡，你看如何？"

约翰说："好，谢谢你！"

晚上，程天标准备了欢迎晚宴，沈明月带领一个小型乐队已经在场内等候。

程天标和约翰步入大厅，乐队奏起欢快的迎宾曲。约翰是很舒服的样子，笑盈盈地，并向每一个人颔首致意。

程天标和约翰分别发表简短的祝酒词。然后宾主友好地举杯，相互示意，都体现了彬彬有礼的素质。

当第一轮敬酒结束，乐队奏起了曲子。那曲子激越中带着抒情的特质，仿佛有河流、岛屿、森林、大路、星星、月亮和早起的人群。

约翰显然是被迷住了，他停下杯箸，认真地聆听着每一个音符，仿佛要从里边找到美丽和诗篇。

全场静止着，任音乐的旋律在流淌。约翰看着在指挥的沈明月，点点头，又沉思起来。

当音乐结束，全场爆发出雷鸣般的掌声，以证明演奏的成功。

程天标友好地告诉约翰，这首乐曲叫《鹿山奏鸣曲》，讲述的是鹿山的故事，是我们鹿山人自己写的，专门招待尊贵的客人。

约翰轻轻合着手说："听过，听过，莫正夫让我听过。"他对程天标说："要找到一个方向，让我到鹿山来看一看。我知道这首乐曲另一个名字叫明月，是我们欣赏的一个传说。"

程天标说："对，它的作者叫沈明月，就是那个指挥者。她是在美国得到培养的，而我们鹿山让她成熟。"

约翰说："了不起。她在鹿山，鹿山就会有月亮。"

程天标高兴地说："鹿山的月亮是最圆的，鹿山的人美心更美，鹿山珍惜友谊爱好和平。"

约翰说："我很高兴。今天晚上可以睡个好觉。"

程天标示意服务员给约翰斟满了酒，也给自己倒满了一杯，他对约翰说："为了《鹿山奏鸣曲》，干杯！"

约翰也懂得入乡随俗，说："应该干的，有这么美好的音乐，按照你们中国人的说法，应该浮一杯。"

程天标和约翰干了酒，随后紧紧地拥抱在一起。为友谊，更是为心灵的相通，为在失望的世界里看到了希望的明亮。

真的，约翰这一夜睡得特别香，直至太阳升起。

早晨，鸟群在城市上方飞翔。鹿山水运码头，水波在荡漾，从航道公司调来的豪华游船已经停泊在码头上。

程天标、约翰和海洋大学地理系的曾教授走到船上，清凛冽的水汽直冲鼻管，让人有种心旷神怡的感觉。约翰说："好水啊！"

船渐渐驶离河岸，驶出了城区，一排排高大的建筑转眼已落到身后。

船已至乡野，无数的芦苇在风中摇荡，野鸭成群，在轻轻地嬉戏。在它们身后，一长串水波向两面分开。

风是清新的，吹乱了他们的头发，曾教授告诉约翰："这是从几个世纪前吹来的风，有着古老的特征。"

约翰看着窗外的河岸，好奇地问："有这么多年的存在。但为什么这条江始终是如此的清澈而开阔？"

曾教授答道："江南地理像其民风，有着委婉的特征，大海冲积了这片平原，也形成了淞江。它不仅是海的孩子，更是温柔的存在。这就是江南的奇妙之处，海在百里之外汹涌着，而这里一片和煦、风清月朗。"

程天标接着曾教授的话，说："在我国，有水的地方就有人群居住，就有建筑、民歌、舞蹈和陶瓷。更重要的是这里有谷子和麦子，有芳香的食物和羊群，这些都是我们赖以生存的依据。在丰衣足食后，文化就兴盛起来，这里自古多才子，明清以降，诞生的状元是全国最多的地区之一。所以读书是这里的一个胎记，乡野之家，吟诵成风，有诗书耕读之传统。"

约翰问道："河流的现代性在这里如何体现？"

程天标答道："在现代社会，这样的河流是物质的，即农耕与河流的现代递进，乡村向城市的合理转化，自然之禽领取了人的附加的通行证。它既是自然的，又可以用人造的生态感化它，也可以是电子模拟的音响吸引了这些大自然的精灵。"

曾教授说："现代湿地的保护，既继承了原生态的一些因子，也添加了一些现代的人的需求，特别是心理感受，以人的感觉为准，但前提是不能破坏自然。我们对这些湿地的测量是经常性的，是不允许它们被人为破坏的。"

程天标指着前面的测量杆说："这就是我们的一个测量工具。测量水流的速度、风的形成和方向、雨水的密度等等，是非常科学精密的工具。"

约翰看着清清的水波，很满意。他问："你们如何科学地保持这良好的水质呢？"

程天标对要回答这样的问题觉得轻松。他说："一是把整条河流纳入城市生态保护的总体规划，科学制定保护的目标和路径。二是严禁污染企业入驻我市，对破坏生态环境的产业一律说不。三是加强对生态的监测，利用现代科技手段，定时对水的成分做分析，测量其深度和流速的变化，发现问题，及时处理。可以说，湿地测量技术是保持水质稳定的必备依据。"

约翰听了非常高兴，他对程天标说："想不到你们的测量技术是如此先进的，有这么良好的认知基础。我的项目在你们的城市应该有民意基础，我们的员工可以与鹿山进行友好的交流，像普通市民一样地生活。"

曾教授补充道："中国的地球测量技术也在奋力追赶世界潮

流,我们地理系也有相关的实验室进行研究。以后,你投资鹿山后,我们可以与你加强合作与交流。"

程天标终于明白,约翰此行的目的,不是看风景,而是看鹿山的测量基础,而在河道上这是最能体现的。

半天时间在淞江上过去了,在简单的午餐间,约翰告诉程天标:"可以签订合作意向,下午双方做一个准备,晚上就签。"

程天标喜出望外,想不到事情进展得这么顺利。他心里感谢了水利部门的努力,也感谢有关高校的支持。

午餐后,秦正才和约翰的随员在共同商议如何签订合作的意向书,约翰定了原则后,就去休息了。程天标坐在小会议室内,等着秦正才的消息。他想在沙发上小睡了一会儿,又睡不着,打开电视机,看了起来。

3点多的时候,秦正才来了,满脸的喜悦,看见他高兴地说:"定了定了,投资10亿美金,这是文本。"

程天标听到这个消息后,困意全消,如饥似渴地看起合作文本来。

文本一共有10页,除了格式化的一些规定外,约翰方面还强调:必须要把他们的技术置入中国的整个产业布局中,鹿山方首先要起到区域带动作用;必须要让国际组织在产业标准上起主导作用,任何一方都不得擅自制定自己不符合国际规则的标准;必须要让全体员工享受普遍市民待遇,包括养老、医疗、生育、工伤、交通等方面的待遇。

程天标对秦正才说:"一点也不过分,全部答应。再加上一条，如果公司每一项新技术得到投产，鹿山将给予财政补助。"

秦正才说："好，我马上去改。"

夜晚，8：08，签约仪式在鹿山国际大酒店的贵宾厅举行。出席签约仪式的有鹿山四套班子和部委办局的有关领导、约翰和他的全部随员。

当秦正才和约翰的随员代表双方签字互换文本后，全场响起热烈的掌声，程天标和约翰紧紧地握手，脸上洋溢着神采。

《鹿山奏鸣曲》再次响起，每一个人都在诗意的氛围中举起酒杯。程天标说："干杯，为了友好的合作！"

最激动的莫过是沈明月，是她把这个项目带回了鹿山，是她促进了项目的签订。她心里暗暗为自己喝彩，为莫正夫和约翰喝彩，为程天标喝彩。她觉得，她遇到都是魁伟的男人，都是顶天立地的人物，他们才是这个世界的推进者。而她在其中也发挥了作用，她是隐性的人，但是有很大价值的人。

她躲到一个角落，给莫正夫发了一条短信，内容是：签约成功，你在鹿山将会有更多的朋友。

出乎她的意料，莫正夫给她一个竖得高高的大拇指，他写道："你才是最成功的，我期待再次见到你。"

沈明月想，是的，音乐是有无穷魅力，也是没有国界的，有谁能想到，音乐可以为一个城市的招商引资添彩，为一群人的成功提供证明。只有莫正夫能，只有程天标能，只有约翰才能。

想到这里，她向程天标投去一瞥，发现他的眼睛也有意无意地看了她一眼。她想，这一眼足够。她调皮地一笑，心里说，知道就行。

程天标告诉约翰:"我期待更大的投资,我的团队会为你提供更优的服务。只要你想得到的,我们都尽量办到。"

约翰冷静地说:"程,你行的,所以我看中了鹿山。鹿山也是行的,因为有沈明月。沈明月也是行的,因为有她的朋友。投资要看我的布局,也要看我们之间的缘分,莫正夫到的地方,我肯定会到。"

程天标与约翰碰了一下杯,说:"祝您和查理健康。"

16

美好在于构建，譬如一些人会很快地走到你的面前。

手机技术突飞猛进，已经有微信，程天标在几个活动中试用了一下，感到很称心。他认识到，一个自媒体时代到来了。这是一个可以充分表达自己、展示自己的时代，人们再也不用遮掩情感，可以在美好的机遇到来时，及时传递自己的声音。

秘书给他建了好多个群，几乎每个常委分工领域都有他的一个群，同时还与市政府的各位市长、市人大的各位主任、市政协的各位主席都分别建了一个群。他还参加了省委和东江市委的一些工作群。他发现上传下达的确方便了，人们在这里可以自由地表达思想，加深彼此之间的工作联络和感情交流，是一个好的载体。

程天标与省委祁书记和东江市委汪小锋书记也加了微信好友。现在，他可以每天把鹿山发生的一些事，特别是省委和东江市委关注的事情及时汇报。几乎每天，他都要向祁书记和汪书记发微信请示，有时一天好几条。

鹿山更繁忙了，也更有活力了，因为省委和市委的指示及时到达后，都会掀起一个贯彻落实的高潮。事实证明，这些指示都是对的，都是符合鹿山实际情况的。

谁也想不到的是程天标自己建了一个私密的群，其中的人员有：秦正才、桂如海、吴爱兰、沈明月、尤明、秦明、丁起满。这个群的名称叫"鹿山小筑"。不过，程天标是有原则的，有些人入群可以，加好友他都礼貌回绝。

他知道，有些事和有些人不需要太大的给予，只要从小处着手就可以，就能起到一般的思想工作所不能达到的效果。他之所以建这个群，他就是要树立一个透明、干净的形象，让每一个群员感受到，鹿山市委是最亲民的，是与人民群众在一起的，它没有高高在上，而是可见可感的。

他在群里关照尤明、秦明和丁起满："不要宣传，自己知道就行。你们都是鹿山发展的参与者和见证者，理应有这个待遇，但要照顾周边群众的情绪，及时将鹿山好的面貌传递给大家，而不是炫耀和他程天标的关系。"他告诉他们，个人微不足道，鹿山的事业才是最重要的。

尤明发了一个遵从的表情，写道：我将与荣耀同在，我会默默传递这种光芒。秦明比较厚道，写道：我一定牢记大哥的教诲，宣传好鹿山，不给大哥添乱。丁起满却是很激动，他发了一个激动的表情，写道：救命之恩，再造之恩，我会深刻铭记，我会努力做一个对鹿山有用的人。

程天标发了一张他与约翰在上海九重天咖啡馆喝咖啡的照片，并写了一句话：鹿山在进步中。

这是程天标满意的一张照片。在一张圆桌上，程天标和约翰悠然地品着咖啡，周围都是品尝咖啡的人，环境很明净，让人感到一个安静的气氛扑面而来。

当时,秦正才的意思,要一个雅致的包间,这样可以避免干扰,又可以深入交流。程天标没有同意,他告诉秦正才,给约翰一个真实的上海。

虽然是上午,但已经有很多人前来喝咖啡了。程天标想,难道他们知道今天有一个贵客要来,故而来谋求见一面。当然,他也知道这是不可能的,这只是上海的繁荣和上海的魅力。

吧台的姑娘安静地注视着大厅,与陆续而来的品尝者做着交流,麻利地为他们办理着业务。她宁静而高贵的装束,让人感到一种春风中的和美。她的宁静是骨子里的,所以每一个到来的人,都会慢慢变得宁静。

约翰品着咖啡,看着窗外的黄浦江沐浴在阳光中,高大的船只在南来北往,许多的游艇都在启动,一派繁华的景象。他甚至看到了甲板上的姑娘的裙裾在清风中扬起。

约翰轻轻地说:"这是美好的早晨。"

程天标温婉地说:"这是上海新的一天。我们都是在上海的钟楼敲响晨钟时,才开始一天的工作的。"

约翰感慨地说:"鹿山就是上海的一部分啊!"

程天标告诉他:"很多年以前,我们的口号是打造上海的后花园,而现在我们是上海的卫星城,是上海周边崛起的一块新高地。"

约翰说:"我正是看到了这一点,才决定在鹿山投资的。你们的优越的地理位置和融入上海的人文环境,是与国际接轨的一个例证,卫星城才是创业的好地方。"

程天标说："我们有人才优势，上海的溢出效应让许多高端人才选择到鹿山创业。我们有交通优势，国际机场和深水港离我们很近，我们的货物可以在最短的时间，利用便捷的物流，运往世界各地。我们的目标就是为客商创造零库存的环境。我们的生活也很高档，受上海辐射，我们的休闲设施是全国同类城市是领先的。何况且还有上海做保障，上海才是我们真正的大花园。"

约翰说："你忘了说一件事，就是你们的土地价格，比上海有更大的优势。我们的资本投入，不会乱用一分冤枉钱，而我们的产出要达到最高。"

程天标因他的提醒，说："我们在文化上也要全面接轨上海，我们会成为海派文化的一个组成部分，我们在文化上的区域优势在哪里？就是在上海。"

约翰说："一个城市应该是舒缓而宁静的，同时它又是只争朝夕、激流勇进的。这在世界上许多地方都难以找到，而我却在鹿山却找了。"

程天标告诉他一个秘密，他说："这就是农业社会的一个优势。一般人看来，农业过于古老，与现代文明是脱节的，其实在我的操作中，我是把它作为现代文明的一部分来创造的，我从来没有对谁说起过我这个认识。我找到省里的主管部门，把三分之一的农田都保护了下来。我要的是一个工业社会，但农业必须要保留，并且能达到现代化。如果农民有了现代意识，那么这个城市就能达到你说的那个层面。"

约翰很赞赏，品了一口咖啡说："这就好像我们两个在品咖啡，你着意的是我的项目的落地，我着意的只是资本的扩张。如果我们两个合起来，那么这杯咖啡就是我们的媒介，它让我舒心，也让你舒心。"

程天标说："悠闲的上午，而我们的心中都有资本在涌动。"

约翰说："看看我们的周边的人，他们的心中难道就没有资本的影子吗？"

程天标环顾四周，他已经不纳闷，原来认为上午不会有很多人来喝咖啡，而事实不是，竟然来了很多人，他们的穿着不一，但有一个共同的特征，就是高贵和宁静。程天标懂了，他们很多人都应该是从资本中溢出来的，来享受一个上午的宁静。

程天标心里竟然对这些到来的人产生敬意。他想，他们不是有闲的阶级，他们应该很忙，也许还有一份合同马上就要在下午签约。他们不是为了追求片刻的宁静而来的，而是为了一个固定的约会而来的，是为了一种美好的生活而来的。而这种生活是资本的附加物，他们必须在这个上午取得宁静的权利，然后在另一个时点，取得说话的权利。

程天标向另一张桌子上的秦正才点点头，意思是这个安排对了。约翰应该更有信心，他会把更多的资本投到鹿山来的。

秦正才是全部理解的，他向程天标打了一个"OK"的手势。

所以，程天标把这张照片放在这个群里，他是有深意的。他相信这会发酵，最终会成为民意，成为鹿山的一个底蕴。

当然，他也知道这是有风险的，万一群里人的把不住，把这张照片泄露出去，那么有可能引来不同的议论。但他不怕，真理是掌握在他的手中。

程天标已经知道，鹿山所有的困难在哪里？那就是贾似明，他首先针对秦正才，现在针对着整个鹿山，就是盯着鹿山市委。程天标的智囊班子和他反复研究，才得出这个结论的。程天标知道，树欲静而风不止。贾似明会有所动作的。

吴爱兰的社区获得全国先进基层社区，吴爱兰到北京参加了表彰会，受到了党和国家领导人的接见，并合影留念。当吴爱兰带着这张照片回到鹿山时，整个鹿山都轰动了。"两台、一报、一网"展开了对社区和吴爱兰个人的宣传。吴爱兰及时制止了对她个人的宣传，她要求把宣传的重点放到工作上，放到其他同志身上。这些程天标都同意。当吴爱兰阻止上级部门召开表彰大会时，程天标反对了。他告诉吴爱兰，会议一定要开，要开出规模，开出效应。因为鹿山的城市化进度在加快，村改居工作的推进，使许多农民成了居民，必须要有一个样板推进城市化工作。吴爱兰领导的社区是个样板，必须要作表率。程天标开玩笑地说："谁叫你是我的老婆，你要多担责任。"

表彰会在社区公共空间举行，市四套班子主要领导和市有关部委办局负责人都来了，兄弟社区的负责人也来了，居民代表也来了。大家精神饱满，为又一个典型的产生而感到高兴，为鹿山的进步而感到振奋。

会场上，国家领导人接见的照片被放大，作为主要背景。吴爱兰首先汇报了社区工作和到北京开会的有关情况，大家听得很认真。贾似明作为居民代表，坐在最后一排，还在认真地记录。

组织部部长宣读了表彰决定，决定授予吴爱兰鹿山市优秀共产党员的决定。分管市长宣布授予鹿峰社区全市模范社区的决定。朱良驹为吴爱兰颁了奖。人大常委会主任和政协主席为社区"红色先锋议事堂"和"社区民主协商交流点"授牌。

会上，程天标做了热情洋溢的讲话。他觉得从来没有讲得这么好过，因为他想到一座现代城市的崛起，他为吴爱兰杰出的工作而满意。他要告诉广大居民，他程天标对鹿山这座城市是真心的，他带来的不是一个妻子，而是为鹿山带来了一个人才，一个经得起考验、受得起磨炼、挑得起担子的好干部。

程天标在讲话时发现了主席台下两个细节，一是程尚和桂梓宪也来了。程尚不断地热烈鼓掌，为妈妈加油。程天标有点感到激动。二是贾似明真在认真做记录。他好像是一个在职的领导干部，一丝不苟的样子，让人感到惊讶。程天标想，他肯定是在掩饰他的不安，同时又在寻找什么战机吧，真是个老狐狸。

程天标对吴爱兰是佩服的，能够叫贾似明作为居民代表参加，表明了她的大度，她是能够容纳不同意见的人一起工作的，是一个真正的领导。程天标又觉得有点委屈她。因他是市委书记，他对配偶要严格要求，才迟迟没有提拔她。同时，他感到他又是对的，如果提拔了吴爱兰，就可能没有了全国先进这块金字照牌，鹿山的社区建设就没有一个好的榜样，人的城市化就要受到阻碍。他估计着，贾似明肯定要做最后一搏，因为惯性的力量可以影响人性的力量，比预谋都要可怕，贾似明已经踩上贼船，已经没有回头的可能了。照理这么好的事例是可能教育他的，而有些人的确难以教诲，总是把问题往相反的方向想，这就是人生的不完美。他们一定要在人们穿上漂亮衣服的时候，果断地扔一堆烂泥。

是的，贾似明回到家里，还是很平静。在职时，他参加过很多这样的会议，都是走过场的。可这次不同，这次是程天标为他老婆开的表彰会，全市上下都注目着，贾似明相信，省里和市里都会关注。作为从政多年的老干部，他明白，程天标做得是对的，是没有理由去批驳的。因为鹿山虽然发展很快，但全国先进获得者寥寥无几，是值得大书特书的。如果以这件事来反对程天标，是站不住脚的，也是愚蠢的。程天标现在如日中天，每一个上级领导应该都宠着他，是没有办法在小事上做手脚的，他要找到原则性的问题，就是程天标无法回避的问题，来算计他。他决定与卫子新商量一下。

他拨通了卫子新的电话，是忙音，很长时间没人接。他隐隐感到不快。他再拨一个，他认为卫子新是他培养的，像投入产出一样，是有利润的，他只是在花自己的利润。电话还是忙音，就在贾似明认为卫子新可能彻底背叛了的时候，那边接了电话，传来一个彬彬有礼的声音。

"老师，您好！"卫子新问候道。

这是从来没有过的一种礼节，通常卫子新都是心急火燎地与他通话，仿佛有一肚子的锦囊妙计向他倾倒，而这次的节奏是舒缓的。

贾似明不管这个，他沉稳地说："程天标书记刚才在社区开表彰大会，作为居民代表，我都参加了呢！"

卫子新说："祝贺老师，会议应该开得很成功吧？"

贾似明说："当然成功，他们夫妻俩的会，四套班子全来捧场了。"

卫子新严肃地说："吴爱兰主任为全市立了大功，是应该大力表彰的，整个鹿山都为她骄傲，我也是。程书记是一个人格高尚的人，他这个会开得对。"

贾似明已经明白，他的学生已经背叛自己，已经转到程天标那里去了，有点恼怒，也有点伤心。他克制着说："天喜公司的爆炸案应该要处理干净了吧，你那里有什么消息？"

贾似明听到卫子新冷冰冰地说："不知道。老师再见！"

随着卫子新挂断电话，贾似明的心凉到脚底，他算是明白了，卫子新已不属于他，已经属于程天标，属于鹿山的新阶段。他辛辛苦苦的基业已经风雨飘摇。现在，他只剩下陈小虎，也许只有陈小虎才会永远跟随他。

贾似明不死心，心想，死了张屠户，不吃带毛猪。他拨通了陈小虎的电话。遗憾的是，拨了三个，都是忙音，陈小虎不接。

贾似明彻底明白了，程天标已拥有这个城市的一切，除了他贾似明不是他的，其他人都已到他那边去。他贾似明已经没有人，成了孤家寡人，他要孤军奋战了。

贾似明是沉得住气的，他相信自己的能力和判断力，他知道人是不可能没有死穴的，程天标怎么可能是个完人呢？程天标给老婆开表彰会，不能告，一是下作，二是被人看作笑话。他要所有的问题理一遍,做最后一搏。贾似明想,我就是要反映,又不会被党纪国法处理,你们有什么证据表明这些事是我贾似明干的,我不是照样做居民代表吗?

如果这个城市要毁灭一个人,要么毁灭程天标,要么毁灭我贾似明。贾似明这样想。

他打开书柜,拿出了所有的卷宗,在桌子上堆成了小山。贾似明鼓励自己,这么多的素材,我不是想让你们喝一壶,而是永远不能喝。

他鼓了鼓肌肉,对自己说,尚能饭,奋战一星期,战胜程天标。

想到这里,他一头钻入卷宗中,仔细地寻找蛛丝马迹。他期待着奇迹的出现,期待着在暮年能再次炸响雷声。

随着研究的深入,贾似明一方面有一股气流在胸中激撞,仿佛有许许多多的力量在汇聚,另一方面也隐隐感到担心,因为他的一些素材还不能说服自己搞掉程天标。他知道,反腐败要证据,事实是他掌握的素材,没有一个证据,只是事件的罗列,和他经验主义的判断。他有观点,但他考虑的是该如何去佐证。

从不服输的劲道占了上风,他想,要把所有的事实串联起来,给程天标以最后一击,即使不能弄掉他,也要让他名誉受损,进而影响他今后的前程。看今后的市委班子谁敢对他说个不字。

他抓住了三个中心,一是对天喜公司事件的处理必须要从严,程天标应该负主要领导责任;二是对沈明月的过度使用,使整个城市香艳无比，败坏了社会风气，是十分欠妥当的，也不符合组织原则的；三是程天标在跟外商接触过程中，为了自己的政绩，经常泄露国家机密，对党的组织进行私下攻击，以取得与外商对话的权利。

对第一条，他是有把握的。他只是雪上加霜，伤口上撒把盐。对第二条，他是认为是最有杀伤力的。虽然他没有说程天标与沈明月有男女关系之嫌，但在行文间人们似乎看到了一个管不住裤裆的干部，这在官场是受到鄙视的，至少会影响程天标的直接升迁。对第三条，他知是蓄意中伤。这谁能证明他说得没有道理？在这个偏听偏信的社会，至少会引起上级怀疑和警惕，更而甚者，会受到秘密调查，而程天标所说的哪一句话不是机密，哪一句不是体现了地方当政者的秘密意图，他肯定会躺着中枪。

贾似明不着急，这封信前前后后，写了一个星期，字斟句酌，直至每一个文字都到位，每一个事实都圆满为止。他设计了阅读者的情感递进路线，读到哪里会若有所思，读到哪里拍案而起，读到哪里会义愤填膺，他都进行了精密的设计。他对着天空喊道："程天标，这是我的最后一搏。如果躲不过，那你自认栽了。如果你躲过，我以后不再干扰你，算你走运，两不相欠。"

贾似明是这样想的，如果这次不成功，他决定拥护程天标，把他作为英雄的偶像，直至他离开这座城市，直至新的领导的到来，再次成为他贾似明的猎物。凭着他在这个城市的底气，他相信新的领导未必是他的对手。

他把信复印了30份，像一稿多投似的，分别在信封上写了北京、省城、东江市委的有关负责人和有关部门的地址。做完这些，他感到很兴奋，连夜驱车到东江市区，把信投到东江市委边上的邮政所的邮箱内，又连夜驱车赶回鹿山。他洗了一个澡，钻入被窝，美美地睡起来。

半个月过去了，风平浪静。这天早晨，贾似明起得很早，到边上的千里香馄饨店吃了碗馄饨，志得意满。然后他在小区内漫无目地游走，在夹道的树荫下，他与往来的人打着招呼，摸摸童车内孩子的脸，用方言或普通话逗着他们，像一个慈爱的人。

他走到社区办公楼，走进了大门，在底层，现在是党群服务中心和政务办公大厅。他看到大厅内已经有好些居民前来办理社会保障、婚姻咨询等方面的业务，工作人员都认真且耐心地接待他们，他们也很有秩序。

看到他进来，引导员马上起身走到他面前，礼貌地说："贾局长，你来办什么业务吗？我来给你引导。"

看着引导员笑意盈盈的面孔，贾似明觉得一切是变了，现在这里的服务已经到了很高的标准，全国先进可不是浪得虚名的。

这时吴爱兰正好来到大厅，看到了他，很高兴，与他打着招呼，说："贾局长，早！欢迎你来指导工作。"

贾似明满脸堆笑，说："不敢当。只是随便来看看，果然如沐春风啊！吴主任管理得真好啊。"

吴爱兰邀请贾似明到小会议室坐一会儿，贾似明没推辞。他们一前一后来到小会议室。林正英亲自过来泡了茶，坐在旁边。

贾似明寒暄了几句，满是恭维的话，把吴爱兰的政绩恭维得天花乱坠,把她比作为居民偶像、巾帼英雄。贾似明说这样破旧落后的小区,只有在她的领导下才旧貌换新颜,不仅基础设施全面得到改善,而且居民的精神面貌为之一变,已经在这座城市起到示范和模范作用,全国先进当之先愧。作为社区的一员,他感到很骄傲。

他告诉吴爱兰,作为居民代表,他参加了这次表彰大会,感到是组织的信任,居民的拥戴,很光荣。他要求把他编入老党员服务队,让他在有生之年,为社区居民服务。

吴爱兰早已知道他的为人,所以并不感动,但很礼貌地说:"社区能有今天的发展,离不开像贾局长这样的热心人士的参与和帮助。你在社区居民中榜样作用,大家都看到。相信今后你会做得更出色,我们也会更出色。"

就这样,他们似乎在相互吹捧中度过了一上午。贾似明的用意是麻痹吴爱兰,其实吴爱兰也一样,在麻痹贾似明。

谎言三遍成真理,何况且吴爱兰传达的都是真实的消息。虽然贾似明已是位于对立面,但一定要说出自己好的方面,让对方了解,使其无话可说。吴爱兰不求挽救他,只求社区的工作永远不会被他找到错误。

临告别时,贾似明欲言又止,又终于说了,说:"丁起满你们就挽救得很好,没有吴主任的正确引导,他早就废了。这次他又到了重要岗位,我为他高兴。"

吴爱兰知道他话中有话,没接话。林正英聪明,接住了话头说:"丁起满很争气,在函授大专课程,又向社区递交了入党申请。我们已经把他引上了正路。他已是一个有政治权利的公民，要平等待他，提供给他良好的发展机遇，为社区居民做榜样。"

吴爱兰想，你有什么狡猾的，丁起满站在我们正义的一方，根本没有搭理你，社区的主导权牢牢地掌握在我们的手上，而不是你的手上。

不过，吴爱兰话语很客气，说："对丁起满这样的同志，我们要共同关心。你是老同志，经验足，办法多，你要多出主意。"

贾似明哈哈哈地笑起来，故作大度地说："以你们为主，我是老朽了，敲敲边鼓就行。"

贾似明走后，林正英悄悄问吴爱兰："这个老狐狸，我们应该怎么办？"

吴爱兰说："相信天标，相信鹿山，我们一定会圆满处理好所有的事情的。"

林正英说："我看也是。真是服了你，社区埋伏着这样一个人，你还处理得那么好，全国先进的桂冠还落在我们的头上，你真是太了不起了！"

吴爱兰说："一切为了居民，他们的需求就是我们的需求，他们的目标就是我们的目标。只要居民满意了，个别人也不好说什么话。只要居民与我们站在一起，我们就是胜利一方，一切阴谋诡计都会失败。"

林正英担心地说："我还是有点担心丁起满。他现在是靠得住，万一今后故态复萌，不是会影响你和程书记的声誉吗？"

吴爱兰告诉她："这个我有经验，我在家乡做副镇长是处理过类似的事情，都很成功。其实刑满释放的人都相信党的政策，只是没有一技之长立身，才会出现这样或那样的问题。而丁起满已经有了这样的技能，接下来他还会成家，会走到一条正确的道路上的。"

林正英又说："在这里，有我们引导，到新单位，有这样好的环境吗？"

吴爱兰大笑起来，说："傻瓜，有秦正才这样的人物，你担心什么？"

说话的当口，卫子新的身影出现了。吴爱兰和林正英有点吃惊。

卫子新懦懦地说："吴主任，没打扰你们吧？"

吴爱兰大方地做了一个手势，请他坐下，说："没有，没有。卫局长到小区视察有何指教？"

卫子新慌忙说："不敢，不敢。我只是来联系一下公务，向吴主任请教。"

吴爱兰是冰雪聪明的人，她已经感觉到卫子新已经背叛了贾似明，要投到程天标一边，而要她吴爱兰做一个引见人。

吴爱兰显得不卑不亢，对卫子新说："你们的业务，我们社区理应配合，请卫局长吩咐。"

卫子新告诉吴爱兰："市里决定进一步深化智慧城市建设，并成立了工作班子。自己是其中的一员，班子成员必须要联系有关重点区域，自己主动要求联系鹿峰社区。我敬仰吴主任把这么一个破旧的小区领导成全国先进，我想在你领导下，为它助一臂之力，为小区的智慧管理尽点力。"

吴爱兰高兴地说："欢迎卫局长加盟。我们一定配合你做好有关工作，经费问题还请你多费心哦！"

听到经费，卫子新放松了，说："我已全部争取好，保证足额到位。如果吴主任有新项目，我可以争取得更多，保证财政会拨付。"

吴爱兰沉了下脸，她说："要实事求是，不能虚报冒领，做多大的事就化多大的钱，一定要把事情做实。我们是全国先进，决不干好大喜功那一套。"

卫子新明显认识到自己的工作有问题，汗都淌下来了。他说："一定按吴主任说的办，科学规划，科学预算，用好每一分钱，办好每一件事。"

吴爱兰含沙射影地说："小区的路是平坦的，绿化是美丽的，小区的风都是甜的，居民们都理解我们的工作，你要放一百个心。"

卫子新懂吴爱兰的意思，他知道，如果吴爱兰接纳他，他今后的路会好走一些。

林正英突然语带讽刺地说："你可以请教贾局长，他是老师嘛，经验又足。"

卫子新脸羞红了，说："他已老了，跟不上形势了，我要跟他划清界限。"

吴爱兰对林正英一笑，然后支走了林正英。她对卫子新说："说吧，我们应该怎样配合你的工作？"

卫子新已经铁定了心，滔滔不绝，把贾似明所做的事全部说给吴爱兰听。当然，他免不了美化一下自己。说每次都是他阻止，否则老家伙越走越远。好几次想当面向程书记汇报，又不敢，所以他请吴爱兰原谅。

吴爱兰轻描淡写地说："原来是这些事，一般化嘛，你放心，我会告诉程天标的。你以后也要注意，不要上贼船，不要在错误的道路上越走越远。"

卫子新强调道："其实我每一次都不会做错，错的是贾似明。若没有阻止，鹿山会乱掉。"

吴爱兰说："那就谢谢你了。"

这时，林正英送来两盒方便面，吴爱兰把一盒递给了卫子新，说："午餐时间已经过了，将就一下吧！"

卫子新挥着手说："不不不！"他匆忙地告辞，一路走一路流泪，为自己曾经的小聪明而后悔，为吴爱兰的正直和无私而感动。一盒方便面教育了他，人都是平凡的，都在一个正常的轨道前进。

吴爱兰给程天标发了个微信，写道：卫子新已经过来。

程天标又放下了一点心，但他还是笑不出来，因为刚才省委祁书记的秘书给他打来了电话。寒暄以后，秘书告诉他："祁书记想和他谈一谈有关问题。"

听到"问题"两个字，程天标压力很重。一般情况下，他会跟他说清楚这次要谈什么事，他好做好准备。而这次没有，"有关问题"是什么问题？在他的脑际盘旋。

他要梳理一下鹿山最近所有负面的东西，这也是写人民来信的人关心的东西。只要他想得到的，他就要努力寻找应对之策。只要他想不到的，他就不怕，因为这肯定是诬告，他有理由驳到它。

他实在想不出来，鹿山招商引资极其顺利，社会事业蒸蒸日上，政通人和，一派繁荣的景象。

他的压力只有一个，那就是天喜公司的爆炸案，他自信他程天标有自己的业绩庇护，是不会受到处理的，那么朱良驹会不会，陆峰奇会不会，要知道这些人都是他的得力助手，每一个人都连着他的血肉，他要应保尽保。

他跟汪小锋商量过几次，汪小锋请他放心，说事情一定会向好的方面发展的。他相信汪小锋，在他受他领导的几年理，他从来没有跟他说过谎话，他说会向好的方面发展，就一定会向好的方面发展。他相信，汪小锋已经跟祁书记商量过这件事，他隐隐觉得，这件事情可以圆满解决，但还是不踏实，又隐隐有点担心。

至于秦正才的事，他早就指示有关部门暗中调查了几年，根本没有什么问题。他有丰富的证据来证明秦正才的无辜。对沈明月的使用虽然是他拍的板，但一切程序都合乎规范，并且起到了意料之外的效果，沈明月的实绩可以证明他程天标决策的正确。至于吴爱兰，可以说完美无确，他没有任人唯亲，她的工作能力是有目共睹的，获得全国先进就是一个明证。他甚至想到了丁起满，对这个人的挽救是社区矫正工作的胜利，是一个公正社会应得的结果，也应该没有什么问题。

他突然想到了"诛心"这两个字,有的人善发诛心之论,以观点的正确来印证程天标的错误,观点有时会害人的,处置的人会不受这些观点影响吗?如果先入为主,展开调查,麻烦就大了,因为程天标不可能是个完人。

无论如何他相信省委,他觉得这是他一个市委书记必须要具备的素质。

他吩咐秘书马上起草一份近期有关鹿山工作的书面汇报材料,要简洁实在,不能摆花架子。他还叫他把约翰来鹿山的照片整理成一个文件夹,他相信与祁书记汇报时会用得上。麒麟公司的亚太总部设计方案和全球研发中心的规划也要一并带上。

程天标相信,有了这些,就有了护身符,祁书记即使在批评之后,也会鼓励他的。

因为他程天标不骗人,祁书记要的是真实的情况,要把一切交给祁书记,他要从祁书记手中接过全省县域经济发展先行军的荣耀。

想到这里,程天标已经不再担心,他不仅站在鹿山一个时代的起点上,更是站在全省高质量发展排头兵的起点。背水一战,他只能提高自己的站位,只能把一切献给自己所钟爱的事业。

他轻描淡写地告诉朱良驹,明天向到省里祁书记汇报一次,问他有什么需要代为汇报的。朱良驹说:"你代表鹿山的一切。"

放下电话,程天标打开微信,看到朱良驹向他翘了三个大拇指。他笑了。

17

春天呼啸着像一列列车驶进了鹿山,那浓烈、那绽放、那透着生命底色的呼唤,鹿山人全听到了。

每一个人都在传颂鹿山的故事,每一首乐曲都在播放春天。

程天标正与莫正夫通过视频聊天,在办公室,在国旗下,程天标庄严而亲切,向莫正夫表达着春天的问候。

他知道,任何重大的事情的发生,必定有一个让人难以忘怀的庄严之相。他选择国旗,选择对一个国家的热爱,由此传导自己拥抱世界的信心。

果不其然,莫正夫显然对他的背景很满意。在莫正夫看来,一个没有国家和民族的人,注定是一个悲剧。一个热爱自己国家的人,他可以成为一个永远的朋友。在异乡,他需要程天标,需要一个国度的隆重和包容。

在他们彼此传达完这个信息后,双方心领神会,又转入了轻松的话题。

程天标告诉莫正夫,省委和东江市委对麒麟公司亚太总部和全球研发中心的设立全力支持。省委祁书记告诉他,一个包容、开放、共赢的新时代已经到来。省委将把鹿山打造成为社会主义现代化建设标杆城市,一个新起点已经到来。鹿山必须胸怀更广,工作更扎实,对国家的忠诚必须演绎为对事业的忠诚。

莫正夫非常聪明，他说："祝贺你，程。麒麟公司将会永远陪伴你。"

程天标告诉他："鹿山决定在麒麟产业园的边上，新辟地块，用于建设亚太总部和全球研发中心，土地利用指标几个月前已经批下，基础设施已经全部到位。我用鹿山的速度向你保证，你看到的，应该是最好的。现在，我只等待你的到来，在春天，我们要再次相约。"

莫正夫很爽快地说："下个月，我将再次飞抵鹿山，参加奠基仪式。我在鹿山的团队会配合你们做好一切准备工作。我在全球的高管代表，也将一起飞抵鹿山。"

程天标感到很振奋，他自信地说："请董事长放心，我一定圆满完成好你交给我的任务，你将会看到一个共产党员的基本素质。现在，我是你的兵，听候你的调遣。你是鹿山永远的朋友，我们需要你。"

莫正夫说："我也需要鹿山，我的事业的重心已经放在鹿山。我希望你平安、健康，像一个快乐的孩子，因为天真是我的秘密，我爱这个世界，也爱天真的人。"

程天标懂的，他能理解莫正夫的每一个字，包括他微小的身体语言。他相信莫正夫也和自己一样，他们的情感已彼此交融，达到和谐自然的境地。无论他们说什么话、做什么事，他们的心是相通的。这就是友谊，这就是对事业的信任。

程天标知道莫正夫爱他的企业甚于一切，只要服务好企业的发展，只要真心实意做好一个服务员，莫正夫会满意的。只有这样，私人友谊才会稳固，彼此的事业才会进步。

程天标对莫正夫做了一个鬼脸，说："为了麒麟公司，我愿意回到孩童时代，重拾我的烂漫和憧憬，与所有的孩子一起画好一张画，我相信那上面有你的色彩，也有我的色彩。包括你乘坐的飞机，也将飞抵一大片美丽的草坪。包括我们的朋友，都手拉手，站在一起。"

莫正夫像一个长者，对程天标咧开了满意的笑脸，他也做了个鬼脸，说："下次我要亲自开着飞机，载着你和我们共同的朋友走遍世界各地。我们要留下我们的美好，我们要告诉自己的生命，我们来过，我们拥有过，我们彼此珍惜。"

程天标给莫正夫传了一个工地现场的视频。他相信，鹿山现在的秩序和场景，呈现出一个城市新的风貌，是勃勃跃动的，有飞扬的力量，这一定会让莫正夫满意的。

果然，莫正夫有了回音，他说道："程，我仿佛又回到了青年时代。那是我每一家公司开工的场景，我觉得整个世界都在向我涌来，我必将成功，以到达者的名义。"

程天标感慨道："你的到达是鹿山的幸运，你年轻时的第一个脚步注定了你今天会迈向鹿山，就像我从田垄上走来一样，与你成为朋友。我们都是美妙的存在，而鹿山就是唯一的依据。"

莫正夫有所感触地说："程，我知道你走过了许多艰难的道路，你的坎坷我感同身受。我是一个中国通，你经历的，正是我感兴趣的。我思考过你的未来，就像我思考麒麟公司的未来一样。我的答案是，你必将走向辉煌。"

程天标知道莫正夫的团队把自己的一切告诉了他，看来莫正夫是时刻关注着他的。他相信莫正夫，莫正夫判定的未来一定是真实可感的。莫正夫的亚太总部和全球研发中心就要到鹿山，就是一个明证。现在，他程天标是在为世界产业布局做贡献，所以遇到再多的困难也是光荣，而且必将跃过去，这不仅是自信，更是现实。

　　程天标说："鹿山命运与麒麟公司的命运是紧紧地连在一起的。鹿山所有的产业将以麒麟公司为标杆，公司的成功，就是鹿山的成功。有麒麟公司，鹿山不会失败，我也不会。"

　　莫正夫说："对的，你是坚定的，因为你有信仰。一个没有未来的人是没有信仰的。我欣赏你，就如欣赏一个踏浪而行的人，他最终遇到了一个灯塔。它是明亮的，给人方向的，这种方向是永远的正确。你在这个方向中。"

　　程天标笑了起来，他说："这是职责，我得履行好自己的责任，并在自己的身上找到方向的价值，在自己的灵魂中找到奋斗的价值。就像你的翅膀飞遍全球一样，我的理想就是让鹿山每一个角落都开出鲜花，让每一个人都有快乐的笑声。"

　　莫正夫说："对，想起鹿山，我在欢笑。你办到了，你真的了不起！"

　　程天标说："是的，我们是一样的，我的笑声是为了董事长，你的快乐不仅是我的快乐，更是对我所做事业褒奖。鹿山人可是以你的态度为标准来评价我，你的笑声对我很重要哦！"

　　莫正夫向程天标透露了一个秘密，他前一次到鹿山，曾带着助手在深夜走遍了鹿山的大街小巷，他看到人们是平和的、快乐的，鹿山的人们看到对自己是友好的、激动的，他们甚至要把所有的激动之情表达出来，这是莫正夫既看得到，又感受得到的。他们的表达只是友好地微笑，那是真实的、发自内心的微笑。

莫正夫说："程，那是你的微笑，也是鹿山的微笑。"

程天标谦虚地说："那是你使者的微笑，是对鹿山明天的微笑。我们用微笑来阐述现实，用微笑来展望未来。"

莫正夫说："程，你说得对，我来助你一臂之力。"

说话当口，莫正夫拿出了一幅油画，在视频中展示给程天标欣赏。程天标无比欣喜，因为莫正夫的艺术功力是会为鹿山的成功加分。他看到油画的标题是：鹿山的微笑。画上一个老人、一个孩子、一个姑娘都微笑着，是纯洁的存在。他们有各自有不同的背景，却和谐地被安排在一部作品中。程天标已经感到，不仅是莫正夫深入到了鹿山的心灵，同时鹿山也已深入到莫正夫的心灵中。仿佛艺术的滋养让他平静、温和、充满着愉悦。

程天标对莫正夫脱口而出说："那是我的生活，我的微笑。"

莫正夫平静说："程，这幅画我会带到鹿山来，送给你。"

程天标强抑着心中的感奋，他说："一言为定。这是一个美好的机遇。"

春天的鹿山是谐和的，充满阳光的，灿烂的花朵在大街小巷怒放，人流在有序地行进，仿佛在传颂着一个故事。人们的心中不仅仅是期待，更是一种满足的释放。每一个都知道，他们有一个前方，是属于诗的，属于家园的。

莫正夫率领浩大的团队来到鹿山，迎接他的有省委祁书记和东江市委汪小锋书记，程天标站在他们的身后，满面红光，自信而谦和。他刚到，领导带来的温暖抚慰着每一个人。朱良驹站在他的边上，投以钦佩的目光。

祁书记会见了莫正夫的团队，他指出，省委将全力支持麒麟公司在鹿山再展宏图。一个可以预见的硕果，即将高挂在枝头。我们即将实现全面小康，大步迈入社会主义现代化建设的进程。全省热烈欢迎国际资本加盟我们的事业。规划书、线路图、时间表我们已经绘就。我们的目标是崇高的，我们对事业是忠诚的。我们对一切支持我省建设的国内外朋友报以热诚。董事长为鹿山带来的机遇，是我们迫切需要的。它代表一个区域经济发展的崭新时代已经到来，表明开放、融合的精神已经成为时代潮流。我们将不遗余力地推进发展，不遗余力地服务国内外客商，不遗余力地谋求我们新的进步。百舸争流，我必争先，一个合作共赢的未来将使我们成为永远的朋友。

东江市委汪小攻锋书记指出，程天标和他的团队创造了区域经济发展的奇迹，董事长是推动鹿山发展的最大动力，我们东江要做全省发展的排头兵，有赖于像鹿山一样开放开拓、扎实进取的作风。这一切，会得到董事长的证明。这一切，我们将共同珍惜，再创一个美好的明天。

会谈中，程天标无拘无束，与莫正夫进行了美妙的对话。他们双方都发出了爽朗的笑声，表明彼此之间的情感已经没有缝隙。祁书记和汪小锋书记都很赞赏。

在麒麟公司亚太总部和全球研发中心奠基仪式上，朱良驹担任主持，程天标和莫正夫代表双方做了致辞，省委祁书记做了讲话。所有的人都沐浴在春风中，祥和、欢乐、和谐的氛围让到来的人都欲罢不能。秦正才坐在下面，他的感受更是强烈。他发现祁书记在讲话时看了他几眼，他马上端正自己的姿态，让自己成为一个端庄而可亲的人。

奠基仪式后，祁书记和汪小锋书记匆匆离开了鹿山，程天标一直把他们送到高速公路入口处。祁书记临别握住他的手说："天标，越是越成功越要稳住，保持清醒头脑，争取新的进步。省委相信你。"

回到鹿山国际大酒店，程天标内心更为坚定。他迅速理了一下思路，马上召开了两个会议，一是莫正夫团队考察参观的协调会，二是麒麟公司亚太总部和全球研发中心的后续工作推进会议。

秦正才认真记录着，在脑中落实每一个环节，他和程天标的默契从来没有出过差错，他相信这次也不会。他追随程天标多年，让他感受最深刻的是程天标的果敢，他总是在第一个时间做出决策，发出声音，而且从来都是讲得很清楚。只要按照他说的办，目标一定能达成。

程天标牢牢记住祁书记的话，警告自己：要稳住，不要被胜利冲昏头脑。

趁着莫正夫团队午休的间隙，他回到办公室，紧急批示有关农业和社会治理方面的文件。他要求各位分管副市长牢牢咬住目标不放松，以招商引资的干劲做好各项工作。所有工作，都要得到一个圆满的答案。

当他做完这一切，回到鹿山国际大酒店时，一溜中巴车已经停在大堂门口，驾驶员都是西装革履，充分体现了专业素质，一个干练、简洁、向上的形象得到进一步展示。

一切都很顺利，莫正夫开开心心地在鹿山待了三天，他的团队也加深了对鹿山的认识。当他们听到《鹿山奏鸣曲》的时候，都觉得来对了地方。一个合适的地方，来了一群合适的人，必将诞生一些合适的事。

当程天标在国际机场的草坪上再次与莫正夫告别的时候，他们紧紧拥抱，兄弟般的情谊在内心荡漾。《鹿山奏鸣曲》再次响起，它将伴随着莫正夫的团队赶赴世界各地。

回到办公室，程天标觉得应该找秦正才谈一谈。

秦正才早就在秘书办公室喝茶，等着程天标的召见。

程天标问他："这次你最大的感受是什么？"

秦正才告诉他，是省委和东江市委的信任，是莫正夫的又一个辉煌的起点在鹿山得到了实现。

程天标说："答对，这次活动最大的意义就是这两个。我们已经在高质量发展中争得了先机，这是省委和东江市委所关注的。我们的队伍历经考验，而朝气蓬勃，也是领导们满意的所在。关键是我们把工作做好了，莫正夫真的留在了鹿山，这不仅是招商引资的成功，更是改革开放伟大战略的成功。我们要建设一个新时代，就必须要找准着力点，增强主动性，在不可能的局面中创造可能的价值,在可能的局面中创造更大的可能。"

秦正才说,就是说:"我们不仅是可能,而且是现实。"

程天标补充道:"更是未来。要看到国际产业资本向中国集聚的大趋势。鹿山已经大步融入这一趋势,今后的路还很长,我们要做的事情还很多。如果现在就骄傲了,就显得渺小了。百尺竿头、更进一步,每一步都要走出我们的精彩。"

秦正才问道:"接下来,我们应该怎么办?"

程天标说:"这就是我要找你谈的一个主题。你谈一谈。"

秦正才说:"我觉得要做两件工作。一是要积聚更多的生产要素和生活要素为经济发展服务。譬如土地、电力、信息、能源等都要做好规划,迎接下一个阶段的到来。二是要招纳人才、留住人才。人才是最大的生产要素,要继续树立人才兴市战略,为鹿山聚才、用才、养才,为他们的住房、社会保障等提供尽可能多的帮助,形成千军万马奔鹿山,遍地英雄创伟业的热潮。"

程天标很兴奋,他说:"正才,你说对了。我已经部署有关部门研究这些事情,你要配合好,从招商引资的角度,从产业布局的角度,从未来发展的角度,提供尽可能多的素材,主动参与这些工作。必要时,你要统抓起来,形成合力。"

秦正才有点吃惊,坦陈道:"我配合没有问题。我统抓有点难度,我只是一个部门负责人,何况还涉及上级部门。不过,我保证会我会在我能力范围内做得更好,不辜负你的期望。"

程天标含蓄地一笑,他说:"放心,叫你统抓你就统抓,到时你会明白。你的汗水不会白流,你为鹿山付出的心血将会得到嘉奖。"

秦正才谦虚说:"嘉奖就算了。我是注重实际工作的,善于实战,一些高屋建瓴的谋划我还不成熟,我还要学习,要不断完善自己。"

程天标鼓励他道:"你说得有道理。但要有自信,你的宏观协调能力和微观实践能力是没有问题的,目前主要是要提升敢于领导、敢于负责的能力,我会为你创造条件的,你也要珍惜。"

秦正才心领神会,他说:"一切听程书记的,我是你培养起来的干部,我一定要做好工作,让你放心。你能睡一个好觉,是我最大的满足。我愿意为此而努力。"

程天标说:"要继续严格要求自己,你的个人能力还没有到极限,我心里有数的。当你提升自己了,你就会明白的。"

又是一个灯火通明的晚上,整个鹿山沐浴在一片光明中。在市委大会议室,市委常委们都早早地到来了,等候程天标的到来。

程天标理了发,看上去很精神,只是白头发多了一点,沧桑中带着坚毅。本来热闹的会议室,因他的到来而安静下来。程天标分别向两边看了一下,所有的人都不约而同地向他点着头。大家的心情很好。

程天标做了简短的开场。他指出,今天是商量重要的人事问题,请各位常委本着高度负责的精神,认真地做出自己的结论。要体现好德才兼备、用人唯贤的原则。

然后他示意了一下组织部部长方清文,说:"开始吧。"

方清文首先宣读了关于推荐秦正才为鹿山市副市长候选人的决定，并征求各位常委意见。

市长朱良驹说："衡量一个干部的标准一是德，二是才。秦正才是一个久经考验的局级干部，在现在职位上已经任职多年，一贯任劳任怨，成绩显著。近年来，他为全市的招商引资工作呕心沥血，特别在麒麟产业园的落户、开工，地球测绘技术公司的签约和麒麟公司亚太总部、全球研发中心设立的过程中，做了大量细致有效的工作。他的大局观，体现在对鹿山改革开放事业高度负责的层面上，他的工作实绩体现在推进经济发展上，他的个人素质体现上高度的廉洁自律上。大家可能知道，以前对他有一些反映，说他有这样和那样的问题，经我们认真负责查证，证实那些都是污蔑不实之词。事实证明，秦正才同志是经得起改革开放考验的好干部，鹿山需要他，上级党委也关注他。对他的提拔是推进鹿山新一轮发展的需要。市政府领导班子得到充实，有利于加强经济工作方面的领导力量，有利于干部的推陈出新，有利于招商引资工作的进步。我个人举双手赞成，同意这个推荐。"

接着，市纪委李书记表态道："秦正才同志近年一些问题的反映，我们纪委是全部掌握的，本着有利于鹿山廉洁稳定环境的营造，市纪委做了大量细致的调查工作。现在我负责任地告诉大家，有的是诬告，有的是误解。秦正才同志是一个廉洁自律的好同志，是一个经得起大风大浪冲击的好同志，态度端正，成绩斐然，个人的领导能力非常扎实，大局观强。我同意推荐他为副市长候选人。"

紧接着常务副市长陆峰奇、政法委书记梅子玉、宣传部部长屠新、统战部部长龚百贤、武装部部长谭子恢，还有开发区、高新区主要负责人等都做了表态，表示坚决拥护市委的决定，相信秦正才同志的提拔一定能使整个市级领导班子的工作面貌焕然一新。一种专注于事业、专注于发展、专注于明天的良好氛围会得到有效形成。

程天标看到事情进行得很顺利，松了一口气，他对方清文说："开始下一个人选吧！"

方清文清了清嗓子，宣读了关于推荐桂如海同志为副处职干部的决定。他详细宣读了桂如海的简历，指出了他的优点和缺点，他要求大家以客观公正的态度，发表自己的意见。

宣传部部长屠新首先发言，他表扬桂如海是一个城市的歌手。多少年来，他用丰富的文学作品，讴歌鹿山的改革开放事业。在他笔下，一个立体的鹿山、奋进的鹿山、健康的鹿山得到了体现。因他严肃的创作态度使他的文学作品经得起事实和时代的烤问，体现了一个作家的良知。他创作勤奋，是一个难得的多产的作家。作为一个文联主席，他认真贯彻党的文艺方针，使文联切实履行起联系广大文艺家的桥梁和纽带。在他的管理下，我市的文艺创作生机勃勃，文艺作品在全国同类城市中居于前列。难能可贵的是，一批德艺双馨的文艺家在他的倡导下成长起来，许多还受到了上级文联的表彰，起到典型引路作用。近年来，市文艺界没有一例违法违纪案件发生，信访的处结都很正常。群众对文艺界评价很高，充满期待。

朱良驹若有所思地说:"对一个文联主席的提拔,是城市精神文明发展的一个重要推进,标志着我市的文艺事业已经在经济和社会发展中起到了重要作用。如何更好地发挥文艺对意识形态的重要作用,这有赖于培育一个德才兼备的领导班子,而他们的班长尤其重要。事实证明,桂如海是能够担当重任的,是能够在今后继续走在前列的。我个人完全同意对他提拔的决定。"

其他常委也纷纷赞同,他们有的从政治和经济的层面加以证明,有的从物质和意识的辩证关系来阐释,有的从个人人品和作品的影响力来引申,有的从文艺事业发展的大局来考虑,对桂如海都做出了深刻的评价,并表示了拥护。

看到事情进展得这么顺利,程天标很高兴。他最后发表了讲话。他指出:"一个城市是否有发展潜力,经济固然是其主要方面,但人才的推出也是一个显著的亮点。我们要大力营造能者上、庸者下、平者让的人才培育风气,使真正担得起责任、创得出业绩、打得出影响的干部成为这座城市的主导者。我们已经创造了一个美好的现实,因了人才的脱颖而出,我们必将能创造更好的明天。"

会议在众位常委由衷的掌声中结束。他们期待这两个人的提拔已经很久了,因程天标的成熟,今天到了呼之欲出的境地,大家心情轻松,认为鹿山的事业有奔头。

程天标留住了方清文,他向他透了底,说:"秦正才的提拔,东江市委肯定是会批准的,省委祁书记和东江市委汪书记都对他很关心,向我提起过他的事。所以你只要按照正常组织程序报上去是没有问题的。桂如海的提拔问题也不大。不过你要跑一次，向上级汇报我们提拔的是一个文联主席，又不完全是提拔一个文人，是从全市快速发展的大局考虑的。对桂如海的提拔，可以下活鹿山的一盘棋，有利于人们向正面精神靠拢，达到团结拼搏的效果。"

方清文说："程书记的分析很到位，我也是这样想的。我想只要讲清楚这件事我们是考虑成熟的，是经过班子集体讨论决定的，是应该没有问题的。"

程天标说："你要同秦正才和桂如海谈一次，让他们做好迎接上级组织考察的准备工作，不要出洋相。"

方清文说："我前几天评估过这两个单位的考察环境，是相当开放且清明的。秦正才和桂如海的威信都很高，肯定水到渠成，请程书记放心。"

程天标接着吩咐道："一定让真正想干事、能干事、干成事的干部能被提拔上来，特别要关注优秀青年后备干部、妇女干部和党外人士。我的想法是，今年我们把全市部委办局一把手全部做一个调整，把思想好、年纪轻、作风正、纪律优的干部提拔上来，让他们担起鹿山今后一阶段的工作。要注重个人实绩，不能欺负老实人，不能把埋头苦干的人埋没掉，否则就要寒了人心，这不利于鹿山干部队伍的稳定。你最近拟一个可以提拔为县处级领导职务的后备干部名单给我，再给拟一份可提拔为局级正职领导人员的名单，写清简历，特别是工作业绩，我要仔细研究。鹿山干部的机遇就要到来了。"

方清文一一做了记录。他很有感触,他说:"程书记,这些问题你交给我,我会办好的。你要抓紧回去休息,你又是几天没好好睡觉了,一个要睡个好觉,否则我们不踏实啊。"

程天笑道:"没关系,我壮着呢!再说事情那么多,都是利好的消息,我兴奋还来不及,实在睡不着啊?"

他进而鼓励方清文道:"鹿山的发展,你要挑主要担子。毕竟干部才是真正的生产要素,要使用好、激励好,要树立我为发展配干部的思想,使整个干部队伍面貌焕然一新。"

说真的,秦正才和桂如海提拔的事情得到解决,程天标心里放下了一块石头。这一晚,他睡得很香,梦见了鹿山的上空飞来了一艘彩船。

第二天上午,他坐在办公室,给秦正才和桂如海分别发了一个微信,各是一个微笑的表情。他们两个很快回了,不约而同,是三个微笑的表情。

他给沈明月打了一个电话,问沈明月:"新的岗位感觉怎么样?"

沈明月热情洋溢地告诉他,非常适应。因为她有一口流利的美式英语,有一手好文笔,更重要的是她跟得上公司业务发展的要求。她已经做了两个企划方案,有关麒麟公司产品的营销和市场开拓的,她告诉程天标,公司的产品的销售对象遍布全世界,她感到自己的思想被插上了翅膀,每天飞得很远。

程天标感到很欣慰,他说:"要摸准董事长的思想脉搏,他怎么想的,他要达到什么样的高度,都必须心里有数。凡事要用董事长的思维，而不是自己的思维去处理，这样可以起事半功倍的效果。"

沈明月高兴地告诉他，他可以直接和莫正夫通电话，这是得到特别允许的。莫正夫很看重企划这一块，在他看来，生产落实后，企划才是关键，它可以把公司带得很远。因此，她感到自己肩上的担子很重，幸运的是，她的两个方案，都得到了莫正夫的亲自批准。

程天标提醒道："要注重与鹿山的结合，关心鹿山的产业升级，把麒麟公司及其相关公司的业务尽可能地拉到鹿山来。要为公司员工的生活做一个企划方案，让他们尽早融入鹿山，成为鹿山市民，在鹿山这个大家庭里幸福地生活。如果有政府需要帮助的，你及时向我提出来，我会安排的。"

沈明月说："我想的，都被你猜到了！我接下来的方案就是有关公司员工的生产和生活的，我一定牢记你的嘱托，让他们尽早成为鹿山的一员，兴我鹿山，爱我鹿山。"

程天标提醒她："一定要注意自己的身体，健康是第一位。女孩子要保持良好的精神状态，这有利于工作，也有利于自己，更有利于公司事业的发展。你把心既要放在公司，又要放在鹿山，这样你就有一个平衡，就能找到自己真正的角色。你的健康也是鹿山的福分，我们都关心你。"

沈明月表示了感谢，友好地说："我会经常安排你到公司考察的，让你的精力也分一部分到公司。免得你这个大忙人贵人多忘事，把我们全忘记了。"

程天标笑了起来,说:"你真是个鬼精灵!干脆我再为你出个点子,你要发挥你的特长,为公司写首歌,要做到既在公司传唱,又要在鹿山传唱。让这首歌把公司和鹿山联结起来。"

沈明月快乐莫名,她说:"你又与我想到一起去了。歌我已经写好了,我在等莫正夫的指令,他哪天批准我就哪天推出来,保证成功。现在,我很相信莫正夫对火候的把握,他是能预感到一切的。我还想用公司冠名在鹿山做一个文化艺术节,莫正夫已经答应,就等着我的企划方案呢!"

程天标放宽了心,说:"这些你与秦正才和桂如海联系,他们会及时帮助你的。现在麒麟公司就是鹿山,鹿山就是麒麟公司,我们是一体的,他们要是做不好,我会打他们屁股的。"

说到这里,程天标哈哈大笑起来,他继续说道:"再告诉你一个好消息,省管弦乐团已经决定把《鹿山奏鸣曲》作为保留展演节目,桂如海刚跟我汇报。接下来,他会通知你,与管弦乐团签订演出合同。你还有你的知识产权收益。"

沈明月心花怒放,喜不自禁说:"谢谢程书记,没齿难忘。我将继续追随你,希望你有一个新的高度。"

"是的,新的高度。"程天标一边放下电话一边喃喃自语。

三天后,全市领导干部大会在市第一会议中心举行。省委宣布,程天标任东江市委常委、副市长,继续兼任鹿山市委书记。

当刚宣布完文件,全场起立,掌声雷动,人们克制着欢呼的情绪,只是用掌声表达自己内心的拥护。与程天标朝夕相处的同志们,都流出了泪水。他们太难了,他们太辛苦了,他一路走来经历了多少不易，才换来今天丰收的硕果。在他们看来，程天标的成功就是他们的成功，是对鹿山近几年发展的全面肯定。阴霾过去，阳光普照鹿山，他们坚信，程天标会带领他们走得更远，直到光荣的里程碑。

程天标很平静。他感谢省委、东江市委和同志们的信任，他感谢了他的常委班子和四套班子的其他领导，感谢了部委办局和各区镇同志的努力。他告诉大家，他是跟鹿山一起在成长的。这种成长让他经历了许多人生难忘的时刻。譬如同志们深夜的灯光，譬如产业园沸腾的景象，譬如大街上向他点头微笑的人流，譬如一棵树、一棵草，它们生长的模样多么像鹿山的一种精神。他告诉同志们，荣耀来自艰苦的创造，功业有赖于无私的奉献，光明立足于共同的执着，未来寄托在坚实的行进。鹿山用它的道德创造属于自己的业绩，也必然用良知去推动一个让人可以期待的新征程。

大会结束后，程天标回到自己的办公室。所有的常委都跟来，程天标噙着泪花与他们一一握手，像是一个突然到来的仪式，又像是再一次出征的宣誓。他们所有的手握在一起，在程天标的带领下一起喝出：奋斗！

江南的夏日湿润而多情，程天标在自己的家里，与吴爱兰做着交流。吴爱兰很庄重，她勉励程天标："不要辜负省委和东江市委的信任，不要辜负鹿山父老乡亲的信任，不要辜负我和程尚的信任。你是一个追求完善的人，我们会与你一起完美的，只是期待着你有更高的理想，让鹿山这座城市成为众人追随的表率。"

程天标严肃地表态："我一定牢记你对我的叮嘱。我以一个共产党员的党性和人格向你保证，不忘初心、牢记使命、永远奋斗。做一个忠于党、忠于人民、忠于事业的好干部。"

有明亮的灯光下，程天标打开电脑，他要写一篇文章，题目就叫《奋斗》。他写得很快，也写得很长。他听到了自己心脏的跳动，仿佛正在经历着赛跑。他脑中有那么多的人影在涌来，他把他们一一写出，并表示感谢。他觉得有许多事迹要述说，他都把它们一一罗列。在这篇文章中，他要看到自己与鹿山一起成长的轨迹，看到幸福的人是如何对他微笑，看到早起的人他们奔跑的信心。他最后写道："奋斗者有一个家园，那就是鹿山。奋斗者有一个未来，那就是事业。"

他写得很深入，也很动情，完稿后，他深情地朗诵一遍，用以表达对鹿山的无限深情。他把这篇文章发给了朱良驹，他愿意和他一起共同奋战，共谱鹿山发展新华章。

作为他的心声，他多么想让所有的人都听到，在一个夜晚，他程天标心跳的声音。他克制着，对着文章中提及的人们，说："加油。"他仿佛听到了他们的回声。

在黎明到达时，他已经决定了此刻。

在黎明到达时，他已经决定了彼此。

在黎明到达时，他已经决定了未来。

黎明在呼啸，他听到它在撞击他的窗口。

终稿于 2021 年 5 月 23 日